ちくま文庫

落語特選

上

麻生芳伸 編

目次

本文挿画　渡部みゆき

落語特選　上

まえがき

落語をその「素型」に近い形に再構成したシリーズ「落語百選」（全四巻　ちくま文庫）に収録できなかった演目をさらに選《え》りすぐって「落語特選」（全二巻）として再び編むことになった。

この本を開けば、ひととき、寄席を再現し、好みの番組《プログラム》を組み、好みの噺家を出演させて、自由気儘《きまま》に……暇つぶしに、酒の好きな方は飲みながら、夜寝《よるね》しなのナイト・キャップ代わりに、寛《くつろ》いで読めるよう企てられた。

落語は、イメージの中だけに存在する。

長屋の住人はじめ、町家の職人、物売り、商家の若旦那、奉公人、武士、遊女、女房、子供……等々、だれ一人として特定の具体例はなく、それを演じ手もまた聴き手も、それぞれの心の中に、思い思いに想像し、描いて……イメージとして創り上げている。

そして、その人間像に、お人好しで、おっちょこちょいで、好色で……威張《いば》ったり、拗《す》ねたり、いじましかったり……およそ、われわれ自身そのものと言っていい性癖、生態が表わされ、溜め込まれているのが、落語の世界のような気がする。

落語の、同じ噺をいくど聴いても、同じクスグリを繰り返し聴いても、飽《あ》きずに、その度毎に、つい笑ってしまうのは、そこにいつも変らぬ真実——真理があり、人間に共通する紛《まぎ》れもない、体軀《からだ》ごと生きている、正直な姿が写されているからだろう。

そうした落語が、時代を超えて、つねに見直され、迎え入れられるのは、われわれが日々、失われていくものを、ふと思い起こさせて、鮮やかに蘇らせてくれるからである。

今日のような、生きにくい、ぎくしゃくした暮らしの中で、他人《ひと》と競ったり、片意地を張ったり、つい角《かど》が立ついざこざ《トラブル》にも、落語の人物なら、

「あんまり悔《くや》しいから、おらア、そこで都々逸《どどいつ》を唄っちゃったいッ」

と、あくまでも笑いで切り返す。

偶《たま》には、拳固《げんこ》や小皿が飛んでくることもあるが、落語の人物たちは、あくまで

も言葉（言語）で、それも生きる知恵や機智やときには洒落《しゃれ》をまじえて、弾んだ言葉を駆使して、困難をかわし、対手《あいて》を丸め、溶かし込んでしまう。

そこに笑いが生まれる。

人間は笑うことによって、現実の生きにくさ、つまらなさをひととき忘れ、憂さを少しでも振り払い……人間ほんらいのあるべき姿——紛れもない、体軀《からだ》ごと生きている、正直な姿を、思い起こし、懐かしみ、癒《いや》し、安らぎをえることができる。

笑いは、人間の生きていく根底を支え、かつ逆転させる力《エネルギー》を持っている。落語を創り出した江戸時代もまた、今日にもまして、噺のようにはとんとん拍子にはいかない、きびしい現実があったにちがいない……と、言っちゃァおしまいだが、それなればこそ、いっそう落語が洗練され、磨《みが》かれ、コクのあるものになっていったにちがいない。

それにしても、落語の主人公は、生き生きとした〈江戸っ子〉として、江戸時代を代表するような人間に思われているが、杉浦日向子さんによれば、「百万都市の半分は武家と僧。残り五十万の町民のうち六割は地方出身者、三割が地元民とのハーフ、一割が地元民ですが、『江戸っ子』の条件『下町育ち』は半数の二万五千。正真正銘の『江戸っ子』は、江戸の人口のわずか二・五%ということになる」

いわゆる町人と呼ばれる人びとは、地主、家持階級に限られ、裏店《うらだな》の借家住人の八っつァん、熊さんは公式には――法律的には一人前の町人とは扱われていなかった。租税の対象外、員数外の人間たちであった。

そういう意味で、地位、財産のない人間の「素型」なのである。

二〇〇〇年一月

編者敬白

品川心中

お江戸日本橋を踏み出して二里、東海道五十三次第一の駅路《えきろ》品川は、江戸の四宿《ししゅく》と称えられて、甲州路の内藤新宿、中仙道の板橋、奥州街道への千住とともに、飯盛《めしもり》とおなじ遊女を置いた家が軒を並べていたという。

（中略）

おなじ遊び場でも、吉原は大門までで駕籠《かご》をおろされたという話だが、品川は海道にそった宿場である、駕籠が通る、馬が通る。

　売れぬやつ馬の屁《へ》ばかりかいでいる

というわけで、化粧をすました女が立て膝をして、朱羅《しゅら》宇《お》の長煙管《ながぎせる》から煙を吹いている目の前には、田圃で狐に化かされたご仁がいただくぼた餅のたぐいも、ところかまわず落ちていたことであろう。

本来、きぬぎぬの別れなどというものは、あけの鐘がゴンと鳴るとか、あるいは鴉《からす》カァの声とかがその別れをいっそうあわれにするはずの音楽効果であるにもかかわらず、

品川は鳥よりつらい馬の声

などといわれて、きぬぎぬの別れにはヒヒン、ブルルという艶消しな馬のいななきが、その枕もとに響いたものとみえる。だから、品川の女郎ともなれば、なんだかそこに色っぽいとかあわれとかいうよりは、一種の滑稽感がつきまとうようだ。

（安藤鶴夫『わが落語鑑賞』より）

この品川に白木屋という貸座敷があって、ここの板頭《いたがしら》をつとめているお染という花魁《おいらん》がいた。板頭というのは、吉原ではお職といって、その楼《みせ》のいちばんの売れっ妓《こ》……稼ぎ頭で、そこの楼の花魁の名前が板にずらりと書き並べてあって、いちばんの売れっ妓の名を筆頭に書くところから、宿場ではこういう呼び方をした。

しかし、いくら板頭でも、やはり寄る年波にはかなわない。自分より下の若い妓にどんどん客がついてきて、羽振りがよくなって、自分がお茶を挽《ひ》くことがあり、二番、三番へ落ちてきて、若いうちから板頭を張り通してきた勝気なお染としては気が気ではない。

そこへ、廓《くるわ》の仕来《しきたり》で紋日《もんび》というのがあって、たいへん入費がかかる。

四季の移り替えには、春から夏だと袷《あわせ》から単衣《ひとえ》に着替える。夏ならば浴衣《ゆかた》を染めたり、手拭いをこしらえたり、朋輩《ほうばい》を自分の座敷へ呼んで、芸者、幇間《たいこもち》も集めて飲んで騒いで、遣《や》り手から若い衆にまで、みんなに祝儀をやって、移り替えの披露目をしなければならない。

そういった纏《まとま》った出銭《でせん》のあるときは、客のところ四方八方へ手紙を出して、救《たす》けてもらう。

巻き紙も痩《や》せる苦界の紋日前

若い、売れてる妓には、客が心得ているから、

と請《う》け合ってくれるが、年増になると……お染には客から一本の返事も来ず、だれ一人来てくれない。

「ああ、いいよ」

内所《ないしよ》へ話をしても貸してはくれず。ああ、こんな悔しい思いをするくらいなら、いっそのこと死んでしまおう。けれど、一人で死ねば、紋日前の金に詰まって死んだといわれるのは悔しいから、だれか相手を見つけて死ねば、心中と浮名が立つ。

相手をだれにしよう……玉帳《ぎよくちよう》を取り出して、人選にかかった。

「この人にしようかしら、この人もいいけど、親がかりだから、親がかわいそうだしねえ。……この人は女房子もいるからねえ。……中橋から通ってくる本屋の金蔵……この人はなんにもないよ。この男ならあたしはなんとも想っていないのに、ひとりで夢中になってるんだから、どうせ独身者《ひとりもん》だし、かまやしない。心中の相手はこの人に決めよう」

これからお染は、金蔵に宛てて、天紅《てんべに》の巻き紙へ想いのたけをさらさらと女文字で認《したた》めた。この手紙を、使い屋と称する者に届けさせた。

金蔵は大喜びで、お染の手紙を押し戴いて、

「有難てえ、やっぱりお染はおれに惚れてやがる」

と、早速、いろいろ算段して、めかしこんで品川へ飛んで来た。

「まあ、よく来てくれたねえ。今夜は少しばかり相談したいことがあるんだよ」

「よしっ、心得た。どんな相談でも持ってきねえ。おれが引き受けたぜ」

「うれしいねえ。そう言ってくれるのは、金さん、おまえさんだけだよ」

と、お染にきゅうっと抓《つね》られて、金蔵はもうぽーっとして天にも昇る心地……。

酒肴《さけさかな》を取り寄せて、お染の酌《しゃく》でさて始めようとすると、折悪《おりあ》しく、楼《みせ》がたてこみ、ほかの客がどんどん登楼《あが》ってきた。

「金さん、少しの間、ひとりでやっててくれない。眠くなったら、先に寝て蒲団《ふとん》を温めといておくれよ」

お染はほかへ廻《まわ》しを取りに出て行ったが、それっきり待てど暮せど戻ってこない。

「ちえっ、ばかにしてやがらあ。くそおもしろくもねえ。身の上のことについて相談したいというから、飛んで来てやったんだ。てめえで人を呼んでおいて、なんの相手もしねえで、ほかの客のところでいつまで、なにをしてやがるんだ。ああ、いやだいやだ。こうと知ったら来るんじゃなかった」

金蔵は煙管《きせる》を吹かして、蒲団へもぐり込んでみたが、バタリ、バタリと上草履《うわぞうり》の音……。

「来たのかな？　来たのなら、ここでおれがふくれっ面《つら》をして煙草《たばこ》をのんでいるのはみっともねえや。……寝たふりをしよう……うー、来た来た来た……あれっ、なんだい、ここへ入《へえ》るのかと思ったら、通りすぎちまった。ばかにしてやがら……」

金蔵はまぬけな亀みたいに、蒲団から首を出したり、縮《ちぢ》めたりしている。

「あーあ、それにしてもお染のあまはどうしたのかな？　これだから女郎屋ってえものはなんとなく落着かねえんだ。いつまで待たせるんだ。寝ようとしたって寝られやしねえや……おっ、また来やがった。ははあ、こんどの足音はたしかにあいつだ。畜生め、さんざん人に気を揉《も》ませやがって……起きているのも、こりゃあ甚助《じんすけ》じみるか。……グー、グー、グー……」

金蔵はわざと高鼾《たかいびき》……。

お染は障子をガラッと開けて、

「あら、よく眠っているのね。ちょいと金さん、起きてよ」

「なにを言やがる。いま時分やって来やがって、気の利いた化け物はとうに引っ込んでしまわあ」

「おやおや、この人は寝言を言っているよ」

「なにが寝言だ」

「ちょいと金さん、金さんってば……いろいろ相談があるんだからさ。起きとくれよ」

「グー……」

「ちょいと、金さん。寝言の合の手に鼾《いびき》かい。あたしが来たのに、すまして寝ているよ」

「なに言ってやんでえ。そうやすやすと起きられるかい。べらぼうめ、グー、グー……」

「ねえ、金さん」

「金さん金さんって言いやがって、どこまでも人を甘くみていやあがる」

「こんな不実な人は、ありゃしないよ。こんな人とは思わなかった。あたしゃ、この人と一生苦労をともにしようと思っていたんだけど、そういう気なら、あたしはあたしで覚悟しよう」

「覚悟でも、なんでもしやあがれ、べらぼうめ。人をさんざん待たしゃあがって、証文の出し遅れだ。グー、グー……」

……お染が静かになったので、金蔵は蒲団から首を出して見ると、お染は行燈《あんどん》のそばで手紙を書いている。

「よく寝る人だよ」

金蔵は鼾をかきながら這《は》い出して、後から覗き込んだ。

「あっ、この人は……鼾をかきながら目を開いている人があるもんかね。おふざけでないよ」

「おう、どっちがおふざけだ。そりゃあ、おれのほうで言う言い草だ。いやな真似をするねえ。面当《つら》てがましいことをするな」

「なにが？」

「なにがじゃねえや。なんだっておれの枕元で手紙なんぞ書くんだ？」

「大きな声をおしでないよ。隣りに聞えるよ」

「大きな声はおれの地声だ」

「ほんとうに野暮《やぼ》な人だよ」

「ふん、どうせ野暮だ。目のまえで情夫《まぶ》へやる手紙を書かれるくれえだからな」

「情夫がほかにあるくらいなら苦労はしない。おまえが寝ちまったんで、おまえにやる手紙を書いていたんだよ」

「なにを言っていやあがる。ご本尊《ほんぞん》さまが目のまえにこうしているじゃあねえか。なんで手紙なんか……情夫にちげえねえ」

「そんなら、この手紙、その目ではっきり見てごらんな」

「あたりめえよ。てめえのほうで見せなくとも、こっちで見ずにゃあいねえ、さあ出せ」

「見るなら、ごらんてば」

金蔵は手紙を取り上げて、行燈《あんどん》を引き寄せ、燈芯《とうしん》をかき立て、ひろげて

「なになに……書き置きの事。えっ、書き置……こいつは少し様子がちがわあ……。

一筆書き残し参らせ候《そうろう》。かねて御前《おんまえ》様もご存知のとおり、この紋日には金子《きんす》なければ行き立ち申さず。ほかに談合《だんごう》いたすにも、鳴くに鳴かれぬ鶯《うぐいす》の、身はままならぬ籠の鳥、ホーホケキョー（今日）まで相隠し申し候えども、もはや叶い申さず、今宵かぎり自害いたして相果て申し候間《あいだ》、もし私《わたくし》の事哀れと思いなされ候わば、折節の一遍のご回向《えこう》、他の千部万部《せんぶまんぶ》の経より心嬉しく成仏仕《つかまつり》候。他に迷いは御座なく候《そうら》えども、私亡後《わたくしなきあと》は御前様にはお内儀様をお持ちなされ候かと、それのみ心にかかり候。御前様百年の寿命過ぎての後、あの世にてお目もじ致し候を何より楽しみに待ちかね居り候。まだ申したきこと死出の山ほどおわし候えども、心急《せ》くまま惜しき筆止参らせ候。あらあらかしこ。白木屋染より。金様参る。

へえー、おどろいたなあ。おい、これほどのことがあるなら、一応話をするがいいじゃあねえか。水臭えじゃあねえか」

「なにを言ってるんだい。おまえにあたしゃ相談しようと思ったんだけど、薄情でグーグー眠ってるじゃあないか」

「それがその……眠っているような起きてるような、妙な寝かたをしてたんだ」

「そういう頼りない人だから……」

「なにを言ってんだ。金《かね》で済むことなら、どうにでもしようじゃあねえか」

「ほんとう？　うれしいこと。どうにかなるの？」

「あーあ、まあな」

「まあ、頼りないねえ。お金ができなきゃあ、みじめな思いをしなきゃならないから死のうと思うけれども、おまえさんとは末の末までと約束がしてあったんだから、あたしの死んだのちは、折れた線香の一本も手向《たむ》けておくれ。後生だから……」

「おいおい、そんな湿《しめ》っぽいことを言うなよ。人間の命は金で買えやあしねえぜ。だから、金さえ出来りゃあいいんだろ？」

「そりゃあそうだけれども……」

「じゃあ、おれが一肌脱《ひとはだ》ごうじゃあねえか。おめえのためなら家《うち》のものをみんな叩き売ったって、なんとかしようじゃあねえか」

「おまえさんにそんなことをしてもらっちゃあ、済まないと思って……」

「済むも済まねえもあるもんか……で、いったい、いくらありゃあいいんだ？」

「四十両なきゃあ、どうにもならないんだよ」

「なーんだ、たったそれだけのことか……なにも四十両ばかりの端金《はしたがね》で、死ぬことはねえじゃあねえか」

「じゃあ、おまえさん、都合《つごう》してくれるかい？」

「それが、その……とてもできねえ」

「なんだねえ。四十両ばかりの端金なんて威張《いば》ったくせに……」

「そりゃあ威張ったけれども……これで四十両残らずこせえるとなると、すぐにはなあ……」

「そりゃ、残らずできなかったら、あたしがあとはどうにかするけど……三十両ぐらいどうだい？」

「三十両なあ、うーん、ちょっと足りねえなあ」

「二十両かい？」

「二十両できりゃあ、おれも男が立つけど……」

「十両かい？」

「十両なら、大威張りだ」

「じゃあ、いったいいくらなら出来るの？」

「そうさなあ、まあ、一両二分ぐれえなら、なんとか……」

「冗談言っちゃあいけないよ。四十両のところへ一両二分ぐらいつくって、どうするのさ？」

「どうするったって……どうもしかたがねえ」

「だって、おまえさん、家のものを売ってこさえると言ったじゃないか」

「だから、みんな叩き売って、それくれえにしかならねえんだ」

「情けない身上《しんしょう》だねえ」

「だから相談だと言ったろう」

「いいよ。どうせ死ぬんだから、かわいそうな女だと思ったらね。思い出したときに線香の一本も上げてちょうだいな。これがこの世でおまえさんの顔の見納めだよ」

「待ちなよ。おめえが死んじまっちゃあ、おれだけ生きてたってしようがねえやな。死ぬならいっしょに死のう」

「金さん、あたしのようなばかはほんとにするよ。死んでくれる？」

「ああ、つきあうよ」

「なんだい、つきあうてえのは……蕎麦《そば》を食べに行くんじゃあないよ。ほんとうに死んでくれるのかい？」

「そんなおめえ、ばかにしたもんじゃねえやなあ。おれだって死ぬといったら死ぬよ」

「きっと、死ぬね？」

「ああ、死にますよ。……まだ疑《うたぐ》ってるのか？　うそだと思うなら、手付けに目を回そうか？」

「目なんか回さなくたっていいよ。それじゃあ、今夜ね……」

「今夜か？　今夜はいけねえや、おれのほうは用事があるもの」

「用事なんかいいじゃあないか」

「そうはいかねえ。彼世《あっち》へ行っちゃうと、出てくんのがたいへんだよ。死ぬときまったら、急に死ぬことはねえだろう。いろいろ支度もあらあ。死出の旅の衣装は二人揃って、白無垢《しろむく》というのを着て行こうじゃねえか。あの二人は覚悟の心中だと、後に浮名の残るようにしようじゃねえか」

「うれしいね。この世で縁は薄いけれど、あの世でおまえさんといっしょになろうよ」

「そうだ。あの世で、蓮《はす》の葉の上で世帯をもとう」

「じゃあ、いつ？」

「明日《あした》の晩、死のう」

「金さん、約束したよ」

その晩は、お染のほうはこの男を逃がしちゃ大変と、手を尽してもてなした……。

翌朝、金蔵はふらふら……魂の抜け殻《がら》みたいになって、家へ帰った。

もうあの女のためなら命はいらねえ……とのぼせ上がって、もとより独身者《ひとりもん》、だれも文句を言う者はなし、道具屋を連れて来て、家の中のものを残らず売り払い、空店《あきだな》同様にして、古道具屋で短刀を一本買って、柳原の古着屋で白無垢を二枚買うつもりが、金が足りなくて女物一枚と、自分のは腰から下のない胴裏みたいなものを買い、それを風呂敷へ入れて首っ玉へ結《ゆ》わえつけて、昼過ぎに、長年、厄介になっている親分の家へ暇乞《いとまご》いにやって来た。

「お早うございます」

「だれだい？　だれか裏口《うら》へ来たようだ」

「お早うございます」

「おわい屋か？　いま時分来て、お早うございますというのは？」

「おやおや、生きてるうちから臭気《くさみ》がついちゃあ往生だ」

「なんだ、ぼんやり突っ立ってんのは、金蔵か？」

「お早うござい……」

「冗談じゃねえ。もう昼過ぎだ。どうしたんだ？　大きな包みを首っ玉に結わえて、買物の帰りか？」

「へえ……」

「へえじゃあねえ。こないだからてめえが来たら意見をしようと思ってたんだ。若《わけ》えやつらに聞いたら、品川のほうへこのごろだいぶ通ってるってえ話だが、よしなよしなよ。おおかたこの紋日前に金に詰まって、女に心中でもふっかけられるのが関の山だ、おめえなんざ」

「ヘッヘッヘッ……」

「なんだ、変な笑いかたするなよ」

「えー、つきましては……」

「なに？」

「じつは……ここんとこ、少し都合をわるくいたしまして……」

「当りめえだ。ろくろく稼ぎもしねえで、女郎買《じょろう》いばかりして……楽な気づけえはねえ。今日は、なにしに来たんだ？」

「へえ、しようがありませんから、しばらく江戸を離れて遠くへ、ひとつ行こうと思いまして……」

「そんならいいが、まあ少しは稼がなくちゃあ、いつまでふわついてちゃしようがねえ。で、どっちへ行くんだ、旅は？」

「西のほうへまいります」

「目あてがあって行くんだろうが、いつ帰《けえ》るつもりだ？」

「盆の十三日には帰ります。……なにとぞ、そのときはお迎火をたくさん焚《た》いてください」

「いやなことを言うな。……すると、だいぶ遠いな？」

「人の噂《うわさ》では、なんでも十万億土とか……」

「とぼけたことを言うと、殴るよ。はっきりしねえと……ただ西のほうじゃあわからねえ、どこだ？」

「西方弥陀《さいほうみだ》の浄土……」

「こいつ、縁起の悪《わり》い野郎だあ。……おいおい、待ちな待ちな。まあ家にいな。旅に出たって碌《ろく》なこたあねえから……おい、金蔵、話も済まないうちに駈け出しちまって……おーいっ、金蔵っ」

「親方あ、金蔵のやつ、水瓶《みずがめ》の上に、こんな短刀を置いて行きましたよ」

「あのばか野郎、顔色がおかしいと思ったが……どっかで喧嘩でもしてきたにちげえねえ。いいよ、うっちゃっておきねえ」


金蔵は、親方のところから二、三人、友だちのところへなんとなく妙なことを言って歩いて……暇乞《いとまご》いをして、日の暮れがたに品川へやって来た。

「金さん、まあ、よく来てくれたねえ」

「うん、すっかり暇乞いしてきちゃった。おれも男だ。約束だけは守るよ」

「今夜はもう、この世とお別れだから、思い切りパァーとやろうよ」

金蔵は朝から碌《ろく》に食べていないうえ、飲み食いもこれが最後と、どんどん注文して、

「勘定が足りなければ、馬でもなんでも付けろ。勘定が欲しけりゃ、三途の川まで取りに来い。地獄へいっしょに連れてってやるから……」

「そんなにぱくつくと、お腹をこわすよ」

「なんでもかまわねえ、どうせ行き掛けの駄賃だ」

お染のほうは気を揉《も》み出し、もし金蔵の口から心中が露見《こと》しちゃあたいへんと……、

「さあ、金さん、いい加減にお酒をよして、寝ておしまいよ」

酔っ払った金蔵を寝かして、お染はほかの客の廻しを済まして、引け過ぎに部屋へ戻って、障子を開けてみると、金蔵は高鼾で寝ている。

「まあ、なんて寝様《ねざま》だろう。あきれたもんだねえ。いま死のうてえのに、よくこんなにグーグー寝られるもんだ。この人は度胸があるんじゃあない。のんきで、からばかなんだよ……あらあら、鼻から提灯《ちょうちん》が出てきたよ。あれっ、ひっこんだ。また出てきた。こりゃあ、きっとお祭りで夕立にあった夢かなんか見てるんだね……あれっ、提灯がつぶれたよ。汚ないねえ。あーあ、こんなやつといっしょに死ぬのかと思うとつくづく情けないねえ……いつまでもこうしちゃあいられない。ちょっと金さん、お起きよ。ちょいと金さん、金さんっ」

「あーあ、あー、もう食えねえよ」

「まだ食べる気でいるんだよ。なんて人だろう。ねえ、起きとくれよ」

「もう夜が明けたのか?」

「夜は明けちゃあいないよ。戸外《そと》をごらんよ」

「ふざけるな。夜中に追い出されてたまるもんか。高輪のところにわるい犬がいて、このあいだ、朝早く帰ったら、犬にとりまかれて、ひどい目にあっちまった。おらあ、もう犬はでえ嫌《きれ》えなんだから……」

「なにを言うんだね。しっかりしておくれ、おまえ、忘れたのかい?」

「なにを?」

「今夜死ぬんじゃあないか」

「ああ、そうだった。すっかり忘れちゃった。ひと寝入りしたら、なんだか億劫《おっくう》になっちまった。

どうだい、二、三日延ばすわけにはいかねえか？」

「ばかを言え。急に心変わりをしたのかい」

「おまえ、おれはちゃんと死ぬつもりだから、世帯をたたんで、暇乞いまでやって来たんだ。その包みの中を見ねえ」

「あらまあ、立派な白無垢じゃあないの」

「一世一代の心中だ。衣装《なり》が悪くちゃあ浮名が立たねえ。これがおめえで、こっちがおれのだ」

「金さん、おまえのは、腰から下がないじゃあないか」

「ああ、倹約につきお取り払いってえやつだ。このほうがさばさばしていいやな」

「なにか刃物を持って来たかい？」

「その風呂敷の中に短刀が入《へえ》ってるだろう？」

「短刀が？……なにもありゃあしないよ」

「そんなはずはねえんだが……よくふるってみなよ……え？　ねえかい？　おかしいなあ……あっ、たいへんだ。昼間、親分の家《うち》へ暇乞いに行って、水瓶の上へ置いたままあわてて出て来ちゃった」

「まあ、そそっかしいねえ、この人は……あたしも、こういうことがあるかと虫が知らしたか、すっかり昼間のうちに、剃刀《かみそり》を研《と》がしておいたから、金さん、死ぬのは剃刀にかぎるよ」

「おい、待ちなよ。危いっ、剃刀はいけねえ。刃の薄いもので切ったやつは、あと治りにくいというから……」

「なにを言ってるんだよ。ああ、そうかい、おまえ、死ぬつもりがないんだね。あたしを騙《だま》したんだね……いいよ、おぼえておいでよ。あたしはこれで喉をかき切って死んだら、三日経たないうちに、おまえさんをとり殺してやるから……」

「おい、待ちなよ。おいおい、危ねえから離しなよ。……おいっ、危ねえじゃあねえか。こんなものを振り回して……」

「なにするのさ？　人の剃刀をとっちまって……」

「だからよ、なにも荒っぽいことをしなくったって、死ねりゃあいいんだろう？……人間てえものは脆《もろ》いもんだ針一本でも突き処によっちゃァ死ねらァ」

「どうするのさ？」

「もめん針を二十本ばかり持ってきねえ」

「もめん針を？……どうするのさ？」

「そのもめん針で二人の脈所《みゃくどこ》を突き合っていたら、夜の明けるまでにはかたがつくだろう」

「おふざけでないよ。霜焼《しもや》けの血をとるんじゃァあるまいし……じゃ裏へおいでよ」

「え？　裏へ？　あの松の木かなんかへぶら下がるんだろ、洟《はな》を二本たらして……ありゃあ、あんまり気のきいたもんじゃあねえ」

「なにをぐずぐず言ってるんだよ。なんでもいいから裏へいっしょにおいでっ」

「とほほ……行くよ、行きますよ」

金蔵はべそをかいている。お染にせき立てられ、白無垢を着せられて、裏梯子《うらばしご》をそーっと下りて、庭に出て、飛び石を伝わって、海へ出ようとしたが柵《さく》矢来で囲ってあって飛び越えることができない。木戸には錠がおりていて、むりやり押してみたが開かない。お染は錠に手拭いを巻いてグイと捻《ねじ》ると、潮風のために壺金が腐っていたのか、ポキリと取れたので、これ幸いと木戸を開けて出ると、まえに桟橋。空は雨模様、どんよりとして、ときどき雨がぽつり、ぽつり……。

「さあさあ、金さん、なにしてるんだよ。ずんずん前へ行くんだよ。桟橋は長いよ」

「とほほほ、桟橋は長くったたって寿命《いのち》は短《みじ》っけえや。おいおい、危いよ。押しちゃあ駄目だよ」

「なに言ってるんだい、早く飛び込むんだよ」

「この海へ？　いやだなあ。真っ暗でおめえ、気味が悪いや……なんだい？　あの向うへふわふわ人魂《しとだま》が飛んでいるじゃないか」

「なにを……人魂じゃないよ。沖のほうで海老《えび》を獲る舟の灯りだよ。ぐずぐずしないで、早く飛び込むんだよ」

「そりゃあいけねえ。おらあ、風邪ひいてるから……。弱ったなあ、このあいだ、占者《うらないしゃ》がそう言ったよ。おまえさんは水難の相があるって……」

「いまさら、そんなことを言ったって、しょうがないよ」

「そうかといって、出し抜けに飛び込んじゃあよくねえ。入《へえ》るまえによくかきまわして……」

「お湯へ入るんじゃあないよ。威勢よく飛び込むんだよ」

「威勢よくったって、茶碗のかけらでも落ちてたら、足を切っちまわあ」

「潮干狩《しおしがり》じゃあないよ。じれったいねえ」

「どうも冷たそうだなあ」

　金蔵は泣き出さんばかりに、ぶるぶる震えている。

　そこへ、座敷の二階のほうから、

「お染さんェー」

と、若い衆《し》の呼ぶ声がした。

「さあ、だれか来るといけないから、飛び込んどくれ」

と、お染は金蔵の後ろへ回って透《す》かして見ると、金蔵は爪先立って、がたがたと震えている。

「金さん、あたしもあとから行くから、先へ行っとくれ、堪忍しておくれっ」

と、金蔵の腰のところへ手かけて、ドーンと押した。金蔵はひょろひょろっとよろけて、もんどり打って、どぼーんと海中へ……。

お染もつづいて飛び込もうとする途端に、

「おっ、待った、待った。ばかな真似しちゃあ……」

と、楼《みせ》の若い衆が後から抑えた。

「どうか、恥をかかしておくれでないよ。見逃しておくんなさいっ」

「お染さん、お待ちなさい。つまらねえことをするじゃありませんか。おまえさん、紋日前に金ができねえで、こんな無分別なことするんでしょう。金ならできた。死ぬのはおよしなさい」

「えっ、ほんとうに？」

「だれがうそをつくもんですか。いま石町《こくちょう》の旦那が五十両、懐中《ふところ》に入れて持って来ましたよ。お染さんからもらった手紙で心配はしてたんだが、ここんところ忙しくて届ける暇がねえ。今晩、急に高輪に用事ができたからって、引け過ぎたが一刻でも早いほうがいい、当人に渡して安心させてやりてえとおっしゃって、いまお見えになったばかりだ。部屋へ行きゃあ、剃刀が二挺おっぽり出してあるから、てっきりこんなこっちゃねえかと飛んできたんだよ。間に合ってよかった……金はできたんだよ」

「おや、そうかい？……とんでもないことをしてしまったよ。旦那がもう一足《ひとあし》早ければ、こんなことをするんじゃあなかった」

「どうしたんで？」

「先に一人飛び込んじゃったんだよ」

「だれが？」

「金さん」

「あの貸本屋の金蔵？　なあに、よござんすよ。知っているのは、お染さんとあたしだけ。黙っていれば知れる気づかいはありません」

「それでもね、長年の馴染だもの……」

「勘定ができないで居残りをしていたが、とうとう飛び込んで死んだといえば、なんの仔細もありゃあしません」

「そう、おまえさん、黙っててくれるかい？　でもねえ、あたしが押して飛び込んじゃったんだから、寝ざめがよくないやねえ。ちょいと、金さァーん、どこへ流れちまったんだよ。もう一度上がって来てちょうだい。ちょいと、金さん、世話を焼かせずに、お上がんなさいよ」

「楼先《みせさき》で客を呼んでるわけじゃあねえから……。こう暗くっちゃ見えないじゃありませんか」

「いないかねえ……身上《しんしょう》も軽けりゃ身も軽いてえが、麻幹《おがら》か寒天《かんてん》みたいな人だね。……ねえ、金さん、じつはあたしも死ぬつもりだったけど、お金ができてみると、死ぬのは無駄だわね。あたしだってそのうち死ぬから、そうしたらいずれあの世でお目にかかりましょう。あたし都合でやめるから、今晩のところはこれにて失礼……」

金蔵のほうは、桟橋から突き落され、泡はくう、潮はくう、面食らう……。苦しまぎれに、

「助けてくれっ」

と、ひょいと足をつっ張ると、品川の海は遠浅で、水は腰までしかない。金蔵は横になってがばがば水を飲んで踠《もが》いていただけ……。

「畜生めっ。人を突き飛ばしておいて……。よくも人を騙《だま》しやがったな。どうするかみやがれ、あっ、痛えっ」

金蔵は、元結《もっとい》は切れてざんばら髪、額《ひたい》のところを牡蠣貝《かきがい》で引っ掻いたと見えて、白い着物には泥と血がついてもの凄い形相《ぎょうそう》……。悔しいけれど、お染のところへこのまま暴れ込めば恥の上塗りになるので、やむをえず、海の中を岸に沿って足を引きずりながら歩いて、高輪の雁木《がんぎ》から這い上がった。

東海道の往来の道で、駕籠屋《かごや》が暁《あけ》を担《かつ》ごうと客待ちしていた。

「もし、駕籠屋さん」

と、金蔵が呼ぶと、駕籠屋は寝呆眼《ねぼけまなこ》で……見ると腰から下は真っ黒の泥々で、上のほうは白いものを着て、髪は乱れて、額のところへ血が流れている。

「お化けだっー」

駕籠屋は驚いて、
と、逃げ出した。

金蔵は担ぎ手がいないので、駕籠のまわりをぐるぐる回っていると、

「わんわんわんわんっ」

と、犬が金蔵の姿を見て吠えつく。金蔵が駕籠屋の置いて行った息杖《いきづえ》を振り回し、犬を追い散らしながら必死で逃げ出すと、犬も後を追っ駆けて行き……芝まで来ると、犬のほうにも縄張りがあって、ここからは芝の犬にとり巻かれ、とうとう犬の町内送りになる始末。

中橋の自分の家はもう空店なので帰るわけにはいかない。しかたなく親分の家へ……。ところが親分の家では若い者が多勢集まって、賽子《さいころ》でガラッポンと賭事の最中。

「静かにしねえ、ひどく表で犬が吠えてるから……」

と言っている……途端に、金蔵が出し抜けに表の戸をドンドン叩いた。

「手が入《へえ》ったっ」

と、すっとんきょうなやつが怒鳴ったから、蠟燭《ろうそく》をひっくり返す、行燈《あんどん》を蹴とばす、場銭《ばせん》を浚《さら》っていくやつもいて、家の中はどたんばたんと大騒ぎ。

さすが親分だけは、落着いていて、

「静かにしねえか。こんなときこそ静かにするもんだ。騒げばかえっていけねえ。……家主《おおや》だ、家主さんじゃ……ありませんか。そう力いっぱい叩いちゃあいけない、戸が壊れる。家のやつらは寝呆けやがって、この騒ぎでございます。……おい、静かにしねえか。だれだ金盥《かなだらい》を履いて駆け出すのは？　なにしろ真っ暗じゃしょうがねえ。……あっ痛えっ、だれかおれの頭をふんづけやあがったな。人の頭を踏台にするやつもねえもんだ。……あの、ちょっと、なにを貸しねえ」

「暗黒《まっくら》で、手真似をしても見えやァしない。なにを貸すんです？」

「なにだ、燧箱《ひうちばこ》だよ……あれェ、ちっとも火が出ねえ。なんだ餅《もち》のかけらが入《へえ》っているじゃあねえか、道理で叩いても火が出ねえと思った。……だれだい？　こんな中に餅なんか放り込んどくのは……おい、蠟燭を出しねえ。しようがねえなあ。夜が更けたから大きな声を出すなと言ったのに、てめえたちがあんまり騒ぐから、こんなことになるんだ。……家主さん、いま、開けますから……」

蠟燭を灯《つ》けて、ガラリと戸を開けてみると、金蔵がすごい形相で茫然と突っ立っている。

「だ、だれだあ。……だれか来てくれ、妙なやつが表に立っている」

「へえ親分、今晩は……」

「あ、金蔵か。びっくりさせやがる。もう少しで肝《きも》を潰《つぶ》すところだった。なんだ、そのざまは？」

「へえ、品川で心中のしそこない」

「それ見やあがれ、言わねえこっちゃあねえ。今朝あれほど意見したのに、聞かずに出て行きやあがって……女を殺して、てめえが助かって来てどうするんだ」

「なに、女は助かって、こっちが死に損なった」

「ばかだな、この野郎は……そんなまぬけな心中があるか。……こっちへ入《へえ》れよ。入《へえ》ったら、あとを閉めろ。おい、待てよ、待ちなよ。足が汚れているだろう。手桶に水を持って来てやれ」

「寒くっていけねえ」

「寒いのはてめえの心がけだ……さあ、この水できれいに身体を洗え。ほんとうにてめえくらいばかはねえ……みんな驚くことはねえ。金蔵がまちげえをしてきやがったんだ。……あれっ、たいそう天井から煤《すす》が落ちるが、だれだ？　梁《はり》の上へ上がってるのは？」

「あっしです」

「辰公か。さっき、おれの頭を踏台にしてそこへ上がったのは？」

「手が入ったと言うから、こりゃいけねえと、無我夢中で上がったが、安心したら降りられねえ」

「だらしのねえ格好して、汚ねえ尻《けつ》だなあ。もう少し褌《ふんどし》を固く締めろよ」

「だれか梯子《はしご》を持ってきてくれ」

「梯子なんぞいるか。だれかの肩をかりて降りて来い。始末がつかねえな……だれだ？……戸棚へ首を突っ込んでいるのは？　定《さだ》の野郎か。なにしてるんだ？　あれっ、てめえ佃煮をみんな食っちまったな」

「逃げるまえに、腹ごしらえをしようと思って……」

「あきれた野郎だ」

「ついでに小瓶があったから、酒だと思って飲んだらばかに塩っ辛《から》い」

「それは酒じゃねえ、醬油《したじ》だ」

「そうか。しょうゆうこととは気がつかなかった」

「この最中《さなか》に洒落《しゃれ》を言ってやがる……だれだ？　竈《へっつい》に首を突っ込んでいるのは？　あっ、でこ亀か……うーん、こりゃあ、悪《わり》いやつが入《へえ》っちまったなあ……ああ、だめだ、だめだ。はずみで入っちゃったんだ。引っぱったって抜けない、頭の鉢がひらいてるんだから……茶釜《ちゃがま》をとって上へ抜いてやれ。いいか、無理しちゃあいけないよ。頭が壊れるのはかまわねえが、竈が壊れちゃあ困るからな……縁の下で、だれかなにか言ってるぜ」

「助けてくれ」

「虎《とら》ンべの野郎だ。縁の下なんかに入ってどうした？」

「親分……」

「男のくせに泣いてやがる」

「へえ、親分、もうあっしは助かりません。親不孝した罰《ばち》です。おふくろを呼んで来てください」

「どうしたんだ？」

「縁の下へ逃げるつもりで、はめ板がはずれて糠《ぬか》味噌桶の中へ落ちた……」

「大丈夫か？」

「へえ、落っこったとたんに、急所を打って、きんたまがとび出しちゃった。とても助かりません」

「なに、きんたまがとび出した？」

「大事なもんですから、しっかり持ってます」

「そいつあ気丈だ。見せてみろ……ばかっ、こりゃあ、茄子《なす》の古漬けだ」

「なんだい、茄子かい……あはははは、なるほどちげえねえ。自分のきんはちゃんとありました」

「あれっ、いやに臭《くさ》いね。こりゃあ、糠味噌の臭いとちょっとちがうぞ。……なにをっ、与太郎が手水場《ちょうずば》へ落っこったあ？」

「さあ、こりゃあたいへんだ。待てよ、いま上げてやるから……」

「へっへっへ、親分、もう上がってきた」

「ばかっ、上がって来ちゃあいけねえ。さあ、洗ってこい。……しようがねえやつらじゃあねえか。どいつもこいつも意気地がねえ。……みんな、伝兵衛さんを見ろよ。さすがはもとはお武家さまだ。この騒ぎにびくともせず、ちゃんと座っておいでなさる」

「いや、お誉《ほ》めくださるな。拙者はとうに腰が抜けております」

「親分……っ」


《解説》女主人公《ヒロイン》のお染が、品川の宿場女郎の〈板頭〉を張る――〝ナンバー・ワン〟に位《くらい》したのは、単に気が強い、負けん気だっただけではあるまい。器量も客扱いもそれほどではなく……、彼女の特技はどうやら手紙を書くことにあるようだ。その見事さは、金蔵が狸寝入りをしている間《あいだ》に、巻紙にさらさらと「鳴かれぬ鶯《うぐいす》の、身はままならぬ籠の鳥、ホーホケキョーまで……」などと、男心をそそる表現と、達筆の女文字で書き上げたことでもわかる。――「文違い」も同様だが、廓から一歩も出られぬ女郎たちには外界との連絡は使い屋を通して届けられる手紙が唯一の手段であって、その巧拙が稼働《ビジネス》の生死を決めた。

またその手紙に歓喜した金蔵も、貸本屋という文化的業種（?）に携《たずさ》わっていたゆえで、まず職人だったら、手紙を読むことができず、親方や家主のところへ持って行って代読してもらわなくてはならず、また心中をもちかけられても、仕事を請け負っていれば、「ふざけるなッ」

と断るしかない。そこへいくと金蔵のばあいは、お人好しではあるにしろ、心中の浮名の価値《メリット》をも拡大解釈する素養をもっていた。お染の人選はまちがってはいなかった。

江戸時代、本屋といえば貸本屋を指し、今日の本屋《ブック・ストアー》は絵草紙屋といった。貸本屋は元禄時代から普及し、地区的に〝縄張り〟を取り仕切る親分がいて、そこから黄表紙本、滑稽本などを借り出して、板の上に本を積み、大きな紺木綿の風呂敷に包んで背負い、得意先へ持ち廻って貸し賃を稼いだ。その傍《かたわら》に幇間《たいこもち》のように得意客の用達、斡旋《あっせん》仲介などなんでも引き受け手伝った。――「**干物箱**」の善公もその一人で、道楽息子の身代りもすれば、ときには後家さんの相手もする、という重宝な（？）存在だった。

収録したのは〈上〉の部で、〈下〉は「仕返し」と題し、親分が狂言作者となり、金蔵を幽霊に扮装させてお染に復讐《リベンジ》する筋書であるが、生彩がなく陰気で、ほとんど上演されない。

川島雄三監督によって「幕末太陽伝」（一九五七年、日活）の題名《タイトル》で「**居残り佐平次**」「**三枚起請**」「お見立て」などと混入《ミックス》され、映画化された。日本映画史上、極めて数少ない喜劇の名作として遺《のこ》されている。因《ちなみ》に貸本屋の金蔵は小澤昭一、お染は左幸子が演じた。

（ゴシック体の作品は、本シリーズ（「落語百選」（全四巻）「落語特選」（全二巻））に収録）

小言幸兵衛

麻布の古川の家主《いえぬし》で幸兵衛さん。夜が明ければ長屋を一まわり叱言を言わないと飯が旨くないという、人呼んで、小言幸兵衛。

「おいおい、魚屋、なにしてるんだよ。魚を拵《こさ》えるのはいいが、腸《はらわた》をそうむやみに撒《ま》き散らしちゃ困るじゃねえか。蝿《はえ》がたかっていけねえ……糊屋のばあさん、そんなとこで赤ん坊に小便やらしてちゃあいけねえな。あとが臭《くせ》えじゃねえか……あっ、臭えといえば、どこの家だい？　焦げ臭えや、飯《めし》が焦げてるよ。どこの家だ？　熊公んとこだな。のべつあすこじゃ飯を焦がしてやがら……それで熊公のやつ色がまっ黒なんだ……おい熊さん、飯が焦げてるよ……あれ、だれだい？　厠所《はばかり》で唄ってるのは？　ひどい声だねえ。当人は唄だと思ってるんだろうが、知らねえやつが聞いたら悲鳴とまちげえるじゃねえか。厠所《はばかり》だけあって、あれは黄色い声というんだな。おいおい、だれだか知らねえが唄をやめろ。赤ん坊がひきつけ起すぞ。……どこだい、この煙《けぶ》りは？……芋屋《いもや》の平兵衛の家だろう。きまってやがら、しようがねえな。あああ、こんなとこで犬が交尾《つる》んでら、もっと端《はじ》のほうへ行け、端のほうへ……ほんとうにどいつもこいつもあきれけえったやつらだ……」

長屋の住人のほうは、もう慣れてしまって別に苦にしないが、新しい借り手が来ても、言うことが気に入らないと、すぐ叱言を言って帰してしまう。そんなことだから「貸家」と貼った札のはがれたことがない。こういうとこへまた、知らないで入って来る者もいる。

「おい、ばあさん、玄関にだれか来てるよ。……へい、おいでなさい。家主の幸兵衛はあたしだが、なにかご用で……」

「この先に二間半間口の家が一軒あるが、あれを借りたいと思うが、店賃《たなちん》は？」

「なんだと？」

「表の貸家を借りたいんですが、店賃はいくらで？」

「だれが貸すと言った」

「へえ、塞《ふさ》がったので？……」

「おまえさんは口の利きようを知らない。いいか、家を借りたければ借りたいで、それなりの掛け合いのしかたがあるだろう」

「どんな？」

「あそこに貸家がありますが、いかがでございましょうぐらいなことを言ってみろ。それで貸すといわれたら、それでは店賃はおいくらでございましょう、と聞くのが順序じゃねえか」

「さようでございますか。貸してくださいますか？」

「貸すための貸家だから、貸家という札が貼ってある。けれども気に入らなければ貸せないというわけだ」

「そんなこと言わないで、貸してください」

「わたしもどうかして貸して上げたい。気に入る入らないと言ったところで、おまえさんを養子に貰うわけじゃあない。けれども表店を借りるとなると、なにか商売をするのだろう。もっとも無商売はいやだ、ただ近所に類のない稼業を置きたい。というのは、古く住まっている者に、同じ商売があって、それがために新規に来た人が繁昌しなくてはいかず、また古いほうの店がさびれてもおもしろくない。お互いの不利益だからね、ところで、おまえさん、商売はなんだ？」

「豆腐屋でございます」

「うん、そりゃいいや。この界隈《かいわい》に豆腐屋がねえから……で、家内は何人だ？」

「かかァが一人ございます」

「かかァが一人？　じゃあ、おまえさんは女房を幾人《いくたり》持つんだ？」

「かかァは一人に決まっております」

「そうだろう。一人と言うだけ余計だ。無駄口きくやつに利口なやつはいねえ」

「どうも、いちいち叱言を言われちゃあ……。では、わたしに女房」

「子供はないのか？」

「ええ、食いもの商売に子供があっちゃあ往生でございますが、いい按配《あんばい》に子供ができません」

「なにを言ってんだ。その一言で、もう店を貸すことはできねえ」

「どうしてなんで？　どこの家主だって、子供があると、家を汚し、壁に穴をあけるとか板の間を傷つけるとか、それがためにどこへ行っても、子供がないといえば、よろこんで貸すでしょう？」

「そんなばかな家主といっしょにするな。いいか、子供は子宝というくらいで、金を山と積んだって出来るもんじゃねえんだぞ。その宝がないのがどうして自慢になるんだ？　しかし、まあ、夫婦になって半年か一年ならば出来ねえってこともあるからな……いついっしょになったんだ？そのかみさんと？」

「えー、かれこれ八年になりますか……」

「なんだと、八年もいっしょに暮らしてて子供ができねえ？　そいつあいけねえや。いいか、三年添って子なきは去るべし、と言うだろう。三年間も子供ができねえ女は、離縁してもいい、されてもあたりまえだということになってるんだ。八年も子供ができねえような、そんな日陰の胡《きゅ》瓜《うり》みてえな女は追い出しちまえ。そのかわり、あたしが下っ腹のあったけえ、丈夫で、四季に妊《は》娠《ら》むようなかみさんを世話してやるから、独身《ひとりみ》になって引っ越して来い」

「なにを言うんでえっ、この逆蛍《ぎゃくぼたる》」

「な、なんだ。いきなり大きな声を出しゃあがって、……ばあさん、逃げなくっていい、逃げるんならいっしょに逃げるから……逆蛍とはなんだ？」

「蛍は尻が光ってるが、てめえは頭が光ってるから逆蛍だって言うんだ。それくれえのことわからねえのか、このあんにゃもんにゃめ」

「あんにゃもんにゃ？　なんだい、あんにゃもんにゃてえのは？」

「そんなこといちいち知るもんか。黙って聞いてりゃあなんだと？　かかァと別れて独身《ひとりみ》で引っ越して来いだ。なに言ってやんでえ。てめえみてえなやつに別れろと言われて、へえ、さようでござんすかと、そんなたやすく別れられるような仲じゃあねえんだ。『おめえじゃなくちゃならねえ』『おまはんといっしょになれなくちゃ死んじまうわ』と、好いて好かれて、好かれて好いて夫婦になった仲だい。それなのに……それなのに」

「なんだ、こいつ、涙ぐんでやがらあ」

「それほど惚れて惚れられた仲を……別れて、この店《たな》へ引っ越して来るほど、弱え尻はねえや。このくたばりぞこないっ」

「なんて野郎だ。あきれて口もきけねえ。ぽろぽろ涙こぼしてかかァののろけいって、揚句の果てに毒づいて行っちめえやがった。……あんなばかはないねえ」


「えー、ごめんくださいまし」

「よく人が来る日だな……はい、はい、なにかご用で？」

「ええ、お家主さまの幸兵衛さまのお宅は、こちらさまでございますか？」

「おい、ばあさんや、風向きが変わってきたよ。こんどはたいへんに人間らしいのが来たよ。さっきの客はなんだい、急に怒り出して、あと開けっぱなしで行っちまいやがった。もっとも後から来る人が開ける世話がなくていいが……はい、てまえどもですが、どうぞ遠慮なくこちらへお入りください」

「それではごめんこうむります。はじめてお目にかかります。あなたさまが幸兵衛さまで？……あたくしは、ちょっと通りがかりのものでございますが、表の角《かど》に二間半間口の二階家で、まことに結構なお借家がございますが、あれは、てまえどものような者にお貸しくださいましょうや、または、他々《ほかほか》さまからお約定済《やくじょうず》みでございましょうや、この段を伺いたいと存じましてお邪魔しましたような次第で……」

「ばあさんや、布団を持っておいで……さあ、さあ、あなた、どうぞおあてください。えらいねえ。いや、恐れ入った。あなたは学問があるねえ。お世辞というものは、世の中の道具だな。『表の角に結構なお借家がございますが』は、少し面目なかった。あまり結構な借家じゃないが、そう言ってくだされば、あたしだってうれしいや。それに、そのあとがうれしかったね。『てまえどものような者にお貸しくださいましょうや、または、他々さまからお約定済みでございましょうや、この段を伺いたい』ときたね。感心しました。この段を伺うなどは、生やさしい学問で伺えるもんじゃあないよ。九段なら、突きあたりが招魂社《しょうこんしゃ》で、怪談なら円朝だが……」

「恐れ入ります」

「別に恐れ入ることはありませんよ。あたしゃ、あなたみたいなかたをお待ちしてたんだから……ばあさんや、早くお茶を入れておくれ……うん、お茶だけじゃ愛嬌がねえな、なにかないかな、羊羹《ようかん》がある？　出しとくれ、なに古い？……まあ、なんでもいいから、愛嬌に持ってきな。どうせこの人は食う人じゃねえんだから……ねえ、そうでしょ？　それみろ、食わねえてえじゃねえか……じつはねえ、おまえさんのような人に貸さなければ、長屋が立ち腐れになってしまう。念のため二つ三つ聞いてみたいが、気に入ればお貸しするし、気に入らなければ貸すわけにはゆかない。店《たな》はこっちのものだ」

「へえ、ごもっともさまで」

「……失礼だが、ご商売は？」

「はい、仕立て職を営《いとな》んでおります」

「なるほど、仕立て屋さんだからいとなむときたな。提灯屋さんなら張りなむだし、俥屋さんなら引きなむだ」

「恐れ入ります」

「そう、あなた、いちいち恐れ入ることはありませんよ。で、ご家族は？」

「はい、てまえと妻《さい》に伜が一人の三人《みったり》暮らしでございます」

「言うことにそつがないや。言葉が少くて要領をえてるね、どうも……で、伜さんというのはいたずら盛りじゃないか？」

「いえ、もう二十二になります」

「それはまた早い子持ちだ、おまえさんは、三十八、九……四十、くらいだろうが。それにしては早い子持ちだ。早く子を持つと、早く苦労をするというが、そのかわりまた早く楽ができる。そいつは結構だ」

「ありがとうございます」

「で、伜さんのご商売は？」

「はい、やはり仕立て職のほうを……てまえが仕事を教えております」

「どうだね、伜さんの腕のほうは？」

「おかげさまで……。根が器用で、ろくろく修業もいたしませんが、近ごろ、お得意さまでは、てまえよりも伜へという註文《ちゅうもん》が多くなってまいりました」

「ほう、そいつあよっぽど腕がいいんだな。あなたももうじき楽隠居だな。で、夫婦仲も睦《むつ》まじいかね」

「諍《いさか》い一ついたしたこともございません」

「伜さんは年齢《とし》が二十二で、仕事がうまいのはわかったが、なにか道楽とか、女遊びなんぞしないのかい？」

「いえもう、夜遊び一ついたしませんで、いたって堅物《かたぶつ》でございまして……」

「まずそれでは嫁とり盛りだ」

「嫁のほうは方々へ口をかけていますが、どうも帯《おび》に短し襷《たすき》に長しで……、いまもって独身《ひとりみ》でございます」

「それは心配な話だ、もっともこっちで気に入ったと思うと、向うでいけず、当人の評判は近所で聞いてみてもいいが、兄弟が悪いとか親がいけないとか言ってね。……まあまあ早く越してお出で、相談ができるよ。あたしはつき合いが広いから方々へ頼んでおくと、嫁の世話といってもたいしたことはできないが、橋渡しぐらいはしようじゃあないか」

「ありがとう存じます。なにぶんお願い申します」

「しかしなんだよ。百人見ても気に入らねえといえばそれまでだ。こればっかりは、気に入らなかろうけれども一人でいちゃあためにならねえから間に合せに持ってみろ、また来年取り換えてやろうというわけにはいかねえ。来る嫁のほうも、生涯の夫と決めるのだから、いく人《たり》見ても気に入らねえ者は気に入らねえ、こっちがよければあっちがいけない、いま言う長し短しだが、さて二十二で独身《ひとりみ》では……この界隈《かいわい》にはまた娘っ子が多いと来ているんだ、さあ心配なことができたな、このまちがいばかりは取返しがつかねえ、じつに心配だ。もっとも心配といったところが、おまえの顔を見たところじゃあ、まあ安心の顔だが……親子だから似ているだろうな？」

「へえ、安心の顔は恐れ入りましたな。生憎《あいにく》とてまえに似てませんで、みなさまがよく鳶《とび》が鷹《たか》を生んだ、などとおっしゃいます」

「鳶が鷹を……うーん、よっぽど男っぷりがいいと見えるな。いや、あなただって決してわるかあないよ。といって、別にいいってほどじゃあないけど」

「いま住んでおります近所のかたがたは仕立て屋の伜は、色は白いし、まるで役者のようだなんて申しますくらい……」

「ま、ちょっと待ってくださいよ。ええと、ここんところまでは、とんとんとんとほんとうによかったんだが、ここが面白くねえなあ」

「どうかしましたか？」

「どうもこうも……年が二十二で、男っぷりがよくて、腕がいい。それで独身と来ちゃあ……ばあさん、羊羹は少し見合せなよ。どうも話がちょっと困ったことになってきた」

「いかがでございましょう、お長屋のほうは……」

「それが困ったことになる……。おまえさんの伜の名はなんというね」

「六三郎と申します」

「ああ、言わないこっちゃあない。なんだってそんな色男の名をつけたんだ。六三郎というと、昔からおその六三、かしく六三、みんな碌《ろく》なことはしねえ、心中する」

「へえへえ」

「重ね返事はよくないな。六右衛門とか何とかしておけばいいじゃあねえか。六三郎は色男の名だ。おその六三は深川の洲崎堤《すさきづつみ》で情死するよ。またこの近所に、おそのというのがいるよ、因果と……。おまえさんが引越して来ようというちょうど筋向うに、古着屋がある。ここの一人娘で、おその。……あの娘はいくつになるか、ばあさん知ってるかい？……え？　十九。これが麻布《あざぶ》小町といわれる器量よしだ。十九、二十、二十一、二十二か仵は、いよいよいけねえ、四目《よめ》に当る。四目十目《よめとおめ》といって第一年回りが好くない。向うが一人娘こっちが一粒種、とても無理じゃあねえか」

「へえ、どういうものでございますか、てまえどもはこちらさまへ縁談のことで伺ったのではございません。お店《たな》を拝借に出ましたのでございますが……」

「貸せないよ」

「どういうもので？」

「どういうものとはなんだ。みすみす長屋に心中ができるじゃあねえか、それだから貸すわけにいかねえ」

「心中をだれがいたします？」

「いたします？　おまえのところの仵が六三郎。向うが古着屋でおその。ちょうど一対《いっつい》。仕立屋と古着屋とはごくこころやすくなりやすい商売じゃないか。でもね、はじめのうちは遠慮があるからよそよそしいけれど、毎日顔を合せているうちには、そうそう黙ってばかりはいられない。お早うございますとか、いいお天気でございますとか、しなくもいい挨拶を交わすようになるだろう」

「ええ、そうなるでしょうな」

「そうなるでしょうなんて、暢気《のんき》に構えてる場合じゃないよ」

「え？」

「ある日、古着屋夫婦が、親戚に不幸があったんで家を留守にするなあ。あとに残ったのは娘のおその一人。で、おそのだって、一人でぼんやりしてるのはつまらねえ。針箱を出してきて、ちくちく一人で縫いものをはじめる。それを覗いたのがおまえさんの伜だ」

「へえ、覗きますか？」

「覗くとも、ずうずうしい野郎だから……」

「いいえ、てまえどもの伜に限って、そのようなことは……」

「それが親ばかってやつだ。おまえさんの伜は、かねがねおそのの器量に目をつけてたから、そのおそのが一人で留守番してるのを見逃がすわけがねえ。ごめんくださいと用もねえのに入っていかあ」

「へえ、へえ」

「おそのがふと顔を上げてみると、相手は仕立て屋の伜だから、本職のまえで裁縫するのもきまりがわるいってんで、縫い物をやめて片付けはじめる。すると、おまえさんの伜の言うことが気《き》障《ざ》だなあ。『おや、おそのさん、あたしが参ったので、お仕事をおやめになるんですか。お邪魔なようなら、また後で伺いますから……』てんで、これがおそのの気を引く気障なせりふだと言うんだ。どうにもいやみな野郎じゃねえか」

「いえ、てまえの伜はそんな……いたって堅物でございます」

「それが親ばかだと言うんだ。堅い、堅いといったって年ごろだよ。寝食をともにしながら、自分の伜のことがなにひとつわからないとはねえ。……で、おそのだって、ふだんから憎からず思ってる仕立て屋の伜を帰したくないから、『あら、せっかくおいでになったんですもの、ゆっくりしていらっしゃいましな……あのう……いまお針の稽古《けいこ》をしておりまして、どうも羽織の襟《えり》がうまくいかなくて、どうしたらようございましょうか、ちょっと見ていただけません？』と話を持ちかけらあ。ここだよ、おまえさんの伜のいけずうずうしいところは……『はあ、どこでしょう、ちょっと拝見を……』と言ったかと思うと、のこのこと座敷へ上がっちまう。じつにどうもはしたないったらありゃあしねえ……娘一人の家へなんだって上がり込むんだい？」

「あのう……まことに申しかねますが、お話がだいぶお長くなりますようで、てまえはほかに用もございますから、ちょっと用達《ようたし》に行ってまいりたいのでございますが……」

「おまえさん、向うさき見てものを言うがいいや。こういう揉《も》め事の種を撒いておきながら、いまさら用達に出かけるなんてとんでもねえこった……ばあさん、かまわねえから表へ心張り棒をかってしまいな」

「へえ、これは驚きました」

「これくらいのことで驚いてちゃいけねえ……で、おまえさんの伜がおそのの縫い物をみてやらあ。でも縫い物をみているうちはいいよ。これがふだんから惚れあってる若い者の差し向い、猫に鰹節《かつぶし》てえやつだ。どうしたってくっつくなあ」

「えっ？」

「いや、くっつくってんだよ」

「そんなばかな……」

「なにがばかだ。昔っから言うだろ、遠くて近きは男女《なんにょ》の道、近くて遠いは田舎の道……で、一度はいい、二度はいい、三度はいいといっているうちに、女は受け身だ。腹のほうがぽこらんぽこらんぽんぽこらんとせり出してくる」

「はあ、脹満《ちょうまん》で？」

「ものの道理のわからねえ男だ。かわいそうに、おそのがおまえさんの伜の種《たね》を宿しちまったんだ。隠しに隠していたんだが、腹のぐあい、息づかいのようす……親に知れずにゃあいないねえ。とうとう両親に知れてしまう。『いったい、だれとこんなことを……』『お父さん、お母さん、申しわけありません。じつはお向うの仕立て屋の若旦那と……』顔をまっ赤にして白状する。で、これを聞いた古着屋夫婦が怒ると思うだろ？　ところが安心をおし、縁てえのは不思議だね。これが怒らない。『ああそうだったのかい。仕立て屋の伜なら申し分のない相手だ。ばあさん、どうだい、婿《むこ》に来てもらっちゃあ』『おじいさん、結構な話じゃありませんか』てんで、古着屋から伜をもらいに来ることになる。まあ、出来ちまったことはぐずぐず言ってもしかたがねえ。悪いと思うんなら、おまえさんも思い切って、伜をやっちまうんだな。早くおやり」

「いえ……あのう……まだてまえどもでは引越してまいりませんので……」

「そんなことはどうでもいいんだ。人の娘を傷物にしておいて、どうするんだい？　婿にやれ、すぐに……」

「婿にやれとおっしゃいますが、それはてまえどもといたしましても困りますんで……」

「どうして？」

「なにしろたった一人の息子でございますから、嫁をとりまして相続をさせなくちゃあなりません。婿にやるというわけにはいきかねますが……まあ、出来たことはいたしかたございませんから……いかがなもんでございましょうか、そのおそのさんとやらをいっそ、てまえのほうへ頂く……」

「おいおい、欲ばったことを言っちゃいけないよ。なんでも頂けば損はねえと思って……猫の子を貰うんじゃないよ。そうはいかない。向うだって一人娘だよ。養子をとる跡継娘だ。おまえさんのところへはやれません」

「てまえどもでも嫁をとりますんで、一人息子……やれません」

「じゃあ、おまえさんは向うへやらない、向うはおまえさんのところへやらない……てんで親たちは頑張ってる。それでことが済むかどうか、その間に入って、できてる若い者《もん》はどうなる？」

「まあ、ない縁だと思ってあきらめてもらうよりしかたがございません」

「あきらめてもらうよりしかたがねえ？　よくそういう口がきけるな、この薄情者っ。当人たちの身にもなってみろ、そんなにお手軽にあきらめがつくかい。世間体があるから、娘のほうは当分お屋敷へでも奉公さしてと、生木《なまき》を割《さ》くということにもなる。ああ、双方の親たちがこんなに強情を張ってたんじゃあ、所詮、この世で添えないから、あの世へ行って、蓮《はす》の台《うてな》で添いましょうと、雨蛙《あまがえる》みたいなことを言う、ここで心中にならあ」

「はあ、いろいろと骨折りで……、それにしてもえらい騒ぎになりましたなあ」

「これというのも、おまえさんが悪いからこうなったんじゃねえか。今更《いまさら》になって悔《くや》むな」

「申しわけありません。で、心中の模様はどういうことになりますか？」

「ま、いうまでもない。心中と来れば、洲崎《すさき》、首縊《くく》りは食違《くいちが》い、追剝《おいはぎ》は護持院ヶ原と昔から決まってる。おその六三、名前からして、深川の洲崎堤でなければ本寸法じゃあないな」

「あんなところへ参りますか」

「心中とくれば、幕が開く……」

「え、幕が開きますか？」

「ああ……はじめに浅黄《あさぎ》幕というやつだ。幕が開くと、向うは一帯の土堤《どて》だ」

「鮨《すし》の」

「鮪《まぐろ》じゃあねえ。洲崎の土堤だ、洲崎堤を見せて土堤の向うに浪《なみ》の遠見が見える」

「なるほど」

「で、下手《しもて》に出っぱって丈の高い土堤がある。葛西念仏という鳴物、ジャンジャンドンドン、迷子やーい、というのが幕開きだ」

「たいへんなものですな」

「そこへ長屋の連中をひきつれて、『迷子やーい』てんで、家主が……まあ、おれが出てくらあ。この家主の役なんてものは、あまりいい役者はやらねえもんだ」

「如何にもごもっともさまで……」

「つまんねえことをうけあうない……で、舞台中央へくると、なにか書いた紙切れが落ちている。これを拾い口上という。浄瑠璃《じょうるり》名《な》題《だい》、東西東西《とざいとうざい》」

「なかなかご器用でいらっしゃいます」

「なになにと外題を読んで、太夫連名常磐津《ときわず》某《なにがし》、三味線岸沢某《なにがし》、相勤めまする役者、なんのたれと読み終って、なんだこれは、芝居の口上ぶれだ。みなさんご苦労だが、もう一遍回って捜そうじゃないか。さあ行こう行こう、迷子やーい、ジャンジャンドンドンと騒々しく揚幕《あげまく》に這入《はい》る。

浄瑠璃床の下に拍子木《ひょうし》を差し上げて背中を見せて立っている男がある」

「なるほど」

「狂言方《きょうげんかた》というやつだ。チョンチョンと、柝《き》を刻むと、土堤が引っ繰り返る」

「危のうございますな、地震で」

「地震じゃあねえ。心配するな、芝居の道具だ。紙に描いてある土堤が崩れる……というとおかしいが、パラリと蝶番《ちょうつがい》が二つに折れるだけだ」

「なるほど」

「朱塗の蛸足《たこあし》の見台《けんだい》が三つ、三味線が二挺、一挺は枷《かせ》が掛って上調子《うわぢょうし》、三味線弾き二名、太夫三名、以上五人が黒の着付けに柿色の裃《かみしも》、土堤の中で太夫がピンと鼻をかんで、湯を飲んで控えている。三味線弾きは二の腕をなめて、胴懸《どうがけ》に腕を擦《こす》りつけて待っている。土堤がパラリと返る途端に、テンツントン、チントリリンシャン」

「ご器用でいらっしゃいますな。三味線などは、じつにうまいもので……」

「やりたくもないけれども、だれも手伝ってくれねえからしかたがねえ、一人でやっちまう」

「はあ、お手数《てかず》をおかけします」

「この置浄瑠璃《おきじょうるり》というのは、太夫三味線弾きとも舞台に出ているのは五人きりだ。道具を見せただけで、まだ役者は一人もいない。太夫と三味線弾きのもうかるところだ」

「よほど儲かりますか？」

「銭金じゃあねえ、芸が引き立つところだ、だんだん文句をたたんで来て、

〽覚悟も対《つい》の晴れ小袖《こそで》……

チチンチンチンチンチンと合方《あいかた》になるとバタバタと来る」

「バタバタというのはなんでございます」

「拍子木で付け板を叩く、人が駈け出して来る音だな。白塗の娘が先立てで駈けて来て……古着屋のおそめだ。対模様《ついもよう》の小袖晒《さらし》の手拭で握飯のように顔を三角にして、手拭の端を口にくわえ、バタバタと来ると、石かなにかに躓《つまず》いたという思い入れで、花道の七三のところで、ばったり転ぶ」

「へえー」

「袖で顔を隠し……あとから追手《おって》のかかる身の上、人目を憚《はばか》るために顔を隠す、しかし転んだら直ぐに起きたらよさそうなものだが、転んだまま暫時《しばらく》起き上がらない」

「よほど強く打ちましたか?」

「うるせえな、黙って聞いておいでよ……そこへ出てくるのが、おまえさんの伜だ。女とおなじような身装《なり》をして、尻をはしょって、足にまで白粉《おしろい》をつけて、じつにどうもにやけた野郎だ。晒《さらし》の手拭で頬《ほお》かぶりをして、幅の広い帯を締めて鮫鞘《さめざや》の脇差しを一本差して、駈け出して来るんだが、出て来てきょろきょろしているくせに、どういう訳だか女に躓く……向うへポンとこいつを飛び越してあたりをまたきょろきょろして、いたって薄情な野郎だ。とたんに上下で顔を見合せ、『そこにいるのはおそのじゃないか』『そういうおまえは六三郎』というやつが道行の紋切形だ、チチンリン、オーイ」

「たいへんなところへおわい屋が参りましたな」

「おわい屋じゃあねえ。三味線弾きの掛け声だ」

「それからどういうことになります」

「まあ浄瑠璃の間は花道で二人ながら、踊りを踊っている。これから死ぬというのに踊りを踊るのはおかしいが、もちろん死ぬくらいだから本性《ほんしょう》じゃあねえ、いくらか気が狂ってるな」

「さようでございますかな」

「これからいよいよ本舞台へかかり、世迷言《よまいごと》をさんざん言う、ぐちっぽい野郎だ。ほどよいところで、本釣《ほんつり》鐘がゴーンと鳴る。そこで、おまえさんの伜が気取って『いま鳴る鐘は、ありゃあれ七刻《ななつ》、ななつの鐘を六つ聞いて、残る一つは未来へみやげ、覚悟はよいか』てえと、おそのが目を瞑《つぶ》って手を合せて、『なむあみ……』そうだ。宗旨を聞いてなかった。おまえさんの家《うち》の宗旨はなむあみだぶつか？」

「いいえ、法華で……」

「法華？　南無妙法蓮華経かい？　おまえさんてえ人は、いちいち物事をぶち壊すなあ。そりゃ法華はありがてえ立派なお宗旨だよ。しかし、どうも心中するには陽気過ぎていけねえな」

「はあ」

「どうもしかたがない。ここは真宗の流儀だ、流儀というのはおかしいが、覚悟はよいかと来たら、南無阿弥陀仏……と、一つ宗旨を変えておくれ」

「それはまあご相談の上、いかようにもはからいますが」

「覚悟はよいか、南無阿弥陀仏……カンカンカンと伏鉦《ふせがね》というやつを打ち上げる。太夫のほうじゃあ喉《のど》を湿《しめ》して待っているところだ。なんまいだあ、なんまいだなんまいだ……あれは霊岸《れいがん》の常念仏《じょうねんぶつ》……」

「どうにも気分がわるくなって参りました。まだ越して参りませんのに……」

「越して来れば、この騒動になるのだ。娘の喉元からぶっつり刺して、上に乗っておまえの伜が腹を切ってしまうじゃあねえか。これじゃ、店貸《たな》すわけには行かねえから、帰ってくれ、帰れっ」

仕立て屋は驚いて飛び出して行った。

入れちがいに草履を履いて、半纏一枚、年ごろ三十五、六の職人風の男。足で格子をがらっと開けると、

「やい、家主の幸兵衛ってえのはうぬかっ」

「へえ……うぬで……ございます」

「うぬでございます？……なに言ってやんでえ。この先にうす汚ねえ貸家があるが、あいつを借りるからそう思えっ。店賃なんか高《たけ》えことぬかすと、こん畜生め、叩き壊して火をつけるぞ」

「おっ、なんて乱暴な人が来たんだ……おいおい、ばあさん、怖かないよ、そんなとこでふるえてちゃあしょうがねえ……ええ、ところで、ご家内はおいくたりで？」

「おれに山の神に道陸神《どうろくじん》に河童《かっぱ》野郎だ」

「ほう、化け物屋敷ですなあ……なんです？　その、山の神とか、道陸神とかいうのは？」

「山の神はかかァで、道陸神はおふくろで、河童野郎は餓鬼《がき》のこった」

「いや、どうもすごい話で……で、おまえさんのご商売は？」

「鉄砲鍛冶《かじ》だ」

「へえ、道理でポンポン言いどおしだ」

《解説》家主《おおや》と借りに来た店子《たなこ》の対話を〈一人芝居〉で演じる形式――寄席での落語の発祥期の最も単純《シンプル》な「祖型」をとどめている古い噺である。

「家主といえば親も同様、店子といえば子も同様」という家主と店子の関係が骨組になっていて、家主は土地・家屋の所有者《オーナー》から店賃の取り立て、管理の全権を委任されていて、店子の不始末、犯罪なども連帯責任を負わされているために、とくに店子の厳選は大事な役目であった。幸兵衛の質問は、けしておせっかいな私生活《プライバシー》への干渉や小うるさい癇癪《かんしゃく》持ちの所為《せい》ではなく、社会――町内の枠組のなかで、職務上、やむをえない身元調べであったのは、言うまでもない。

そんな家主を芝居好きの、陽性な人物に仕立て直したのは、三代目柳家小さんで、常磐津《ときわず》の太夫から噺家に転身した得意芸を生かして、深川の洲崎堤の道行の場をひと幕、娯しませてくれて陽気な噺となった。搗《つ》き米屋が借りに来る場面は分離されて別名「搗屋幸兵衛」という噺に独立したが、こちらは陰気なのでその後あまり演り手がなくなった。

最近は、時間の都合でサゲまで行かずに……また宗旨を揶揄《やゆ》するためか、道行の途中で、仕立て屋の伜の名前を「鷲塚《わしづか》与太左衛門」にして笑いをとり、中断《カット》する演出法が多い。本篇は旧来の「六三郎」にした完全版《ノー・カット》である。

浮世根問《うきよねどい》

「ご隠居、いるかい？」

「だれだ？……あァ、八《はっ》つァんか」

「どうもご無沙汰いたしました」

「いや、久しく見えんであったな、相変わらず、壮健でなによりだ」

「今日《こんにち》は結構なお天気で……」

「今日《こんにち》は結構なお天気って、おまえさんは天文を心得て、そう言うのか？」

「えー、そうじゃありませんが、今日《きょう》は結構な天気で……」

「この天気を今日《きょう》じゅう結構な天気と言うのか？」

「いえいえ、そう先のことまでは……」

「それなら、今日は結構な天気と言わず、今のところでは、ただ今は結構な天気と言い直すべきだな。今日というと一日のことを指して言うのだから、今はよい天気であるが、夕方にどうなるかわからない。わからぬことは言わぬがよい」

「えへっ、言わぬが仏てんでしょ」

「ほとけじゃあない、言わぬが花だ。いいか……おまえさんにも弱ったもんだな。物の文色《あいろ》がわからぬにもほどがある。まあ、少うし話し相手になってやるからそこに坐んなよ」

「あの、表通りの伊勢屋ですけどもね」

「なんだ、唐突に？」

「今晩、婚礼があります」

「ああそんな話だなあ」

「で、みんな嫁入り《よめい》、嫁入りって騒いでやンだァが、あれはおかしいと思うんだがなあ」

「なぜ？」

「だって女が来るんだから、女入りとか娘入りとか言ったらいいじゃねえか。なんだって、よめいりってんです？」

「よめいりでいいじゃあないか。考えてごらん、男のほうに目が二つあって、女のほうに目が二つある。両方合せると、これ、四目《よめ》入りになる」

「なんだ、目で勘定する」

「ああ、まちがいのないように目の子勘定」

「目の子勘定？……でも、そううまくいかねえのもあるだろう。片っ方は丹下左膳だの森の石松だったら、三目入りかなんか言わなきゃあならねえ。片っ方が按摩《あんま》さんなら二た目入りだあ。両方で按摩さんだとなきねいり（泣き寝入り）……」

「なきねいりなんてのがあるか」

「十六日入りなんてのがあらァ」

「なんだ？」

「八目鰻《やつめうなぎ》が婚礼すれば……」

「そんなもん婚礼するもんか」

「だぼ鯊《はぜ》かなんか仲人《なこうど》で……」

「ばかなことを言うんじゃない。これはまァ嫁入りに限られたもんだな」

「で、行った日から店の者が奥さんてえますが、あれはどういうわけです？」

「奥さんだろう……？　女の大役は子供を生むことだ。店の入口《はな》やなんかでお産をするか……奥のほうでお産をするから、おくさん」

「ふッふッふ、つまらねえことを聞いちゃったな。奥でお産をしておくさんかァ……じゃあ、二階でお産すりゃァにかいさんだな。ビルジングの五階でお産をするとごかいさん。厠所《はばかり》でお産をすれば、こうや（厠）さん……ごかいさん（御開山）でこうやさん（高野山）で弘法大師……」

「うるさいな、おまえ……」

「あっしンところは、奥さんなんて言わない」

「そりゃそうだろう」

「かかァってんだけど、あれはどういうわけで……」

「これはいちばん理屈に合う。女は家《いえ》から出て家《いえ》へおさまる。つまり、家々《いえいえ》と書いてかかだ」

「ああ、ありゃかかか……家から家へおさまるって……おさまらねえ女だっているだろう。行って帰って、また行ってまた帰って来るなんてのもあるだろう。そういうのはかかかかかァかい……」

「烏《からす》だ、それじゃあ。これはみんなおさまるべきものだ」

「あの留公ンとこなんざあ、あっしンとこみてえにやさしくかかァなんて呼ばないよ。……かかアーなんて伸ばすんだがねえ。あれはどういうわけだろう」

「そりゃおまえ、長くいてもらおうと思うからひっぱっておく……」

「そろそろ出てってもらいてえときは、かッ、とこう短く切る……か」

「痰がのどにからんだようで、どうにも汚ないな」

「えへェー、で、婚礼の席へ行くといろんなものが飾ってありますねえ」

「そりゃいろいろあるだろうなあ」

「お爺さんだとかお婆さんとかが、箒《ほうき》を持ったり熊手《くまで》を持ったりした人形がありますよ」

「ああ、あれは蓬萊《ほうらい》の島台《しまだい》。尉《じょう》に姥《うば》。『おまえ百までわしゃ九十九まで、ともに白髪《しらが》のはえるまで』なんてえ都々逸《どどいつ》があるが、夫婦仲よく共白髪まで添い遂げるというので、あれを飾るなあ」

「ああそうですかねえ、おまえ百までわしゃ九十九までか……じゃあ箒と熊手ェ持って洒落てるわけだ」

「なにが……」

「おまえ掃くまでわしゃ始終熊手……」

「いやァ、そんな洒落じゃあないな」

「それからほら、松だとか竹だとか梅だとか、あんなものが飾ってありますねえ」

「ああ、それは松竹梅《しょうちくばい》と言いなさい」

「しょうちくべえ？　なんだってあんなものを飾るんです？」

「梅は女の気持ちを表わしたもんだな。梅の実というものはたくさんになる。それに煮ても焼いても酸《す》いという味が変わらない。夫を好（酸）いて心変わりがございません。『皺《しわ》のよるまでの梅の実は、味も変わらず酸《す》いのまま』という都々逸がある」

「あ、なるほど……じゃ、梅干婆ァなんてえのはこいつから始まった」

「うまいことを言うなあ」

「じゃあ、竹は？」

「あれは男の気性だな。『竹ならば割って見せたいわたしの心、先へ届かぬふし（節）合わせ』という都々逸があるがな、男の気性は竹のように真《ま》っ直《つぐ》なものだ。割ってみると腹ン中はさっぱりしている。しかし締まるところはこのとおり節があって、締まっておりますてえとこだなあ」

「へェえ、だけどそんな了見の真《ま》っ直《つぐ》なやつばかりいねえだろう。なかにゃあこの、了見のひねくれたやつもいるだろうから、そういうのはなんだなあ、同じ竹でも寒竹《かんちく》のほうかな」

「そんなこともあるまい」

「松は……？」

「『松の双葉《ふたば》はあやかりものよ、枯れて落ちても夫婦連れ《みょうと》』という都々逸があってな」

「よく都々逸が出てくンなあ。これはみんな都々逸から割り出すのかい」

「なんだ、割り出すてえのは……松の双葉というものは枯れて落ちても離れんものだな。夫婦もそのとおり、枯れて落ちるわけはないが、乞食をしようが貧乏をしようが、けして離れんてえとこだ、情愛にあふれておるなあ」

「あっはっは、あっしの見たのは、五葉《ごよう》の松だからなあ、枯れて落ちても五人連れかなあ。夫婦の間に両親がいて、子供がいて、五人で乞食をしたら、ずいぶん賑やかだ。やかましさにあふれておる、とくらあ」

「おお、冗談言っちゃいけない」

「しかし、こうやってあれこれ伺って見ると、ご隠居とあっしら無学文盲《むがくもんもう》とは、すべて雲でん万《ばん》でんのちげえだあ」

「なんだい……？」

「雲でん万でんの違い……」

「なんだい……雲でん万でんてえのは？」

「雲でんてえのは……」

「なんだい？」

「蕎麦の太いのでしょう」

「そりゃあ、饂飩《うどん》だ……万でんと言うのはなんだい？」

「着物の上へ着る……」

「そりゃ、半纏《はんてん》だ」

「それでも、雲でん万でんとよく人がもののちがっていることに言うじゃありませんか……雲でん万でん……ってえ」

「そりゃ、雲泥万里《うんでいばんり》……雲《うん》は雲《くも》、泥《でい》はどろ。天と地ほどちがう、雲泥万里の相違だな」

「へえー、ご隠居はなんでも知ってますね」

「おまえさんが、ものを知らなすぎるんだ。わからないことがあったら、なんでもお聞き……」

「じゃあ、あのめでてえって、鶴だとか亀だとか飾ってありますけど、どういうわけです?」

「鶴は千年、亀は万年の齢《よわい》を保つ、長生きするめでたい生き物だ」

「あの鶴なんてのは、千年も生きますか?」

「生きるそうだな」

「亀は万年も生きるんですかねえ」

「そういうことだなあ」

「万年生きたのを見たことありますか?」

「いや、別に見たことはないが、昔からそういう譬《たとえ》だ」

「隣りの金坊がこのあいだ縁日で亀の子を買って来たが、その晩に死んじまいましたよ」

「じゃ、それがちょうど万年目に当たった」

「そんなばかなことがあるもんかい……でも、なんだってあんなものを飾ンのかね?」

「鶴は夫婦仲がよい。子供をかわいがる。それに亀。これはまた辛抱強い、我慢強い生き物だな。よく子供が玩具《おもちゃ》にしてぶらさげるだろう。足を引っぱれば足を縮める、頭を突っつきゃ頭を縮める。ま、女も嫁に行ったら亀のように辛抱強く、けして口を先ィ出すんじゃない。頭を低くしておとなしくしてなくちゃいけない。髪に飾る鼈甲《べっこう》の櫛《くし》は、玳瑁《たいまい》という亀の甲羅《こうら》でもって拵《こしら》いたもんだ。それを頭に載《の》せて、このとおり亀にあやかりますてえとこだな」

「へえーっ、じゃあ家《うち》の婆あなんざ、亀にあやからねえや。酒ばかり飲んで赤い顔してごろごろ寝てばかりいやがンだからなあ。正覚坊《しょうがくぼう》かなんかにあやかりやがったかなあ。……留公ンとこのかみさんなんざ、喧嘩ァして『なにィ言ってやんでえ』って、向う脛《ずね》食いついたら最後、放しっこねえからね、あいつァ同じ亀でも鼈《すっぽん》のほうだ」

「いろんなことを言うな」

「で、鶴亀も千年万年経ちゃあやっぱり死んじゃうんでしょう？」

「そりゃおまえ、生《せい》あるものは死ななくちゃあなるまい。それが世の理《ことわり》だ」

「畜生の分際《ぶんざえ》で律儀なもんだ、ひとこと断《ことわ》っておっ死《ち》ぬなんざあ」

「まぜっかえすな。だがな、ああいうものは死ぬとは言わない」

「なんて言うんです？」

「魚類があがる、鳥類が落ちると言うなあ。人間もそれぞれ身分によって違うもの。……釈迦《しやか》の死を涅槃《ねはん》、偉い坊さんが死ぬと遷化《せんげ》、高貴なかたがお亡くなりになるとご崩御《ほうぎよ》ご他界、その下へきてご逝去《せいきよ》、ご死去《しきよ》なぞと言う……」

「いやァ、あっしが死んだら……？」

「おまえならば、ごねた、くたばったのくちだ」

「ごねた、くたばった？……酷《しで》えことを言やァんなあ。まあ、そうだろうなあ。煙草屋が死ぬと、お煙《けむ》ンなっちゃったなんてえかなあ。氷屋さんがお融《と》けンなっちゃったなんて……自動車屋が行き着いたなんて……郵便屋がとうとう届いちゃったなんて……材木屋が折ッぴしょれたなんて……木挽《こびき》屋がいま息ひききったなんて……安来節《やすぎぶし》の女があァらいっちゃったァ～い」

「うるさいなどうも、おまえは」

「鶴亀も千年万年経って、あがったり落ちたりしたら、どうなりますかねえ」

「おまえは鶴亀の死んだ先をしつこく聞くが、なにかい、鶴亀にお身寄りでもおあンなさるか」

「いえ、別に心やすくつきあってるわけじゃあねえンですが……。いま暇なもんですから聞いてますがね、死んだらどうなりますかねえ」

「それは八つァん、おまえさんの前だが、まあわるいことをするんでもなけりゃあ、極楽へでも行くとするか」

「そうですか。そいつはありがてえ……でもいったい極楽ってえのはどこにあるんです?」

「十万億土にある」

「十万億土ってえますと……?」

「西方弥陀《さいほうみだ》の浄土《じょうど》だ」

「せえほうみだらのちょうどってえますと?」

「これ、罰《ばち》があたるぞ。西方というから、つまり西の方だなあ」

「小田原から箱根のあたり……?」

「とんでもない、ずっと西だ」

「ずっと西てえと……どのあたり……?」

「まあ、あるから心配するな」

「だから、どこにあるか聞いてるンで」

「ちゃんとあるよ」

「だから、どこかってェ……」

「いやなやつだな、どうも……おまえみたいに突きあたりまでものを聞きたがるやつは、とても極楽なんぞ行けない。ひとの言うことを素直にきけないやつは、地獄のほうだな」

「へえ、地獄ねえ……その地獄ってのァ、どこにあるんです?」

「ちゃんとある」

「どこに?」

「それはおまえ、つまりその……極楽の隣りにある」

「極楽は?……」

「地獄の隣りさ」

「地獄は?……」

「うるさいな、おまえは……根掘り葉掘り聞こうてえのはよくないよ。少しは相手の身にもなれ」

「あは、まいったか」

「まいりゃあしない……よしよし、そこまでおまえが言うんなら、じゃあ極楽を見せてやるから、こっちへ来なさい」

「へえー、見られますか?」

「ああ、さあさあ、ずっと奥へ来なさい……ここが極楽だ」

「これ?……お仏壇じゃァありませんか」

「その仏壇がこれが極楽だ」

「へえ、極楽ってえと、これは仏さまが大勢いるってえますが……」

「ああ、ご位牌《いはい》がある。これが仏さまだ」

「ああそうですかァ。この位牌が仏さまですかねえ……で、音楽が聞こえて、紫の雲がたなびいて、蓮《はす》の花が咲いて、きれいなとこだってえますがねえ」

「ごらんよ、拵《こしら》えもんだがちゃんと蓮の花がこれであがっている。それに紫の雲、これは香を焚《た》けば、それが雲の代りになる。音楽、これはまた鉦《かね》もある、木魚もある、いろいろのものがこれが音楽となる」

「はァ、そうすかねえ……するとなんですか、みんな死ぬとここへ来る……」

「ああ、みんな死ねば、ここへ来て仏ンなれる」

「ああ、そうすかねえ、鶴亀も死んだらやっぱりここへ来て仏ンなりますか?」

「いや、ああいうものは畜生だから仏にはなれない」

「なンになります?」

「鶴亀はごらん、このとおり蠟燭《ろうそく》立てンなっている」


《解説》 典型的な隠居と八五郎の問答の古典落語である。昔の寄席は〈耳学問〉の場であり、噺家がお客に、八っつァん、熊さんを相手に物事の意味や由来を説き教えるという形で、社会の常識や規範を啓蒙《けいもう》する——教養を身につけさせる一面をもっていた。

根問とは、上方語で、根掘り葉掘り問い質《ただ》すことを言い、大阪には根問物の種《ジャンル》に「絵根問」「歌根問」「商売根問」「つる」などいろいろの噺がある。

本シリーズにも「道灌」「やかん」「千早振る」「一目上り」等、数多く収録。その他「二十四孝」「天災」「牛ほめ」「雪てん」「子ほめ」などもその範疇《はんちゅう》に入ると思うが……いや、落語の全篇が生きるための教養を身につける一面を今日もなおもっているのではないだろうか。

大山詣り

大山は神奈川県伊勢原市。丹沢山塊の東端にあり、標高一二五三メートル。別名を雨降山《あめふり》。山頂に大山阿夫利神社、中腹に下社がある。江戸中期、商売繁盛とバクチに御利益があるというので、江戸っ子の講社連中が白衣振鈴の姿でお参りした。

（佐藤光房『東京落語地図』より）


「今年はなんだな、去年みてえなばかっ騒ぎをして先達《せんだ》っつぁんに迷惑をかけねえように気をつけようじゃねえか」

「そんなことあ駄目だよ。いくら言ったたって酒飲みゃあ気が荒くなってはじまるんだから……」

「だからよ。酒飲んでぶうぶう言やがったら、その野郎から二分っつ取ろうじゃねえか」

「二分取られちゃァ大変だ」

「それでも聞かねえで、暴れたりなんかしやがったらその野郎をとっ摑《つか》めえて、みんなで坊主にしちまおうてんだ。どうでえ」

「おう、なるほど、こりゃいいや、なあ？　坊主ンなるのはいやだからな、じゃあみんな温和《おとな》しくするだろう。どうだい、みんな」

「おう、よかろう」

と、講中で約定《やくじょう》して、大山詣りへ揃って出かけた。

お山のほうは無事に済んで、これから江戸へ帰る途中、神奈川宿へ泊まることになった。

さあ、明日は江戸へ入るというので気のゆるんだところへ、前祝いに一杯と酒が入ったから無事にはおさまらない……。

「先達っつぁん、先達っつぁん。吉兵衛さん」

「大きな声だね、どうも……はいはい、こっちだよ」

「冗談じゃねえやなあ。おまえさん、高慢な面《つら》ァして、その帳面なんかつけていちゃしょうがねえじゃねえか」

「なに、別に高慢な面なんぞしちゃいないが……いま日記をつけているところだ」

「肉桂《にっき》も薄荷《はっか》もあったもんじゃねえやな。熊のやつが暴れてるじゃねえか……湯殿《ゆどの》でよ」

「またはじまったんだ、しょうがねえな。あれはね、酒を飲むてえとたちが悪いんだから、まあまあ、うっちゃっときなよ」

「そうはいきませんよ。ひでえんだから……」

「どうした？」

「いえね、あっしと留と湯へ入《へえ》っているところへ、あの野郎が、へべれけに酔っぱらって入《へえ》って来やがって、『おれも入れろ』ときかねえんで、『こんな狭《せめ》え湯に三人も入《へえ》れるもんか。すぐに上がるから、待ちねえ』と、こう言ったら、あの野郎は『待っちゃいられねえ』と、あのでけえ図体《ずうてえ》で割り込んで来やがったんで……とても窮屈《きゅうくつ》で入《へえ》っちゃあいられねえから、『この野郎、なんて乱暴なんだ』とひょいと立ってえと、鉄砲（風呂釜）で背中を火傷《やけど》しちゃったあ。それからこっちも忌々《いまいま》しいから、野郎の背中を小突いてやったんです。すると『なにもてめえが買切った湯じゃあああるめえ。文句があるなら表へ出ろ』とこう言いやがる。『なにを言ゃんでえ。文句があるなら表へ出ろってのはこっちの言い草だ。てめえこそ先へ出ろ』って言うと、あん畜生っ留の頭を蹴《け》とばして出やがったんで……」

「なんだ、留公、おめえ、頭を蹴とばされたのか？」

「へえ、二つね」

「二つ？　おめえ、暢気《のんき》に数えてたのか？」

「別に数えていたわけじゃねえんですが、こっち側を蹴とばしたんで、こっちへ頭をかたづけると、また、こっち側をぽかりと蹴とばしやぁがった。『足癖のわるい野郎だ。気をつけろ』って言ったら、『蹴られて悪いような頭を、なんだって湯の中へさげて来やがったんだ。そんなに大事《でえじ》なもんなら帳場へ預けて入《へえ》れ』とこう言やがる。おれの頭は取りはずしができねえや」

「あたりめえだ」

「あっしも悔しいから、拳固《げんこ》を振り上げて……」

「殴ったのか？」

「殴られちまった」

「だらしがねえなあ……で、留公が殴られるのを、民公はだまって見てたのか？」

「いいえ、あっしだって男でさあ、そばにあった小桶を振り上げて……」

「殴ったか？」

「殴ろうとしたら、桶をひったくられて、あべこべに殴られた」

「なーんだ、おめえもか……二人とも弱えじゃねえか」

「なーに、向うが強すぎるんで……その揚句、そこらにある物を叩きつけやがるんで、どうにも手がつけられねえから引き上げて来たんですが、あっしたちァ腹を立ててましたから、約束《きめしき》の二分、銭《ぜに》を出します。そのかわり、熊の野郎は坊主にしちまいますから承知しておくんなさいよ」

「まあまあまあ、ま、それは少し待っとくれ。そりゃあ約束《きめしき》は約束《きめしき》だけど、坊主にするってえのは穏やかじゃないよ。そこんところは、ま、なんとでもおめえたちの顔が立つようにするから、まあ、こらえて……」

「そうはいきません」

「この講中の中から坊主を一人こしらえて江戸へ連れて帰れない。そこんところはまあ、我慢して……」

押し問答をしていると、

「先達っつぁーん、先達っつぁーん、吉兵衛さーん」

と呼ぶ声がした。

座敷にお膳が出て、芸者が揃ったので、先達が席についてくれないと宴会がはじまらないという。吉兵衛さんは、不承不承、二人を残して座敷へ行ってしまった。

留と民の二人は、腹の虫がおさまらず、帳場へ行って剃刀《かみそり》を借り出して、熊さんの酔い潰れている二階へ上がって行った。

「あれ、この野郎、さんざっぱら暴れてくたびれたとみえて、ひっくりけえってるぜ。……あっ、しまった。水を忘れちまった。坊主にするったって、頭を湿《しめ》さなくっちゃあいけねえ」

「面倒臭えや。枕元に徳利があらあ、その酒をぶっかけろい」

「うふっ、酒か……てめえの飲む酒で頭を湿されて坊主にされりゃあ世話あねえや。……うん、なかなかいい酒だ。こりゃ、うめえや」

「おいおい、てめえの腹んなかを湿したってしょうがねえだろ。こいつの頭を湿すんだよ」

「うるせえな。飲んどいて、余りをぶっかけて……大丈夫だよ。覚めっこねえやな、死んだように寝てやがる。……さあ、これでよく湿したから、このへんからはじめるか……うふふ、おもしれえ、おもしれえ、自慢の髷《まげ》がすっかりなくなって、目が覚めやがって野郎べそかいたって知らねえよ。……あれ、片っぽうやったら、こっち側もおやんなさいと、言わねえばかりに寝返りを打ちやがった。こいつあやりいいや、そらそらそらよっ、ときやがらあ……さあさあ出来た、できた。ずいぶん憎々しい坊主が出来上がったぜ。坊主頭で肩のところに蟒蛇《うわばみ》の刺青《いれずみ》が出てやがら……渋団扇《しぶうちわ》へ描いた魯智深《ろちしん》みてえだ、畜生め。この髷《まげ》な、塀《へい》へぶる下がったりなんかするといけねえ、なるたけ弾みをつけて表へ放っちまいな。……さてと……このまま裸で転がしとくわけにもいかねえ。戸棚を開けてみねえ、蒲団《ふとん》かなんかあるだろう。蚊帳《かや》がある？　よしよし、その蚊帳をかけとこう……ふふっ、おい、見ねえ、こうやって蚊帳の中からまっ赤な坊主頭を出したところは、鬼灯《ほおずき》の化け物だあ」

「ぷっー、ぷうーっ」

「おい、霧なんか吹いてどうするんだ?」

「こうやって、こいつの頭へ酒の霧を吹いておけば、蚊がわーっとやって来て、たっぷりと血を吸わあ。そうすりゃ、血の気が少くなって静かにならあ」

それから二人は、剃刀を帳場へ返して、講中のいる座敷へまぎれ込んで、わあわあ騒いで大浮かれ……。


翌朝、早立ちで、十八人前の膳が並んだが、二人は知らん顔して一人前の膳をごまかして、勘定を済まして、

「どうも有難う存じます。また来年もお宿を願います」

という声に送られて、宿屋をあとに、熊さんを置いて一行は江戸へ発った。

「女将《おかみ》さん、女将《おかみ》さん。ちょっと二階へ来てくださいよっ」

「なんて声するの、びっくりするじゃないか」

「部屋を掃除しに行って、蚊帳を片付けようとしたら、なかから坊さんが出て来たんですよ。気味がわるいから、二階へいっしょに来てください」

「坊さんが? そんな筈はないねえ……どれどれ……あらまあ、ほんとうに……たしか、江戸のお客さまのなかに坊さんのお泊りはなかったけど……」

「あら、いやだ。夕べ、湯殿で暴れた人じゃないか」

「だって、あのかたは髷があったじゃあないか」

「ありましたけど……ないんですよ。なにか悪いことをしたんで、坊さんにされちゃったんです

よ。登山《おやま》ができないからてんで、鬘《かつら》かなんかかぶってきたのを、暴れてどっか落っことしちゃったんですよ。肩のところへ蟒蛇の刺青が出てるから、この人ですよ」

「みなさん、もうお発《た》ちなんだから、早くお起こししたらいいじゃないか。あたしは、下へ行くからね」

「そうですね。……もし、お客さん、お客さん。遅くなりますよ」

「あ、あ、あーあ……ああ痛ててて、体軀《からだ》がみりみりしやがって……おい、おい、ねえさん、すまねえが、煙草盆を持ってきてくれ……うーん、うめえ、朝の一服は格別だ。おまけにいい天気だし、ありがてえありがてえ……おい、なにを笑ってるんだ？　なに？　たいへんおきれいですか？　坊さんがいる？　どこにいるんだ？　なんだと？　あなたが坊さんだ？　冗談言うねえ、髷のある坊主があるかよ……嘘だと思ったら、自分の頭を触ってみろだって？　なにを言ってやがる。へへへ、憚《はばか》りながら、おれなんざ頭の毛についちゃあ、女の子やなにかに……あれっ、つるつるだ。お、おいおい、だれの頭だ？」

「だれの頭って、お客さんの頭にきまってるじゃありませんか」

「しまった……夕べ、おれ、暴れたかい？」

「暴れたかいどころじゃありませんよ。湯殿でひっくり返るような騒ぎだったじゃありませんか」

「そうかい、まるっきり覚えがねえんだ……ひでえことしやがるじゃあねえかなあ。いくら約束《きめしき》だって、坊主にしなくってもいいじゃあねえか。一つ町内で、ちいせえ時分から遊んだ仲なのに、こんなことをするなんて……で、みんなどうしたんだ？　え？　発《た》っちまった？　ほんとうかい？　なにかい、勘定《かんじょう》は済んでるのか？　人を置きざりにして……よーし、野郎どもがそういう了見なら、こっちにも考えがあらあ、みてやがれ……おい、ねえさん、飯《めし》はいいから、江戸まで通し駕籠《かご》を誂《あつら》えてくれ」

熊さんは顔を洗って、頭を新しい手拭いで巻いて、駕籠の垂《た》れを両方おろすと、一行の休んでいる茶屋のまえを通り越して、飛ぶようにして江戸のわが家へ帰った。

「おう、いま帰ったぜ」

「あら、お帰んなさい。ばかに早かったね。いま、みんなで集まって、これから品川まで迎《むか》いに行くところだったんだよ」

「迎《むか》いに？　そいつあちょっと待ってくれ。そんなことよりも、こんど行った連中のかみさんたちを、家《うち》へ集めてもらいたいんだ。いやいや、事情《わけ》はあとで話すから、急いでみなさんのお耳に入れたいことがありますから、ちょいとでいいから顔を出してくれと、こう言って……」

「そうかい、それじゃあ呼んでくるから……」

「おや、熊さん、お帰んなさい」

「おや、こりゃ、吉兵衛さんとこの姉御《あね》さんですかい。まあ、上がってくんねえ」

「おやおや、熊さん、お帰んなさい」

「おやおや、みなさん、ごいっしょで……。なにしろ家が狭《せめ》えから、両方に分れて坐ってくんねえ」

「熊さん、おまえさん、どうしたの？　頭へ手拭いなんぞ巻いて……」

「ええ、この手拭いについちゃあ事情《わけ》ありなんで……じつは、みんなの顔を見るのも面目なくって口もきけねえ始末なんだ。どうかまあ、話をお仕舞《しめえ》まで、なんにも言わずに聞いていただきてえんで……。いや今年のお山は、近ごろにねえ、いいお山をしましてね。天気都合もいいし、無事に済んで、これから江戸へ帰ろうてんで藤沢へ来たときに、だれが言い出したともなく、金沢八景を見よう、とこう言うんだ。で、八景を見物すると、せっかくここまで来たんだから、舟に乗って、米《よね》が浜《はま》のお祖師様へお詣りしようてえことになった。ところが、虫が知らすか、舟へ乗ろうというときになって、おれはどうも腹ぐあいがわるくってしょうがねえから、伊吹屋てえ舟宿へ寝ていることにした。みんなゆっくり遊んで来てくれ、と寝て待っていたところが、まもなく、土地の漁師の話だ。……舟が烏帽子島《えぼしじま》のちょっと先へ出た時分、急に黒い雲が出たと思うと、みるみるこいつがひろがるってえと、まわりはまっ暗になって、ごおっと海鳴がした。すると疾風《はやて》がもの凄い勢いで吹き、波は高くなって、舟は大きな横波をまともにうけて横っ倒し……まあまあ、騒いじゃいけねえ、静かにしてくんな。……漁師の話によると、江戸の人たちの舟がひっくり返った。大山帰りの人たちだろうが、浜辺の者が手分けをして、あっちこっちと捜しまわったが、死骸もわからねえ……さっきまで、一つ鍋のものを食いあった友だちが死んじまって、おれ一人、江戸へのめのめと帰れるもんじゃあねえ……みんなのあとを追って、海へ飛び込んで死のうとは思ったけれども、江戸で首を長くして亭主の帰りを待っているおめえさんたちのことを思うと、このことを知らせなくっちゃあと、恥をしのんで帰って来たんだ」

「あらまあ……だから、あたしゃあ、今年はやりたくなかったんだよ。けどねえ、やらなければ、みんなに嫉妬《やきもち》のように思われるからやったんじゃあないか……わあー」

「まあ、まあ、泣くのはおよしよ。泣くのはちょいと、お待ちてんだ。なんだねえ、そんな大声をあげて……この人の渾名《あだな》を知ってるかい？　この人はほら熊、ちゃら熊、千三《せんみ》つの熊さんなんて言われてるんじゃないか……ちょいと、熊さん、そんないいかげんなことを言って泣かしておいて、日が暮れてからみんな揃って帰ってくると、おまえさん、舌でも出そうってんだろ？」

「ねえ、姉御《あね》さん、そりゃ、おまえさんをかついだこともあるがね、人間、生き死にの嘘はつきませんぜ……そんなに疑《うたぐ》るんなら、みんなが死んだてえ証拠《しょうこ》をお目にかけましょう」

「証拠？　そんなものがあるの？　あるんなら見せてごらんよ。どんな証拠」

「ええ、見せますとも……あっしゃあ、おまえさんたちにこの話をしたあとで、かかァを離縁して、明日《あす》ともいわず、これから高野山へ登って、みんなの菩提《ぼだい》を弔《とむら》うつもりなんだ。見てくんねえ……このとおり、坊主になってきたんだ。これでも疑《うたぐ》るのかい」

「あらまあ、坊主になって……ふだん見栄坊な熊さんが坊主になったんだから、これはほんとうだよ」

と、疑っていた吉兵衛さんのかみさんが泣き出したので、集まったかみさんたちが声をそろえて、わあーっと泣き出した。

「おいおい、血相かえて、どこへ行くんだ？」

「あたしゃ、井戸へ身を投げて死んじまう」

「待ちな、待ちな、待ちなってえのに……死んだってしょうがねえじゃねえか。おめえなんざ器量がいいし、齢《とし》が若えんだから、どんな亭主だって持てるぜ」

「冗談言っちゃいやだよ。あんな親切な亭主を二度とふたたび持てやしないわ。あたしの身体《からだ》のわるいときは、先へ起きてご飯も炊いてくれるし、腰巻まで洗ってくれるような人なんだから……あたしゃ、とても生きちゃあいられないから……」

「死んだってしょうがねえじゃあねえか……おまえがそれほどまでに半公のことを思っているんなら……おれは、けっしてすすめるわけじゃあねえが、おまえの黒髪を根元から切って、青道心《あおどうしん》(尼) になって、生涯男猫も膝へはのせません、と言って、朝に晩に念仏を唱えてやんねえな。あいつもきっと浮かばれるぜ」

「そんなことであの人が浮かばれるんなら、あたしゃ、あの人のために尼《あま》になるよ。済まないが、熊さん、あたしの髪を剃っておくれでないか」

「ああ、いいとも。その了見が第一だ。さあさあ、この剃刀で、さっそくはじめよう……ああ、おまえは貞女だ。あっぱれ貞女だ。南無阿弥陀仏《なむあみだぶつ》、南無阿弥陀仏……」

と、尼さんを一人つくってしまったから、ほかのかみさんたちも、

「まあ、おはなさん、おまえさんは若いのにほんとうに感心だ。あたしも永年つれそった吉兵衛のために、尼になるよ。さあ、熊さん、あたしもやっとくれ」

「ああいいとも……ほかの人たちはどうだい？」

「あたしもおねがいします」

「あたしも……」

「あたしも……」

「そうだ、そうだ。そうしてしまうがいい。残らずみんなやるかい？　じゃ剃刀をできるだけ集めてな。一人一人湿すのはたいへんだから、四斗樽《しとだる》に水をくんで、頭をつっ込んどいてくれ」

おいた。
残らずくりくり坊主にしてしまった。……自分の女房だけは、離縁するからってそのままにして
と、先達のかみさんをはじめ、集まったかみさんをかたっぱしから、とっかえひっかえ十七人

それから寺から借りてきた麻の衣を着て、大きな珠数《じゅず》を持ってくると、にわかごしらえの尼さんたちのまん中に入って、鉦《かね》を叩きながら、南無阿弥陀仏……と、百万遍《ひゃくまんべん》がはじまった。

日の暮れがたに吉兵衛さんたちの一行が、町内に帰ってきた。

「やれやれ、町内へ入ると、やはり家《うち》へ帰ってきたようなほっとした心持ちになるもんだなあ」

「そうそう、なにしろ町内というものはなんとなくなつかしい。たとえ二、三日の旅でも、家《うち》をあけたとなると、家の様子がたのしみなもんだ」

「そうさ、ほんとうだぜ。ことにまた半ちゃんなんかは、かみさんが若えから、今晩あたりたいへんだぜ。あははははは」

「しかし、なんだぜ、熊のやつは気の毒なことをしたな」

「なーに、あいつの心柄だからしかたあるめえ。まあ、髪だって、これが一生涯伸びねえというわけじゃあなし……毛の伸びるあいだ、わが身をあれこれと振り返《けえ》ろうというものさ……とはいうものの、ちょいと熊公んところをどんな面ァしてるか見舞ってやろうじゃあねえか……へっへっへ、野郎、先に帰《けえ》っているか？……あれっ、どっかで念仏をやってやがら……どうも暮れがたの念仏てえやつは、あんまり気持ちのいいもんじゃあねえ……あっ、なんだい、熊公の家《うち》だぜ。あいつの家《うち》で念仏を聞こうたあ思わなかった。障子の穴から覗いてやれ……あの真ん中に坐って

いる坊主、やけに熊公に似てやしないかい。……や、熊の野郎だ、熊のやつ、すました面《つら》をして、坊主は鉦《かね》なんか叩いてやがる……また、まわりにずいぶん坊主を集めやがったなあ……あれっ、坊主は坊主でもみんな尼さんばっかりじゃあねえか」

「へーえ、そんなに尼さんが集まってるのかい？　おれにも覗かせろいっ、あれっ、この正面で泣いてるのは民さんのかみさんにそっくりだぜ」

「なに？　おれのかかァ？　そのとなりは吉兵衛さんとこの姉御《あね》さん……やあ、留さんとこのかみさんもいるぜ……あれっ、たいへんだ。かみさんをみんな坊主にしゃあがった……おーい、みんな、たいへんだぞっ」

「かみさんをみんな坊主にしちまったぞ」

熊さんは、左の片手拝みで、右手で鉦を叩きながら、

「なむあみだぶ、なむあみだぶ……さあさあさあ、迷って来た亡者《もうじゃ》の声が聞えてきたから、みんな一所懸命にお念仏を唱えて……」

「なむあみだぶ、なむあみだぶ……」

「なむあみだぶつ、なむあみだぶつ……」

そこんところへ連中が、腰高障子を足で蹴とばして中へ飛び込んで来たから、かみさんたちはびっくり仰天……。

「なむあみだぶ、なむあみだぶ、どうか迷わず成仏して……二度と亭主は持たない……」

「なに言ってやがる。やいっ」

「あらまあ、いやだ、乱暴な幽霊だよ」

「幽霊たあなんだ？」

「だって、舟がひっくり返って死んじまったんじゃあないか」

「なに言ってやんでえ。舟なんか乗るもんか。みんなぴんぴんしてるじゃねえか」

「あら、生きてるんだね。まあ、いやだよ、あたしゃ、こんな頭で……」

「今更頭なんかかかえたってしょうがねえや……やいやい、熊公っ」

「おや、みなさん、お帰んなさい」

「こん畜生っ、しゃあしゃあとして、お帰んなさいもねえもんだ。てめえが暴れたんだから、坊主にされたってしょうがねえじゃあねえか。罪のねえかかァたちをよくも坊主にしちまったな」

「あはははは。ざまあみやがれ。ああ、いい心持ちだ。ひと足先へ帰って意趣《いし》返しをしてやった。いくら怒ったって、剃っちまった髪の毛は、そうちょっくらちょいと伸びるもんじゃあねえから、まあしょうがねえ。あきらめろよ。おめえたちは草鞋《わらじ》を履いてるあいだは旅のうちだ。そんなに腹を立てるんなら約束《きめしき》の二分っつ出せよ」

「この野郎っ、この上に銭なんぞとられてたまるもんか。ふざけやがって……さあ、みんな、構うこたあねえから、こん畜生を張り倒せっ」

「おいおい、まあ待ちなさい。ともかくお待ち……どぶ板を振り回しちゃいけねえ」

「冗談言いなさんな、吉兵衛さん。おまえさんは、姉御《あね》さんはもう婆ァだから、そうやってすましていられるだろうが、おれなんざあ、かかァの水の垂《た》れるような銀杏《いちょう》返しを見るのがたのしみで帰って来たんだ。それをこの野郎に……どうしたって、張り倒さなけりゃあ腹がおさまらねえ」

「いやいや、そんなに怒ることはない。これは、ほんとうにおめでたいことなんだから……」

「かかァを坊主にされて、どういうわけでめでてえんだ?」
「お山は晴天、家へ帰りゃあ、みんなお毛が(怪我)なくっておめでたい」

《解説》所詮、噺は架空の作り話であるから、それを大袈裟《オーバー》に表現するか、さらりと抑えるか、その取捨選択がむずかしい。いかに落語とはいえ、江戸時代には髷をおとして坊主にすることは、大変な暴挙で無理のある噺である。それを許されるのは、悪戯《いたずら》心で、それが根底にないと救いがない。落語の発祥のころにはそれがあったが、だんだん演じ手が心理描写や状況に写実《リアリティ》を盛り込み出すと、小さなウソが膨張して収拾がつかなくなる。

六代目三遊亭円生の例では、熊さんも講中と一緒に船に乗り、「疾風《はやて》に遭い、嵐の中で海に投げ出され、板片《いたきれ》につかまって漂流し、一人だけ一命をとりとめた……」と講中のかみさんたちに涙声で虚言を言う。高座芸としてはこのほうが迫力があり、聴いている分にはおもしろい。活字の本篇は——さらりと抑えたほうを採《と》った。

上方には同種の噺があって、こちらは「百人坊主」。紀州和歌山在の講中百人が伊勢詣りの帰途に、悪戯に頭を剃られた男が、村へ飛んで帰り、淀川で乗った三十石が転覆して全員が溺死したと言って、全村の男女を悉く《ことごと》坊主頭にしてしまう。と、一人だけ付髪をした人が村へやって来て、だれかと思ったら、本物の和尚。「あんまり坊主が大勢いるので、頭をはきちがえられるといけない」と和尚が言うナンセンスな「逆さ落ち」になっている。原話は狂言の「六人僧」である。

蛙茶番《かわずちゃばん》

　町人の生活が向上し、町々には富裕な商人が多くなると、芝居好きの大店《おおだな》の主人は、町内の人々や親戚、知人を招待し、子供の誕生祝い、ご隠居の本卦《ほんけ》帰り、喜の字（㐂）の祝いなどと店員の慰労を兼ねて、年に一、二回、恒例のように自分の家を開放して——時には本職の大部屋の役者連中を招き、指導をさせるなどして——素人芝居や茶番を楽しんだ。

「おいおい、番頭さん」

「へい、旦那さま、お呼びでございますか？」

「呼んだから来たんだろ、まったく。お客さまもお揃いになって、酒、弁当、配り物もみんなにお配りしたからそろそろ、芝居のほうを始めてもらおうか。おまえさんが世話役なんだから、きっちり世話を焼いとくれ」

「ええ、もう用意はできてるんでございますが、役者が一人参りませんで……」

「役者が一人来ない？　だれだい」

「へえ、和泉《いずみ》屋の若旦那なんで……」

「それじゃあ迎いを出したらいいじゃないか」

「それがどうも……なんべんも使いを出したんでございますが、急病……ということなので……」

「急病？　それは困るじゃないか。で、役はなんなんだい？」

「ええ、そのことなんでございますが、急病の原因は、その役のせいではないかと存じますが……」

「役揉《も》めかい？　困るね、どうも……今度は苦情が出ないように、籤引《くじびき》で役を決めたんじゃないのかい？」

「さようで」

「それでいて、どうしてこんなことになったんだい？……で、和泉屋の若旦那の役はなんなんだい？」

「ええ、天竺徳兵衛《てんじくとくべえ》の『忍術譲り場《にんじゆつゆずりば》』でございます」

「じゃあ、幕開きに出てくる仕出しの船頭にでもあたったのかい？」

「それならよろしいんでございますが……」

「だって、あのほかにたいした役はなかろう？」

「いえ、ございます」

「なんだい？」

「蛙《かえる》でございます」

「なんだい？　蛙ってえのは？」

「あの、徳兵衛が忍術を使って出てくる蟇《がま》でございます」

「あの蟇を……そりゃいけませんよ。どうも気がきかないね。どうしてあんな役を籤へ入れるんだ。そりゃあ怒るのがあたりまえだ……じゃあもういっぺん迎いに……」

「いいえ、行ったんでございますが、どうも頭が痛くて行かれない、の一点張りで……なんなら番頭を代わりにやってもいいと……」

「そうかい。で、その番頭は芝居のほうの心得はあるのかい？」

「いいえ、芝居のほうはどうですか……なんでも算盤《そろばん》がたいへん達者とか……」

「おまえねえ、算盤はこの際、どうでもいいんだよ。芝居をなんにも知らない人にうまくできる気づかいはないから、そう言ってるんじゃないか。……そうだ、店《うち》の者でいいから、だれか代りをこしらえて、とにかく早く幕を開けなさい」

「へえ……どうも困ったなあ……みんな手がふさがってるし……あっ、そうだ、定吉がいた……おい、定吉、定吉」

「へえ、番頭さん、お呼びで？」

「ちょっと来ておくれ」

「お使いでございますか？」

「いや、おまえは、まったくよく働くなあ。いつも感心してるよ」

「へえ……」

「じつは、今日の芝居に急に手が一人足りなくなっちゃったんでな、おまえに役者をやってもらいたいんだがな……」

「お芝居へ出してくださるんでございますか。どうもありがとうございます。あたしも芝居が大好きで、見るばっかりじゃつまらないから、いちどやりたいと申しましたら、今度、今度っておっしゃって、いままでなんにもやらしてくれないんです」

「そりゃあ、よかった。ぜひとも出ておくれ」

「で、役はなんでございます？」

「役は……蛙だ」

「ぎゃあ、蛙？　ああ、天竺徳兵衛に踏《ふ》んづけられる……？　ぎゃ、ぎゃ、ぎゃあ」

「うまい、うまいっ、その調子」

「やだよ、そんなの褒めちゃあ。……ご免被《こうむ》りましょう」

「そんなことを言わずに出ておくれ」

「やだあ。そんなの役者じゃねえや。初舞台が虫けらじゃあ、先行き思いやられる……とても名題にゃァなれねえ」

「贅沢なことを言うんじゃないよ。おまえ、いま、出たいって言ったじゃないか？」

「だって、役者だって言うから、そう言ったんで……そんなものやると、近所の小僧仲間に、あいつ、蛙小僧だってからかわれちゃう」

「そんなことはないよ。縫《ぬい》ぐるみの中へ入って出るんだから、顔はわからない。おまえだけに、小遣いを少しあげるから、あたしを助けると思って出ておくれ……これは少いが、とっといとくれ。蟇賃《がまちん》だ」

「さいですか。顔がわからないなら……やりますかなあ。じゃあ、出るところを教えていただきませんと」

「口上茶番てんで、いちばんおしまいに、おまえが落ちを言うんだ。そこがむずかしいんだ」

「へーえ、なんてんです？」

「あのう……天竺徳兵衛が赤松満祐《あかまつまんゆう》という人に忍術を教わるんだ。で、九字《くじ》を切る。そこで、おまえがね、えー、布巾《ふきん》をくわえて、飛び出す」

「へ？」

「晒し木綿《もめん》の切れを……」

「へえ……」

「で、『あたしはヒキでございます。ここへ持って参りましたのは、あの、布巾でございます。布巾てえものは、水にもいれば、陸《おか》にもいるものです。あたしはヒキですから……』ヒキ蛙のヒキと、呉服屋の反物の匹《ひき》とをかけてある。で、『あのう、この布巾だけ買って来ましたが、あとは買わず（蛙《かわず》）でございます』と、大きな声を出して『今晩はこれぎり……』てんだ」

「へえ、畏《かしこ》まりました。で、その、出るきっかけは？」

「いいか。『南無さったるま、ふんだりぎや、守護聖天《しゅごしょうでん》、はらいそはらいそ……』と天竺徳兵衛が九字を切る。楽屋で大ドロてえ太鼓が、ドロン、ドロン、ドロン、ドロロロロン……と鳴ったら、おまえがバーっと飛び出る。むやみに飛び出しちゃあだめだ」

「え、大丈夫です。ドロドロっといったら、ピョイと飛び出る」

「そうだ」

「ドロドロピョイですね？　ドロピョイだ……それでおしまいですか？」

「ああ」

「つまんない役ですね。大喜利にかっぽれかなんか踊りましょうか？」

「蟇が踊るやつがあるもんか。そんなことをした日にゃあ芝居がこわれちまう……段取りはわかったな、じゃ頼みますよ……え？　だれが来てない？　舞台番？　だれだい、舞台番は？　半公？　建具屋の半公かい？　世話を焼かせるなどうも、だから素人芝居の頭取は骨が折れる……おいおい、あのな定吉。おまえな、役者を使いだてして済まないが、半次のところへちょいと行って、いまみなさんお揃いになって、支度もすっかり出来ました。もう幕が開きますから、大急ぎで来てくださいってな、頼むよ。急いで行って来ておくれ」


「こんちは、いるかい？　半さん」

「半さんは留守だ。いま」

「いえ、半さんを迎いに来たんだよ」

「いま居ないよ」

「居るじゃあねえか、そこに……」

「居たって居ねえ」

「なにをふくれてるんです？　あのう、お芝居がはじまりますから、大急ぎで来てくださいって……」

「芝居か？　行かねえよ」

「そんなこと言わないで、来てくださいよ」

「店《たな》へ帰ってそう言ってくれ。番頭でも旦那でもいいや、あんまりなめたことをするなって……」

「なにかありましたか？」

「なにかありましたじゃねえ。おめえにこんなこと言ったってしょうがねえが、じつはこうなんだ。こんど、店《うち》で芝居をやるって言うから、『あっしも一役《ひとやく》やらしていただきましょう』とおれが言ったときの、おめえんとこの旦那《だんつく》の言い草が気に食わねえ。おれの顔を穴の開くほどじいっと見て、『半ちゃん、おまえ、鏡を見たことがあるのかい？　いずれ化け物芝居があったときには、おまえを座頭《ざがしら》に頼むとして、こんどは舞台番をやってくれ』ってんだ。なに言いやがんでえ。ふざけるねえ。どうせおれはいい男じゃあねえ。面《つら》はまずい……なに言ってやんでえ。どうせ面はまずい……ああ、まずいとも……」

「えへへ、そう言われて見ると、ひどくまずい」

「なに言ってやんでえ。つまんないとこに感心するねえ……だれが行ってなんかやるもんか……おめえも早く帰《けえ》んな。早く帰《けえ》れっ」

「さいなら……たいへんだ、こりゃあ……へえ、行って参りました」

「ああ、ご苦労さま。どうした？　半次は？」

「だめなんで……なんでも旦那さまが、こんど化け物芝居の座頭に頼む、とおっしゃったとかで、もうすごいおかんむりで……」

「そうかい、そりゃあ困ったたな。なにかいい思案は……と、そうだ。いいことがある。いいかい、定吉、こんどはおまえ、迎いに行って、あいつをうまく持ち上げておくれ」

「持ち上げるんでございますか？」

「そうだよ」

「だって、役者のあたくしじゃあ半さんは重くてとても持ち上がりません」

「なに言ってんだ。油をかけるんだよ」

「火をつけますか？」

「そうじゃないよ。まあ、早く言えば、煽《おだ》てるんだ。なあ定吉、半次は、小間物屋のみい坊に岡惚れしてるってえじゃないか？」

「へえ、そうなんで……みいちゃんの話をすると、半さんのあの顔の造作《ぞうさく》がもう一倍くずれて……でも、足袋《たび》屋の看板で、だめなんで……」

「なんだ？　足袋屋の看板てえのは？」

「へえ、片っぽだけできてる」

「つまらない洒落《しゃれ》を言うな……いいかい、こんど半次のところへ行ったら、こう言うんだ。『あたしがいま帰りしな、横丁でみいちゃんに会って、どこへ行くんだと聞かれたので、半さんのところへお使いだよと言ったら、名前を聞いただけで、みいちゃんがぽーっと赤くなって、あら、半さんもお芝居に出るのって聞くから、こんどは舞台番だと言ったら、みいちゃんが褒めていた……ほんとうに半さんはえらいよ。素人が白粉《おしろい》なんかつけてぎっくりばったり変な格好をするよりも、舞台番と逃げたところが半さんの悧巧なところだ。あの人は粋《いき》だから、きっと似合うわ。お芝居はどうでもいいけど、半さんが舞台番なら、これからすぐ見に行くわって、みいちゃんがそう言ってた』と、こう言いな。すると、あのはねっ返り、喜んで飛んで来るから……」

「なるほど、こりゃいい。へえ、行って参ります……おう、半さん、また来たよ」

「なんだ？　また来ただと？……だれがなんと言おうと行くもんか。ふざけんねえ」

「それがね、いま、みいちゃんに横丁で会ってね。あの、どこへ行くの？……ってえから、半さんの家《うち》へお使いに行くんだよって言ったら、みいちゃんがぽーっと赤くなっちゃった」

「なに？……会ったのか？」

「うふふっ……みいちゃんと聞いて這《は》い出したよ」

「なにか話をしたのか？」

「うん、きょう店《うち》で芝居があって、半さんが出るんだけど、舞台番だって……」

「ばかっ、まぬけっ。そんな気のきかねえことをなんで言うんだ？　みっともねえじゃあねえか、どじっ」

「ううん。そう言ったら、みいちゃんが褒《ほ》めてたよ。『素人が白粉《おしろい》つけて、ぎっくりばったり変な格好するのは厭味だけれど、そこをぐっと渋く、舞台番と逃げたところは、さすが半さんはえらい』って、『芝居は見たかあないけど、半さんの舞台番なら、行かなくちゃあね』って、みいちゃんが先へ行って、待ってるよ」

「ほんとうかい？　え？　みい坊が？　やっとおれの了見がわかってきたか……あいつはなあ、若いに似合わず、油っけなし白粉っけなし……おりゃあ、ああいう女が好きなんだ。みい坊が行ってんのか？　おれが出るってんで……ふうん、旦那だって、ものを頼むんなら、もう少し色気をつけて……なんだ、言やあいいじゃねえか、化け物なんぞと言われりゃあ、こっちだって癪《しゃく》だ。

二ツ返事で請け合うわけにもいかねえや。でもまあ、なんだな。おれがごねて行かねえで、世間の女をがっかりさせちゃあなんねえ……ふふ、つらいとこだ、とにかく行きやしょう」

「はは、うまく持ち上がった」

「なんだ?」

「いいや……俥屋《くるまや》みたいだなあ。行きやしょうって……すぐ、いっしょに来ておくれ」

「いっしょにゃあだめなんだ。まあ、この服装《なり》じゃあしょうがねえ」

「着物なんかどうでもいいじゃあないか」

「服装《なり》はまあしょうがねえけども、いま、褌《ふんどし》がねえんだ」

「えっ、締めてねえのか?」

「ばか言うねえ。ただの褌じゃあ面白くねえやな。舞台番てえものは、おめえなんか子供だから知るめえが、舞台袖の半畳の上へ坐って、ぱっとこう尻《けつ》をまくるんだ。越中《えっちゅう》褌の鼠色が見えるなんざあ、色消しじゃねえか。舞台の高《たけ》えところだから、これが見物から見えらあ……おめえ、知ってるだろ? 去年の祭りによ、神輿《みこし》の先へ立って、四神剣《しじんけん》振って歩いたろ? あの緋縮緬《ひぢりめん》の褌……ほら締めていたろ?」

「ああ、あの赤の……あれならきれいでいいや」

「そうよ。あいつを、おめえ……ぐるっと尻《けつ》まくったときに、町内の女の子をわーっと言わせようってんだ……あれが、いま、家《うち》にねえんだ」

「ああ、わかった。まげちゃったんだね、質に入れちゃったのか?」

「察しのいい小僧だな。じつはそうなんだ」

「ああ、それならなんかと入替えしなよ」

「なんでも知ってやがるんだなあ、こいつあ……しょうがねえや、釜でも持ってって、入替えるか」

「釜を持ってく？　うふふ、褌の入替えに釜なんざあ縁があっていいや」

「余計なことを言うない」

「じゃあ、急いで来とくれよ」

「いいよ、わかった、すぐ行くよ」


半次は、緋縮緬の褌を質屋から請け出して、家へ帰り、すっかり服装《なり》を変えて、すぐ店《たな》へ行けばいいものをみい坊にいいところを見せるために、ひとっ風呂あびようと、町内の湯屋《ゆうや》へ行った。

「おう、ごめんよ」

「いらっしゃいまし。おう、半さん、お見それいたしました。どうもおめかしでございますなあ。ええ、どっかへお出かけですか？」

「なあに、伊勢屋で芝居があるんだ」

「ははあ、お役者ですね？」

「なにを？　お役者？　おの字を付けやがって……冗談言うねえ。なまじっか素人が白粉なんかつけて、ぎっくりばったり目ぇむくのはいやみだあ。そこをぐっと渋く、おらあ、舞台番と逃げたね」

「舞台番と申しますと？」

「舞台の脇へ、ちょいとおれが半畳へ坐って、尻をまくって場内を鎮めるんだ」

「ああそうですか。しかし、あなた、その舞台番にしちゃあ、お身装《みなり》がちょいと地味じゃああり
ませんか?」

「そうよ。これじゃあ少しばかり地味だ。舞台番ていやあ、首抜きかなんか派手なものを着るん
だ。そこをこっちゃあ、うわべを地味にして、中身でぐっと落ちをとろうてんだ」

「へえ? 中身で落ちをとろうと申しますと?」

「見てくんねえ、これだ」

「えっ?」

「これを見ろよ」

「はーあ、まっ赤な褌ですな」

「緋縮緬だから、赤えや」

「こりゃあご立派で、まえが馬疱瘡《うまほうそう》のようですな」

「変なこと言うねえ。切れの目方、たっぷりしてらあ」

「へ、へ……」

「ものがいいからな、丈《たけ》が長えや」

「へえ」

「どうだい? 町内広しといえども、これだけのものを締めてるやつはあるめえ」

「はあ、さようで……」

「町内の女の子に見せて、わぁーと言わせようてんだ」

「言うでしょうかね？」

「言うにきまってらあ……重くてどっしりしてらあ」

「へえ、へえ……」

「咬《くわ》えて引っぱってみろい。ちゃりちゃりって音がして縮むんだ。……どうだ、咬えてみるか？」

「いいえ、もう結構です……褌を咬える人はおりません」

「ところで、油っ紙、ねえか？」

「油っ紙？　どうなさるんです？」

「この褌、盗られるといけねえから、油っ紙へ包んで、頭へ結《ゆ》わい付けて、湯へ入《へえ》るんだ」

「川越しじゃないんだから……大丈夫ですよ。そんなに心配で大事なもんだったら、番台に預かりましょう」

「そうか、すまねえ。その代わり、むやみなところへ置いちゃあいけねえぜ。神棚に上げて、お燈明でもあげろ……」

「冗談言っちゃあいけません」


「定吉、どうしたんだ？　来ると言った半公はまだ来ないじゃあないか？……もういっぺん行って来な」

「へい、では、行って参ります……ほんとうにあんな手数のかかるやつはありゃあしない……半さん、あれっ、戸が閉まってらあ。あの、お隣りのおかみさん、建具屋の半次さん、どこへ行ったかご存知ですか？　え？　湯へ行った？　なんだい、のんきなやつだね……なにもこの最中にめかすことなんぞしなくったっていいじゃあねえか……こんちは、あのー、半さん、入ってますか？」

「おや、伊勢屋の小僧さんか？　ああ、入ってるよ。……あそこだ。ほら、尻に火男《ひょっとこ》の刺青《ほりもの》をした……」

「あっ、汚ねえ尻《けつ》を出して洗ってやがら……おい、半さん、だめだよ。早く来なきゃ、みいちゃんが帰っちゃうって言ってる。早くしとくれよ」

「えっ、みいちゃんが……おいおい、待っててくれ、おう、定吉っ、いっしょに行くから、待ってくれっ」

　定吉は急ぎ足で店へ帰ってしまった。

　半次は、湯から飛び出して、身体を拭く間もなく着物をひっかけたが、番台へ預けた褌を忘れて、そのまま表へ駆け出した。

「おうおう。頭から湯気立てて、なに駆けてんだ？　半公じゃあねえか。どこへ行くんでえ」

「やあ、熊兄《あにい》か、どうも……驚いたよ、伊勢屋で芝居があって、これから幕が開こうてんだ……」

「ああそうか。で、おめえにもなにか役がついてんのか？」

「冗談言っちゃあいけねえや。素人が白粉なんぞくっつけて、ぎっくりばったり変な格好したってはじまらねえや、そこでおれは、舞台番と逃げた」

「え？　舞台番？　それにしちゃあ、おめえ、身装《なり》が地味じゃあねえか」

「そこなんで、趣向は……まあ見てくんねえ。うわべは地味だが、中身のほうをぐっと派手にして、落ちをとろうってんだ……まあ見てくんねえ……これっ」

「な、なんだ？　おいおい、よせよ。ばかだな。真っ昼間《ぴるま》だってえのに……よせやい。しまっとけよ。そんなものよう……」

「ははっ、どうでえ、驚いたろ？」

「驚くよ、そりゃ……」

「てえしたもんだろう？」

「ああ、たいしたもんだよ」

「立派だろう？」

「ああ、立派だ。ばかな立派だ」

「町内広しといえど、このくれえなものを持ってるやつはねえぜ」

「ああ、ありゃあしねえよ。八丁居廻り探したってありゃあしねえ」

「重くてどっしりしてらあ」

「目方もありそうだな、その様子じゃあ」

「ものがいいからな、丈《たけ》も長えや」

「そりゃ、自慢するだけのことはある」

「町内の女の子に見せて、わあーっと言わせようてんだ。言うだろ？」

「言うよ。気の小せえやつは、それ見りゃ目を回しちまわあ」

「咬えて引っぱって見てくれ、ちゃりちゃり音がして縮むんだ」

「だれが咬えるやつがあるもんか。まあ、早くしまいなよ」

「あとで見に来てくんねえ。きっとだぜ。じゃあ、おれは急ぐから……」

「しょうがねえなあ。……尻まくって、駆け出して行きゃあがった……」


「番頭さん、おそくなりました」

「半次か。やっと来てくれたか。おまえがいないんで幕が開かないんだ。なにをしてるんだ。早く出ておくれ」

「へえ、いま、身装《なり》を着換えてきましてね。派手なとこ見せましょうか?」

「まあいいから、舞台番に行きな」

番頭さんの口上が済むと、二丁が入る。

浜唄にのって幕が開くと、後ろが波幕。

仕出しの船頭の浪六に浪七が、

「親分殿は、昨日の南風に吹きさらされ、いまだ行方知れぬとのこと……」

「なにはともあれ、ここやかしこの小島をば……」

「そんなら、浪六……」

「そうさ、浪七、おれにつづいて、あ、ごんせ、ごんせ」

ドドドン、ドン、ドン、ドンドン……。

山颪《やまおろし》で二人が引っ込むと、トォーンッと柝頭《きがしら》で、浅黄幕がぱらっと振り落とされると「井出《いで》の玉川窟《たまがわいわお》の場」——。

上手《かみて》に赤松満祐、下手に天竺徳兵衛。

客席もしーんとして、芝居に見入っている。

舞台番の半次は、ここだと思うから、ぐーっと尻をまくって、

「なんだなあ。みぃ坊が来てるって、来てやしねえじゃねえか。あの定吉の野郎、なに言ってやんだなあ。……こんなに見物も入《へえ》ってるのに、だれかこっちを気がつきそうなもんじゃねえか。芝居ばかり見ねえで、ちょっとはこっちも見ろい。今日はこっちはいろいろ趣向があるってえのに、銭をかけて来てるんだぜ。こっちも少しは見ろっ。……しょっしょっ、子供は騒いじゃあいけねえぜ。さあ……」

「どうです、なかなかうまいもんですね。素人芝居だなんてばかになりませんよ」

「ええ、毎年のこってすからね。紀伊国屋の旦那の徳兵衛なんぞ、緞帳《どんちょう》役者よりうまいじゃあないですか？　ねえ、あの人にこんな隠し芸があろうとはねえ、いや、驚きました」

「え？　あの隅っこで騒いでいるやつ……あれ？　だれです？」

「舞台番……あれは、建具屋の半公。町内の名代のはねっ返りで、はね半。しょうがないやつだ。だいたい舞台番てえものは、客がどなったり、子供が騒いだりするのを鎮める役なのに、客が静かにしているのに一人で騒いでいやがる」

「ちょっと、舞台番をよく見てくださいよ。あたしゃ、目のせいか、趣向にしちゃあ……まさか」

「なに？　舞台番の顔じゃない？……下のほうを見ろ……ありゃ、半公、出しゃあがったなあ」

「糝粉細工《しんこざいく》じゃあないでしょうね。本物かねえ？」

「いや、こしらえもんじゃあない……野郎、さっきから騒いでいたのは、あれを見せたかったんだ」

「やつも変な趣向をして……ようよう、半ちゃん、またぐら、ご趣向っ」

「日本一っ、大道具っ、ご立派っ」

「あはっ、畜生っ。ようやく気がつきやぁがった。ありがてえっ」

と、尻を更にまくって、前のほうへ迫《せ》り出して来た。場内はこれを見て、あっちでくすくす、こっちでくすくす、わあわあというざわめき。そのまま芝居のほうは進行して、舞台はいよいよ最後の『忍術譲り場』になって、天竺徳兵衛が、九字を切って、

「かく忍術を受け継ぐうえは、足利一家を滅《ほろぼ》すは、またたくうちと徳兵衛が、南無さったるま……ふんだりぎや、守護聖天、はらいそはらいそ……」

楽屋で大ドロ（太鼓）が、ドロン、ドロン、ドロンドロン、ドロロロロロ……と鳴ったが、定吉の蛙が出て来ない。徳兵衛が、

「定やあ、おい、なにをしてるんだ。おい、早く蛙が出なくちゃあだめじゃないか」

客席から、

「蛙は出られねえよ。あそこで青大将が狙っている」


《**解説**》江戸時代の〈江戸っ子〉のほとんどは肉体労働に就き、筋肉質で、頑健な体形をしていた。その体軀を磨き、誇示するのが〝勇み肌〟で、自慢の一つだった。勢いその行動に弾

みをつけ、潔《いさぎよ》さを強調するのが、尻端折《ばしより》、男の褌姿《ふんどしすがた》だった。祭りで御輿《みこし》を担ぐ、あのきりりと締めた褌姿などは、〝男性美〟の極致といっていい。

ことに尻端折は、歌舞伎の与三郎、弁天小僧等の啖呵《たんか》を切る場面では欠かせない仕草《アクション》だが、すべてをさらけ出す……隠すもののない、潔さを表わす心意気の誇示であった。

堂本正樹氏は『三社祭・日本の男の下半身』で、「過去の日本人には〈男の尻〉を誇る気風があり、それが尻っ端しょりであり、二世嵐雛助のように、そこでドッと言わせる役者も出たのです。それが明治以後の高尚趣味で、肌を直に晒《さら》すことを下品と貶《おとし》め、肉襦袢《にくじゅばん》を着用して、自ら美学を葬ってしまった。愚かでした」と、江戸の男の美の復活を希っている。

江戸人の芝居好きを伝える生粋の江戸落語である。素人義太夫の催しを自宅で開く「寝床」の商家の旦那に比べて、こちらは自店内に舞台まで設《しつら》える、当時の町人の財力、文化の擡頭がいかに強大であったか——文化・文政期の時代背景を窺うことができる。しかし、その流行が過熱《エスカレート》すると、〈贅沢禁止令〉によって本格的な芝居は御法度となり、ボテ鬘《かずら》の茶番だけが許可されたという。

江戸っ子は渾名《あだな》を付けるのがうまいが、舞台番の建具屋の半次を〝はねっ返り〟のはね半など面目躍如たるものだが、かの一物を〝馬疱瘡《うまぼうそう》〟とは……。疱瘡よけの種痘をするとその部分が腫《は》れあがる、それを馬が種痘をしたように大きく膨れ上がったさまを言ったのである。

鰻の幇間《たいこ》

・幇間《たいこもち》という稼業は、お客の機嫌気褄《きづま》をとる、頓智頓才というのがなくては勤らない。お客も十人十色、酒の好きな人もいれば下戸《げこ》もいる。陽気な人もいればおとなしい人もいる。その呼吸をはかっていくのがじつにむずかしい。

お客が「えへん」と言えば、「紙はここにございます」と差し出し、顔色がわるいと「拙《せつ》が持ち合せの清心丹、召し上がれ」と勧《すす》め、それで治らないとみれば、電話をかけて医者を呼んでくる。脈をとってみて、医者がちょっと小首を傾《かた》げると、葬儀社のほうへ人が行って、帰りに寺へ……ま、万事がこの呼吸《いき》でいかないと……。

吉原でだれそれ、深川でだれ、柳橋で某《なにがし》という幇間になると、みなれっきとしたもので、そんなどじを踏むようなことはありませんが、俗に野幇間《のだいこ》というやつ、ほかに稼業があるのに、人を取り巻いて奢《おご》らせるのが大好き、またそれを名誉と心得ていて、古着屋で買った怪しげな紋付を引《ひ》っかけて、これは旦那から頂いたなどと言って、自ら卑下して、天井《てんどん》一つご馳走になって、メリンスの長襦袢《ながじゆばん》を出して「深川」などを踊って喜んだりして……。

野幇間連中は、お客のことを魚に譬《たと》えて、往来で取り巻くのを陸釣《おかづ》り、お宅を訪ねて取り巻くことを穴釣りと言って、途中でお客に逃げられると、「しまった、釣り落した」なんて、お客をだぼ鯊《はぜ》のように心得ている。

「暑いなあどうも、あー、夏だからねえ。暑いてえせりふは言いたかあないんだが、こう暑くっちゃあ……日傘一本欲しいとこだが、どうも、そこまでは手がまわらない。暑いとくると、われわれ稼業は往生だよ。いい幇間は、お客さまのお供をして湯治《とうじ》に行くとか、海水浴へでも出かけちまうんだがな、肝心の取り巻こうという敵《かたき》が留守じゃあ、どうにも弱るね。……どこかへ穴釣りに出かけようかな。この羊羹二棹《ようかんふたさお》、餌《えさ》につかって、うまい魚を穴釣りたいもんだな。どっかないかな? えーと……あっ、そうそう、蔦家《つたや》の姐《ねえ》さんに逢ったっけ、明治座で……半八つァん、家《うち》へもたまには遊びにいらっしゃいよ、なんて言ってたよ。そうだ、蔦家の姐さんとこへ行ってみよう……えー、こんにちは、その節はどうも……」

「おや、どなた?」

「えー、半八でございます」

「あら、めずらしいわね」

「どうもお暑うございますな。ちょっとお門《かど》を通りかかったもんでございますから伺いました……お光《み》っちゃん、あなたはいつもおきれいで、ますますどうもなんですよ、お色気が出て、えっへっへっへ、お変わりなく……これは、つまらんものですが、ほんの名刺がわりに……」

「あら、ご丁寧にすみませんねえ」

「どう仕《つか》りまして……ええ、ところで、姐さんはご在宅で？」

「湯治に行きましたよ」

「ええ、湯治にお出かけか……なるほどねえ。羊羹、早すぎたあ……しまった、いや、なに、その……どちらへ？」

「修善寺へ出かけましたよ」

「いつお帰りで？」

「そうですね、五、六日《ごろくんち》前に出かけたんですけれど、湯治をすませて、帰りに三島の親戚へ寄って、二、三日泊まってくるからと言っておりましたから、お帰りになるのは今月の末になりましょうかね」

「はあ、さようで……では、またいずれその時分を見はからって伺います。お帰りになりましたら、家来の半八がお留守見舞いに伺ったてえ、どうぞご伝言ねがいます。さよならあ……こりゃあまずかったな。敵がいるかいないかを確かめないうちに餌を出したのは、愚《ぐ》でやした。姐さんに留守見舞いったって、三島から帰って来たときには、あの羊羹あるもんか、みんな食われちゃう。羊羹一棹買うにしても、これなかなか安くねえからね。こんなことじゃとても幇間《ほうかん》で飯が食えませんよ。仲間に話もできやしねえ。こんだあ、向うに敵がいるかいないか、魚《うお》がいるってことを確めてから、餌を出そう。取られっ放しじゃあ、悔しいから……そうだ、菊春本の姐さんとこへ行こう。あの姐さんには、こないだ観音さまで逢ったとき、たまにはお茶でも飲みにいらっしゃい、なんて言われたっけ……まんざら脈がなくもなかろう……へえ、こんちは、ごめんください」

「どなた?」

「半八でございます。ごぶさたをいたしております」

「まあ、いらっしゃい。お上がんなさいな」

「ええ……こんどは上がらせてもらいます……どうもことのほかきびしいお暑さで……」

「さあさ、もっとこちらへいらっしゃい。ここは、たいそう風通しがいいんですから……」

「へえ、おそれ入りました……どうもこれは結構なお座敷で、なかなかよい風が通りますねえ。しかしあなたはいつも、おきれいで、ますます男の子を泣かせようてんでしょう? えっへっへっへ、ええ、ひさしくごぶさたをいたしましたが、姐さん、お家《うち》ですか?」

「あいにく今日は留守なんですよ」

「どちらへ?」

「湯治へ」

「いやに湯治がはやるね、そうとは知らずにお伺いを……ええ、どちら方面へ?」

「伊香保の温泉ですよ」

「伊香保……へへー……いつごろお出かけでしたか?」

「一週間ばかり前ですよ」

「では、お帰りがけに、三島のご親戚へ五、六日泊まって、そして今月の末ごろお帰りてえご寸法で」

「なに言ってんの、伊香保と三島と方角がちがうでしょ」

「あー、方角ちがい? あっはっは、ええ、その時分、見はからってまた……」

「ま、いいじゃありませんか、おまえさんは姐さんがいないとじきに逃げる。まあ、遊んでらっしゃいよ、さみしいから……さ、いいから遊んで、風通しがいいから……さ」

「風通しか……くさるね、どうも」

「何よ、なんか腐るものでもあるの？」

「いいえ、風通し、結構ですよ。あたしのからだはなまものでして、すでに半分、腐りかけてる……」

「なに、ばかなことといってるんだよ」

「このね、扇風機もよろしゅうございますが、この扇風機てえやつは一時はいいんですが、なんか、くすっとこう……なま温《あった》かい、この、天然に、もうほんとですね、こういうところへ、ほんとうにあたくしは一《いち》ン日《ち》……」

「だったら、遊んでらっしゃいな」

「いいえ、でも」

「まあ遊んで……ねえ、そこになんか持ってるんでしょ、その箱は？　お土産なら預っておくわよ」

「へ？　これですか……これは、なに、その……つまらん箱で、ハコヤのヒメゴト……」

「かくしてないで、お見せなさいな」

「いいえ、なに、ハコ（シ）にも棒にもかからん代物でげして……」

「気になるねえ、なんの箱？」

「いいえ、これは、その……そう、弁当箱で……」

「あら、まあいやだわね。半八つァん、太夫衆が弁当箱を持って歩くの？」

「いや、そのご不審ごもっとも。ええ……ごもっともなれども、拙《せつ》、近ごろ脚気《かっけ》の気味で、お客さまのお供をいたしまして、ご飯をいただきますてえと、あと胸のぐあいが悪くなるので、麦飯《ばくはん》持参……」

「あらまあ、麦はからだにいいそうだからねえ。いくら姐さんが留守でも、いま、お茶をいれて、お香々《こうこ》ぐらい出しますからね。ちょうど時分どき、ここでお弁当をつかっていらっしゃいよ」

「いいえ、まだ、その……拙の腹の虫めが、まあだだよと……へい、いずれまたお伺いをいたしますから……さようなら……こりゃ驚いたあ。もう少しで餌ェ取られるところだった。近ごろの魚《うお》は、油断ができねえ。いきなり餌に目をつけたからねえ……しかし、われながら弁当箱はまずかったな。幇間が弁当箱を持って歩くわけはねえ。釣りに行くんじゃねえ。こうなるてえと陸釣《おかづ》りのほうが無事だあ、へっ、陸釣りにしよう……しかし、こう暑くっちゃあ魚は出て来ないね。不景気だな、海が荒れてるとめえるな。永い月日《つきひ》だ、稼業の煩《わずら》いてえやつだ、こういう間日《まび》てえのもある。しかたがねえ……だけど、時分どきと聞いてちょいとお腹が北山になって来たよ。しかしねえ、幇間たる者が手銭《てせん》で昼飯を食うなんぞ幇間の掟に反しますよ。どこの旦那でもいいからちょいと取り巻いて『よォッ』てなことを……あっ、向うから……魚が来ましたよ。どこの大将か知れないがいい身装《なり》をしてるな、粋《いき》だねえ、乙《おつ》な帯を締めてますねえ。あの身装《なり》の様子では素人《しろうと》じゃねえな、兜町《かぶとちょう》の人だね。こういう大将に『半八来ねえかあ』『よォっ、お供を……』あっ、自動車へ乗っちゃった。すーっと乗りましたね、テキは……おい、また来ましたよ、このぶんでいくと時化《しけ》じゃあねえな……早く竿……あちらは浴衣《ゆかた》を着て、手拭いをぶら下げてますよ。

どっかで見たようなことがあるが、はてな、どこで会ったんだっけ……ええと、まずいね、こっち見てにこにこ笑って……弱ったなあ。思い出せないなあ、ぐずぐずしてるうちに魚に逃げられちゃうよ。へっ、当たって砕《く》ゥ……竿を降ろしてみるかい、かまうことないから……ようよう、大将、ちょい……こんちは、どうもご機嫌よろしゅう、お変わりござんせんか、その節はとんだ失礼をいたしました」

「よう、どうしたい師匠」

「へえ、師匠なぞおっしゃって、あの節は、またばかに酩酊《めいてい》して、とんだ失礼……」

「酩酊？　なに言ってやんでえ。いつおめえと酒を飲んだい？」

「飲みましたよ」

「だからどこで？」

「あそこで飲みましたよ」

「だから、どこで飲んだってえんだよ」

「飲みましたっ、ほら、あの柳橋でわあーっ」

「なに言ってやんでえ。おめえとこの前会ったのは麻布《あざぶ》の寺じゃねえか」

「麻布の寺で？」

「そうだよ、清元の師匠が死んだとき、おめえ手伝いに来たろ、煙草盆にぶつかったりなんかしてけんつく食ってやがった、あんときに会ったんじゃあねえか」

「ああなるほど……寺で会ったとは気がつかなかったな……いえ、その、あれから、お寺を出ましてから、また馴染みのお客さまにお会いしまして、『どうだい、これから飯《めし》でも食おうじゃねえか』『よう結構、お供を』という寸法で……そのときにご酒をばかに頂戴いたしまして、えへっ、とんだ失礼」

「なに言っていやんで、他所《わき》で酔っぱらったのを、おれに謝ったってしようがねえや」

「大将、なんですか、あなたのお宅はやっぱり先《せん》のお宅ですか？」

「師匠、おめえ、おれの家《うち》を知ってるのかい？」

「知ってますよ、ちゃあんと心得ておりますとも……」

「そうかい、じゃあどこだか言ってみな」

「どこだってあなた、先のお宅、あすこんところをずーっとこう曲りましたな……そうそう、屋根がありました」

「あたりめえじゃねえか。屋根のねえ家《うち》があるもんか」

「そうでしょ、だから、あたくし、ちゃんとまちがいなく心得てるというんで……」

「そうか」

「絶えて久しき対面ですな……というわけで、どうです？　ひとつどっかへお供を願いたいもんで……」

「すぐに取り巻きやがる。いやなやつだな……どっかへお供ったって、おれは浴衣着て手拭いをぶら下げてるんだ、湯へ行くんだよ」

「お湯？　お湯結構……ひとつてまえがお供をいたしまして、お背中をお流しの、お肩をおもみの……」

「よそうじゃねえか。師匠に背中流して肩もんでもらったって始まらねえや」

「なんですよ、あなた、敵に後《うしろ》を見せるてぇなあないでしょ？　駒の頭《かしら》を立て直したな、いえ、まったくのところ……大将……」

「よせよ、変な真似をするない。壁蝨《だに》だね……しょうがねえ、ま、せっかく会ったんだ、このま別れるのもなんだから、どっかで飯を食って別れようじゃねえか」

「よォっ……待ってました」

「どうでえ？　鰻《うなぎ》を食うか？」

「よォっ、鰻結構ですな、ひさしく鰻てえものにお目もじしておりません。あのレキでしょ？　ノロでしょ？　土用のうちに鰻に対面なんぞは乙《おつ》でござんすな……ええ、じゃあ、車を呼んで、えー前川か、ねえ、神田川、でなきゃちょっと銀座のほうで、小満津かどっか……」

「おいおい、おれは浴衣着て手拭いぶら下げてんだ。どっか近間《ちかま》で間に合わせしようじゃあねえか」

「よっ、近間結構っ、鰻は近間にかぎる……で、どちらへいらっしゃいます？」

「この町内になあ、あんまり家《うち》はきれいじゃないよ。ま、汚ねえんだ。手間なしで、主人とおれは心やすいから……そこで、どうだい？」

「あたしは別に家をいただくわけじゃありません。結構ですよ、家が汚ないからって鰻が汚ないてえわけじゃないでしょ？　あれ、おんなしところで泳いでんでしょ？」

「そりゃそうだよ」

「ええ結構ですよ、じゃあ、ひとつ」

「そんならおまえにそう言うがなあ、おまえが、その、芸人ぶるんならよすよ」

「へえ？」

「おれは、そういうことは嫌いだから……旦那だとか、大将だとか、そういうことを言うならよすよ」

「よォっ、えらいねあなたは、お齢《とし》は若いけれど、あたしはそういうねえ、遊びに一ぺんお供さしていただきたい、とつねづね思っていたんですよ」

「君とかぼくとかいうような間《あいだ》なら、連れてこうじゃないか」

「そうですか、あっははは、君ィ……へへ、ごめんなさい」

「謝るこたあないよ」

「大将、あたくしはね、あなたにお目にかかって、心の底からうれしゅうござんすよ」

「そんなら、家へちょくちょく遊びにおいでよ。家じゃあもう芸人てえ芸人がたいてい出入《では》りをしているがね、役者衆の揃いなんざあ毎年もらうんで、貯まっちゃってしようがねえ、二、三反持ってくかい？　上げるから」

「ありがとう存じます。ぜひ伺います、お宅はどちらでしたっけ？」

「どちらでしたっけって、先《せん》のとこじゃあねえか」

「ええ、そうそう、先のとこでしたな。心得ておりますよ。伺います」

「さあ、ここが鰻屋だ……おれはね、ここでちょいと魚《うお》を見て、誂《あつら》えるから、師匠、先に二階へ上がっててくんねえな」

「さいですか……」

「いいから上がって」

「では、お先にごめんこうむりまして……どっこいしょのしょっと……上がりにくい梯子段《はしご》だねえ。これは恐れ入ったな……おっしゃるとおり汚ないね、家《うち》は汚ないけどうまいものを食わせるという……二階へ来たら、いきなり子供が机を抱えて裏梯子から降りてったよ。いままで手習いをしていたんだね、客間でもって子供が手習いをしているなんてえのは、あんまり繁昌する店じゃあないな、まあいいや、とにかくご馳走になるんだから、贅沢言っちゃあいられませんよ……へっ、どうも大将、お先に……大将なんでしょ？　家《うち》はこんな家ですけれども、またすごいものを食わして、あたくしの向う脛《ずね》をさっと払おうてえ趣向なんでしょ？」

「ああちょいと食わせるんだよ、ここの家は……まあ師匠、お坐りよ」

「へい、ありがとうございます……大将、こちらへどうぞお坐りを……」

「いいよ、こっちで……」

「いいえ、あたくしは家来で、恐れ入ります」

「構やしないよ。さっき言っただろう。わたしは分け隔てをすることが大嫌いなんだから、遠慮なしに無礼講で構わないよ。さあ、お敷き」

「へえ、さようで……それではお言葉に甘えて敷かしていただきます」

「そんなに堅っ苦しく坐ってねえで胡坐《あぐら》をおかきよ。さあ平《たいら》に平《たいら》に……いま出前に出すというところを無理にこっちへ回してもらったんだ。知ってる家《うち》は重宝だよ。さあ、酒がきた……あ、姐さん、酒そこへ置いてってていいよ。そいからなんだ鰻屋へ来て急ぐのも野暮だけどもね、早いほうがいいんだから……師匠、いやまあ、いいから一と猪口《ちょく》だけお酌《しゃく》しよう……その遠慮するな遠慮しないで……」

「あ、さようで、へえ、恐れ入ります……遠慮はいたしません、遠慮をいたすのはかえって失礼だと、うちのおやじが息をひきとる際《きわ》に申しておりました……いただきます」

「どうだ？　うめえだろう？」

「こりゃあどうも……どうもいいご酒《しゅ》ですな……大将、鰻屋の酒は、こういきたいや、これだけの酒はなかなか使い切れません。ここは家はこんなだけど、飛び切りうまいものを食わして、あたくしをあっといわせようなんぞは、あなた、ご趣向がにくいね。へっ、こりゃどうも、えっへっへへ……」

「うるせえな、静かに飲めねえか」

「あなた叱言《こごと》を言っちゃいけませんよ……大将、このね、焼けてくる間《あいだ》に、新香《しんこ》でつなぐてえやつが鰻屋の値打ちですねえ……あ、こりゃどうも……大将にたびたびお酌をしていただいては、どうも痛み入ります」

「なあおい、ちょくちょく家《うち》へも遊びにおいでよ」

「ぜひ伺います。お宅はどちらでしたかな？」

「先《せん》のとこじゃねえか」

「ああ、そうそう、先のとこ、百でもなけりゃ万でもない……こうずーっと行って、ぐっと曲ったところ、入口があって……」

「入口のねえ家《うち》があるかい……さあ、鰻が来たよ。焼けて来たよ。さあ、早くお上がり」

「さいですか？　焼けましておめでとう。なぞは……え、時節はずれだ……じゃ、いただいていいんですか？」

「いちいちいただくもなにもないよ」

「さいですか。これは大将、おあったかいうちにいただきましょ、こりゃあ冷《さ》めてはいけません。さめては事を仕損ずると、さめてのうえのご分別と……。〽鰻ヨォーかき……寄ォせさ、蓋《ふた》、をォバァ取ってさァ……」

「騒ぐなよ」

「しかしねえ、どうです、鰻はこういきたいねえ、大串《おおぐし》でいけず小串《こぐし》でいけず中串《ちゅうぐし》、このくらいですよ。鰻もこのくらいで……鰻《うな》ちゃん、どうです、お変わりもなくって、しばらくご無沙汰いたしましたあ」

「黙って食えねえか」

「え、お薬味《やくみ》……山椒《さんしょ》がございますか、少々……へい、では拙《せつ》が先にお毒味ということにして……うむ、よう、大将、こりゃあ恐れ入りました。舌へのっけますとね、とろっときます。とろけそうですよ」

「ちょいと、厠所《はばかり》へ行ってくるからね」

「へっ、お下《しも》ですか？……では、家来がお供をいたしまして……」

「おい、少し目まぐるしいよ。そいだからあたしゃ芸人衆は嫌いだてえんだ、そうちょこちょこするこたあねえ。さっきも言ったろ、おれは分け隔てが大嫌いなんだから、無礼講でやろうじゃねえか。いちいち後からついて来られたりしたら、おれのほうで気づまりでいけねえや。そこで、あたしに構わず遠慮なしに手酌でやって、待っててておくれ」

「あっ、さいですか、それでは家来は不精をいたしましてお供をいたしません。では、どうぞ、ごゆっくり……へい、行ってらっしゃい……ふーん、感心したね。粋なお客さまだね。今日は朝のうちは二軒で釣りそこなったときは、日並《ひなみ》がわるいと思ったが、そろそろ運が向いてきたよ。歳は若いが江戸っ子だね、ちょっと厠所へ行って来るから遠慮なくやんな、なんざあ気が利いてるな……おーい、姐さん姐さん、お酌をしてくんねえ、焼けたらもっと持っておいで、後でご飯をいただくよ……ありがたいな。いったいあの大将は、どこの人なんだろう？　向うでこっちを見てにこにこ笑って、どっかで見たようなことがあると思って声をかけると、おれを知ってる人だあ。ひさしぶりに鰻をご馳走になって……これでご祝儀はいくら頂けるかな？　十円ぐらいかしら……まあ、ご祝儀を頂いて、お宅にお出入りができて、奥方に気に入られて、奥方からもなにか頂けるというやつだ。犬も歩けば棒に当たると言うが、こういうことがあるから幇間という稼業はやめられないよ……どうでもいいけど、ばかに長いねえ。厠所は分別所《ふんべつじょ》って言うからねえ、あいつにいくらかやろうと思ったが、ちょっと都合がわるいから、ここの勘定のお釣銭《つり》だけやろうかしら、それにも及ぶまい。食うだけ食わして土産《みやげ》の折だけ持たしてやろう……なんてことになるかも知れない。これはなんだな、遅《おく》れれば遅れるだけ不利益だな。ここだよ、忠義の見せどころは……どうでもいいようなもんの、あいつは尻が重くっていけませんよって、ご機嫌を損じるといけないね。ひとつお迎いに行くとしよう。……おい、姐さん、厠所はどこだい？　ああここ？　一つっきり？　ああそう……ええ、もし、大将、半八がお迎いに上がりましたよ。家来が参上つかまつりました……大将、だいぶお産が長いようで……もし、大将……返事がないのは罪ですよ。開ける途端にわあーっなどと脅《おど》しちゃあいけませんよ。戸を叩きますよ。よろしゅうございますか。怒りっこなし……では、ほらトントントントン、やあトントントントン……おい、姐さん、なにをげらげら笑ってるんだい？　え？　なに？　そこにはだれも入っておりません？　なに言ってんだよ。おまえも大将といっしょになって、人のことを担ごうってんだろ？　ええ、ちゃーんと知ってるんだ。そーれっ……戸を開けたけれどさらに姿なし……どうしたんだい、姐さん、おれといっしょに来たお客さまはどうしたい？……なに？　とっくにお帰りになりました。黙ってちゃあ困るじゃねえか。ご挨拶をしなけりゃあならない。……ああ、わかったわかった。粋なもんだ。することが万事本寸法だ。芸人に気をつかわせまいってんで、黙ってすーっと帰るなんざ、なかなかできるこっちゃない。あいにく持ち合せが少しばかりで出しにくいというんで、帳場へ紙に包んだものを置いて、これを帰るときに渡しておくれってんで、お釣銭だけくれようという趣向だな。そうときまれば、二階へ戻っておまんまを済ましちまおう……えーと、鰻が少し冷めちまったから、お茶漬にしようかな。鰻茶《うなちゃ》というやつだ。うな茶でかっぽれときたな……じゃあ、おい、姐さん、姐さん。たびたびお呼び立てして済まないけれど、お帳場へ行って、紙で包んだものを貰って来ておくれ」

「はい、畏まりました」

「さあ、いまのうちにお茶漬にして、いただくものはいただいて、こっちも早くお開きにして……ああ、ご苦労さま、そこへ置いてっとくれ。あれ、姐さん、なんだいこれは？」

「あの、つけ《かい》でございます」

「つけ？　勘定書かい？　これじゃないの。紙へね、こう包んだやつがあるだろ？　お帳場に預かってあったろう、二階のあの男にやってくれ、というようなものが……」

「いいえ、そういうものはまるっきりございません」

「ないの？　ほんとうに？　そんな筈はないんだがな……ああ、なけりゃあいいんだ。ないものはしかたがない……ええ、姐さん、なにかまだ用があるの？」

「そのお勘定をおねがいします」

「ええ？　お勘定って……それはもう済んでるんだろ？」

「いいえ、まだいただいておりません」

「まだいただいてない？……つけにしたんじゃあないのかい？　あの人、お馴染なんだろう？」

「いいえ、初めていらっしゃったかたでございます」

「嘘だよ、姐さん。姐さんにゃわかりゃしないよ。二、三日まえに、ここへ奉公に来たんでしょ？」

「七年もまえからおります」

「ずいぶん長く辛抱してるねえ。じゃあ、なぜ姐さんは、お客に勘定のことを言わないんだい？」

「お勘定と申し上げましたらば、おれは浴衣を着てるからお供だ、二階に羽織を着てるあれが旦那だから、勘定は二階の旦那から貰ってくれとこうおっしゃいました」

「ええっ？　さあ、たいへんなことになっちまった……おいおい、冗談じゃあないよ。せっかく酔った酒が醒めちまうじゃないか。そりゃあ、ほんとかい？」

「ほんとでございますとも」

「へえ、これぁどうも驚いた。けれどもわかりそうなものじゃないか。なるほどあの人が浴衣を着ていたし、あたしゃあ羽織を着ているよ。羽織は着てますけど商売上万やむをえず着てるんじゃないか。あちらのことを大将大将と呼んで、どっちが客で、どっちが取巻きか、七年も鰻屋にいて、そのくらいのことがわからねえかな……これじゃあ逃げられちゃったんじゃあねえか……遠慮することもなにもねえじゃあねえか。これ手銭でやってるんじゃねえか……なにをきみ、笑ってるんだ。笑いごっちゃないよ」

「あの……もっとお酒を持って参りましょうか？」

「いらないよ……この徳利の酒がすっかりぬるくなっちまったから、ちょいとお燗を直しておくれ」

「畏まりました」

「どうもそういえばおかしなやつだと思ったよ。第一、目つきがよくねえや、おれのことを師匠、師匠ってやがる……お宅はどちらでと聞くと、先《せん》のとこだ、先のとこだでたてきってやがる」

「どうもお待ちどおさまで……」

「ちょいときみねえ、徳利をぞんざいにほうり出して行っちまわないで、お酌をしておくれ。こうなりゃああたしがお客さまだ……おっと、そういっぱいお酒をついじゃあいけないよ。鰻屋の女中を七年もしてるんなら、お酌の仕方ぐらいは心得ておきなよ。こういっぱいについでしまっちゃしょうがありゃあしねえ、八分目《ぶんめ》につぐもんだよ。さっきはお客のまえだと思うから、結構なご酒だとかなんとかお世辞を言ったけど、ちっともいい酒じゃないね。水っぽい酒てえのはあるけれど、これは酒《さか》っぽい水だよ。それに売れないとみえてずいぶん古い酒だ。なんだい、この座敷は上がって来たときから変だと思った、子供が机を担いで下へ降りて行ったからな。座敷がね、古くっても掃除が行き届いていればいいが、ずいぶん汚ない二階だ。きみねえ、床の間をごらん。埃《ほこり》がたまってるぜ。それにまた不思議な掛物を掛けたね。応挙《おうきょ》の虎？　え？　なに？　偽《ぎ》物《ぶつ》ですって？　そうだろうよ。わかってるんだ。本物を掛けるもんか。ただね、むかしから丑寅《うしとら》の者は鰻を食わねえというくらいのもんだ。それなのに、虎の掛物を掛けて鰻屋でうれしがってちゃ困るじゃねえか。どういう了見なんだこれは？　花差しに夏菊がさしてあるけど、ずいぶん萎《しお》れたね。あの花はいつ差したんだい？　なに、先月のお朔《ついたち》だって？　ずいぶん古いね、もう四十日《しじゅうんち》も差してあるんだ。お酌をしておくれよ。このお猪口《ちょこ》はなんだい？　わずか二人のお客へ出すお猪口の模様が変わってるのはちょっと乙なもんだが、その模様によりけりだよ。なんだい、この猪口は……一つは伊勢久酒店としてあるね。これはたぶん出入りの酒屋が年始に持って来た猪口なんだろうが、もう一つは天松としてあるぜ。天ぷら屋の猪口を鰻屋で使ってよろこんでちゃ困るよ……お客のまえだから新香もおいしいと言ったけれど、ずいぶんひどいものを食わせるね。鰻屋の新香なんてどこでも乙なもんだぜ。この腸《わた》だくさんの胡瓜《きゅうり》、螽蟖《きりぎりす》だってこんなものは食うもんか。またこの奈良漬、奈良漬てえのは厚く切って、前歯でぽきっとかむから奈良漬らしい味がするってんだ、薄っぺらったってへらへらだこれは。よくまあ薄く切ったね。切ろうったってこうも薄く切れるもんか。よく見てごらん、この奈良漬は、自分の力で立ってんじゃねえやこれは。夏大根に寄りかかって身を支えていやがる。この紅生姜《べにしょうが》をごらん。これなんで赤くするか知ってるかい？　梅酢で漬けるんだよ。梅は鰻に敵薬《てきやく》だよ。その敵薬のものを出して、客を殺そうというのかい？……なに？　別に殺すつもりはない？　あたりめえだ。鰻屋へ来て殺されてたまるもんけえ。それにこの漬物の色どりをごらんよ。生姜が赤くって、沢庵が黄色で、胡瓜が青くて、大根が白くて……まるでペンキ屋の看板だ。鰻だってそうだ。舌の上にのせるととろけ

るなんて言ったが、とろけるどころか、牛蒡《ごぼう》みてえだ。食うとバリバリ音がすらあ。江戸前が聞いて呆れらあ。この鰻はどぶにだっていやあしねえ。天井裏かなんかで獲ったんだろう……こっちを向いたらいいだろ？　ひとがいろいろ言ってんのに、そっぽ向いて知らん顔はないだろ。……まったくおまえんとこのあるじの顔が見てえや。なあ、なんて汚ねえ家《うち》なんだい。この家の色をごらん。佃煮だよまるで……、この窓んとこにおしめが乾してある。お客に対して無礼てえことを知らないのかい？　頭が働かなすぎらあ。あたしが乾したんじゃありません？　どうしてそうにくにくしげに言いわけするの。やだねえ、いくらあら捜しをしたって一文にもなるわけじゃねえからもうなんにも言わねえがね、勘定はいくらだい？」

「ありがとうございます。　九円七十五銭、頂戴いたします」

「ええ？　九円七十五銭？　おい、おまえねえ、あたしだって幇間は稼業にしているがね、たまには手銭で鰻ぐらいは食べるよ。鰻が一人前いくらするくらいなことは心得てる。ものには、上、中、下分れてる。それがなんだい？　九円、な、な七十五銭？　おい、姐さん、鰻が二人前でしょ？　酒が二本、あとは新香でしょ？　それでいくら？、九円、な、な七十五銭？　高いよ、高すぎるよ。いっぺんこっきりの客だと思ってそうぼっちゃいけないよ。そりゃあひどすぎるよ。なんつったって高いよ」

「いいえ、お供さんが二人前お土産《みや》を持っていらっしゃいました」

「えっ、土産を二人前も持ってったのかい？　へえ土産とは……ふーん、そこまでは気がつかなかったよ。敵ながらあっぱれなやつだね。じつにどうも至れり尽せりだ。よくもまあ手を回しやがったな畜生め。このくらい手が回りゃあたいがいな火事でも焼けるものひとつありゃしねえ。

しかたがねえ、勘定だろう、払うよ、払いますよ。あたしゃもう覚悟しちゃった……ああ日傘買わないでいいことをした。あの蝙蝠傘《こうもりがさ》買えば、恥かいちゃった。人間というものはどこに災難があるかわからねえもんだ。こんなこともあると思うから、この襟《えり》ん中へ十円札を縫いつけといたんだ……この十円だってあたしの懐中《ふところ》へながくいたんだ。いま別れたらいつまためぐり逢えるかわかりゃあしねえ。見ねえこの十円札の影の薄いこと……え？　お釣りになります？　いまさら二十五銭の釣りを貰ったってしょうがないだろ？　おまえさんに上げるよ、いろいろお世話になったから っ」

「どうもありがとうございます。またいらっしゃいまし」

「冗談言っちゃいけねえ。だれが二度と来るもんか。おい、下駄を出しとくれ。下駄だよ」

「へっ、そこへ出ておりますう」

「おいおい、若い衆《し》さん、冗談じゃねえやな。昼間っから居眠りしてちゃいけねえぜ。仮にも芸人だよ。こんなうす汚ねえ下駄、履くかよ。畳つきののめりの、今朝《けさ》買ったばかりの下駄だよ」

「へい、あれはお供さんが履いてまいりました」

《解説》〈幇間《ほうかん》〉と書いて〈たいこもち〉とルビを振る。〈幇間〉は酒間を幇《たす》ける、という漢語的表現。なぜ〈たいこもち〉と言うか、明和五年（一七六八年）に編纂《へんさん》された「古今吉原大全」によると、
「太鼓持といへるものは、一チ座の興《きょう》をもよほし、客の心をうけ、女郎の気をはかり、茶や船

宿までにも心をそへて、客のしめらぬように取りはやすをもつて、太鼓の名あり。きてん才覚なみなみなることあらず。初会はもちろん、なじみの方へいたりても、太鼓あるいはげいしゃなどつれずしてかなはぬ事なり」

廓、花柳界での幇間《たいこもち》全盛のおこぼれにあずかろうと、町中《まちなか》へ出没する〈野幇間《のだいこ》〉の半八などは、現在《いま》、数人しか存在しない幇間……日本からいずれ消滅していく寸前の——朱鷺《とき》と同じく、貴重な天然記念物として、本書に記録しておく価値《メリット》がある。

時代設定は、大正期だが、鰻屋での勘定（代金）があいまいである。速記によっては、四円五十銭で、鰻の土産四人前。あるいは九円七十五銭で、鰻の土産六人前にしている。金額の多《た》寡《か》は別にして、客が土産を四～六人前も持って帰ってしまうのは、〝遊び〟にしてはちょっと度《ど》が過ぎるようなので、本篇では二人前にとどめた。

宮戸川

「番頭さん、倅はまだ帰りませんか？　困ったやつです。今夜は、もう家《うち》へ入れてやりませんよ。毎晩毎晩、碁《ご》だ、将棋だと遊んでばかりいて……そりゃ若い者《もん》だから、たまにはしかたありません。しかし、道楽も程度ですからね。それにいくら倅だからといっても、店《みせ》の者たちに示しがつきません。ですからね、番頭さん、そのつもりでどうか口添えをしないでくださいよ。さあ、今夜はもう休んでください。いいえ、遠慮しないで……それにしてもだいぶ遅いなあ」

「茜屋《あかねや》さん、茜屋《あかねや》さん」

「噂をすれば影、倅のやつ、帰ってきたな……番頭さん、構わないから先に……」

「開けてください」

「はいはい、夜分遅いもんでございますから、店はもう閉めてしまいました。質入れのお客さまなら、明朝お早くねがいます」

「お父っつあん、あたしですよ」

「どなたですか？　わたしではわかりません。はっきりお名前を言ってください」

「伜の半七です」

「ああ、半七のお友だちのかたでございますか。ええ、てまえどもにも半七という伜がございましたが、ちっともわたくしの言うことを聞きませんで、勝手に遊び歩いてばかりおりまして、店の奉公人の示しもつきませんし、いかにも成らんやつでございますから、もはや見限りまして、勘当をいたしました。どうぞ半七にお会いになりましたら、親父がかよう申したと、お言伝《ことづて》をねがいます」

「お父っつあん、半七でございます。誠に遅くなってすみませんが、どうぞご勘弁ねがいます」

「なに？　遅くなってすみませんからご勘弁をねがうだと？　いいかげんにしろ。今夜はじめてならば、勘弁もしてやろうが、こう毎晩になっては、もう愛想もこそも尽き果てた。たとえ、碁であろうと将棋であろうとも、あたしは勝負事は大嫌いだ。碁将棋に凝れば、親の死目に逢えないと言うだろう。なぜおまえは親の嫌いなことを逆らってする。無駄口をきくには及ばないから、どこへでも勝手に行きなさい。店には若い奉公人がたくさんいる。伜だからいいわと捨てておいてみろ、奉公人にあいすみません。おまえのような者はどこへでも行ってしまえ。……いいかい、店の者たちも、戸を開けて伜を入れてはいけませんよ」

「お父っつあん、これからは、きっと夜分表へ出ないようにしますから……碁も将棋も断ちますから、どうぞご勘弁を……だれかお父っつあんに詫言《わびごと》をしておくれ……だれかっ、あれっ、みんな寝ちまったのかい。不人情なやつらだね」

　ちょうど隣家の船宿の桜屋でも、

「おっ母さん、おっ母さん、お花ですけど、まことに遅くなってすみませんが、戸を開けてくださいな」

「いいえ、いけませんよ。赤い布《き》れをかけた、年ごろの娘がいまごろまで表をほっつき歩いていいものか、考えてごらん。しまいには碌《ろく》なことをしでかしゃあしません。明日、お父っつあんがお帰りになるから、よくお父っつあんに承った上で開けましょう。女親だと思ってばかにおしでないよ」

「いえね、おっ母さん、みいちゃんの家《うち》のまえを通りかかったら、みなさんがお酒をあがってい て、おばさんがお酌をしてくれ、と頼むんで……家《うち》もこういう商売をしているのでしかたがないじゃあないの。そのあとおしゃべりしてたら、つい遅くなったの……明日の朝、みいちゃんのおばさんに、はなしてもらいますから、すいません、開けてくださいな。夜ももう遅くて犬に吠えられて、あたし恐いから……」

「勝手に遊んできて、犬に吠えられたって、そんなこと知りませんよ」

「おっ母さん、おっ母さんてば……ここ、開けてくださいな……人がおっ母さん、おっ母さんと言えばいい気になって、おっ母さんもないもんだ。あたしのおっ母さんがお塩梅の悪いときに雇いに来て、お父っつあんが多淫《すけべえ》だから、こんなことになってしまったんだ」

「そこにいるのは、お花さんじゃありませんか。お花さんじゃあありませんか？」

「あら、半七さんじゃありませんか。あなたどうなすったの？」

「締出しを食っちゃいました。お花さんは？」

「わたしも締め出し、食べちゃったの」

「……………？」

「だって、わたし女だから、食《く》ったって言えないじゃない。だから締出し、食べちゃったの……半七さんはこれからどうなさいますの？」

「しょうがありませんから、霊岸島のおじさんのところへ行って厄介になろうと思ってます」

「まあ、近くにおじさんがあっていいわねえ……あたしはどこにもないのよ」

「どうするつもりです?」

「半七さん、一生のおねがい、今晩ひと晩だけ、おじさんの家《うち》へごいっしょに泊めていただけないかしら?」

「なに言ってるんです。冗談言っちゃいけません。おじさんてえ人は、家《うち》の親父とちがって、若いうちからたいへんな道楽者、身上《しんしょう》を潰して、いま霊岸島の裏長屋に住んでいますが、そりゃあ万事に早飲み込みで……いま時分あなたと二人で行ってごらんなさい、とんでもないことになっちまう……わたし一人で行きますから、お花さんは、ここでひと晩じゅう、立ってなさい」

「まあ、酷《しど》いわねえ。連れてってくれなければ、あたし犬に嚙《か》まれて死んじゃうわ」

「勝手になさい」

「意地悪っ」

「第一、夜中に男と女と歩いていれば、怪しまれますよ……ついてきちゃいけませんよ。駄目だったら……袖《そで》ェ引っぱんないでください。切れちゃいますから……図々しいもんだな、ほんとうに……ついてくると、石をぶっつけるぞ」

「駆け出しても駄目よ。あたし駆けるの速いんだから……」

「しょうがねえな、いけないっていうのに……来ちゃあいけないっていったら、ええ、勝手にしろいっ」

「あいよ。はいはい……いい気持ちになって寝たところをドンドン戸を叩いて……あいよ、いまごろ、どなたです？」

「おじさん、あたしです。小網町《こあみちょう》の半七です」

「なんだ、半七か。どうも聞いたような声だと思った。待ちな。どうも腰が痛くっていけねえ。いまばあさん起こすから、もう叩くんじゃねえぞ……ばあさん、よく寝てるところをすまねえのう、小網町の半七が来たんだ、起きてやってくれ。このばばァよく寝るばばァだ……寝てるんだか死んでんだかわからねえ。また寝相がわるいやァ……若い時分にゃあ丸ぽちゃな乙《おつ》な女だったが、年はとりたかねえもんだ。おやおや、歯ぎしりをしたって歯がねえから、おめえのは土手《どて》ぎしりてんだ、そりゃあ。おい、ばあさんや、小網町から半七が来たよ」

「はい、はい、そりゃあたいへんだ。この節はほんとうに物騒《ぶっそう》だね。うかうか寝てもいられないよ」

「おいおい、ばあさん、なにを慌《あわ》ててるんだい？　あれ？　腰巻きにご先祖の位牌《いはい》をくるんでどうするんだ？」

「だっておじいさん、小網町で半鐘が鳴ったって……」

「なに寝呆けてるんだ。半七の野郎が来たんだ」

「おや、そうかい。まあ半坊、よくおいでだね。おまえ、ちょっと見ない間《あいだ》にずいぶん老《ふ》けたね」

「これァおれだよ。半七はまだ表にいるんだ」

「おじいさん、寝呆けちゃいやだよ」

「おめえが寝呆けてるんだ。早く表を開けてやってくれ……どうせ半七のことだ。また碁か将棋でしくじって来たんだろう。しょうのねえ野郎だ。おれなんぞ若え時分《わけ》、人の家《うち》へ一人で行ったことはなかった。女の一人ぐれえいつ《っ》も引っぱって行ったもんだが、あの野郎《ら》と来たひにゃあ、満足《まんぞく》な面を持っていながらだらしがねえじゃあねえか……おい、ぼんやりしてねえで、早く開けてやれよ」

「あいよ、半坊。さあ早くお入り……なにをもじもじしてるんだよ。あれっ、娘さんがいっしょだね。ちょいと、おじいさん、寝てる場合じゃないよ」

「なんだい？」

「半坊がね、きれいな娘さんを連れて来たんだよ」

「ふーん、そうか。そりゃあ大出来だ。……おう、半七、おめえ、とうとういけどったな……早く入って、こっちへ来い」

「おじさん、勘ちがいしちゃあ困ります。来ちゃあいけないというのに、この人がついて来ちゃったんですよ」

「なにを言やがる。おまえはなにも言うねえ。……万事はこのじじいの胸に……わるいようにはいたしませんてんだ。ええもう気がねをする者はだれもおりません。わっしと寝呆けばばァの二人ぎりで……おや、お隣りのお花坊じゃあねえか、ばばァが寝呆けてとんちんかんなご挨拶を……明朝改めてご挨拶いたしますが、へ？　ばあさんにご挨拶？　いや寝呆けてますから挨拶は無駄でござんす」

「こんなに夜分遅くお邪魔いたしまして、伯父さん。まことにご面倒をおかけいたします」

「いや、こういうことは夜分遅いほうがいいんですよ。真っ昼間ってえのは、どうもぐあいがわるい」

「半ちゃんがいやだと言うのに、あたしが無理に……」

「みなまで言いなさんな。こういうことは男のほうが無理を言うもんです。わたしの若え時分にも覚えがありますよ。方々《ほうぼう》の女に無理を言いましてね。無理のつきじまいが、このばァなんで、どうにもしようがねえもんにつきじまいしたと、後悔はしてますが、もう手遅れで……まあ、この野郎を、半七をよろしくおねがいします」

「おじさん、困りますよ。ちがうんですから……」

「なにを言やがる。おじさんは、そんな野暮《やぼ》じゃねえ。おめえのおやじとはちがうんだ。まったくおめえの親父くらい堅物《かたぶつ》はありゃあしねえ。この間《あいだ》も、おれが、少しは世間をひろく眺めろと言ったら、物干しへ上がってあたりを見回してやがるし、金はきれいに遣わなくっちゃあいけねえと言ったら、小判を磨いてやがる。じつにどうもあきれけえったもんだ。そこへ行くと、このおれなんぞは色で鍛えたこの体軀《からだ》、万事心得てるから、まあ安心しろ……お花坊もなかなかきれいになったなあ。半七、よく引っぱって来たな。おれは、おめえを子供だ、子供だと思っていたが、なかなかやるじゃあねえか。うん、感心、感心。さあ、夜も遅いんだから、二階へ上がって、戸棚を開けりゃあ蒲団があるから早く寝ちまえ。なにをぐずぐずしてるんだ。早く二階へお連れしないか」

「いいえ、そりゃあいけません。わたしは、今夜は、伯父さんといっしょに寝ます」

「ばかあ言うな。女を引っぱって来て、おじさんと寝るやつがあるもんか。さあ、お花さん、早く二階へお上がんなさい」

「まあ、おじさん、それでは、わたしが半七さんにお気の毒さまで……今晩はそういうわけには

「……」

「いいから、半七、早くお二階へご案内しろ。なんだい糞詰《ふんづ》まりの狆《ちん》みたいにぐるぐる回ってやがる……どたばた上がんなさんな、艶消しな野郎だ。蒲団はいつものとこへ入《へえ》ってる。わかってるかあ……お花さんも、さ、どうぞお二階へ……いや、世話の焼けることでございましょう、からきし世間見ずでな。汚《きた》のうございますよ。ほんのお休みになるだけで……」

「おじさん、すみません」

「どういたしまして……島田がよくお似合いでございますな、ええ？　お髪《ぐし》がよろしいから……親御さんおたのしみだぁ……梯子《はしご》は猿梯子《えてばしご》で急でございますよ。滑らないようにね……取り外《はず》しのできる梯子で……いま時分こんな梯子のある家はございませんで、貧乏長屋なればこそで、これも話の種でござんす。しっかりと、おつかまんなすって、お危《あぶ》のうござんすよ。……ああ、危《あぶ》、危《あぶ》ないっ……これ、半七やお手をとってあげな」

「おじさん、いけません。この人を上げちゃあ」

「そこまで行っててなにを言ってんだよ、ほんとうに。何をしてんだ。お手をとってあげるんだ」

「だめです。この人を上げちゃあ。あたし降りますから」

「降りる？　どこまでおれに苦労をかけるんだ。てめえがそういうわがまま言うなら……こっちにも考えがあるぞ。ええい……降りられるもんなら、降りてみろ」

「あっ、しょうがねえなあ。梯子ォ外《はず》しちゃっちゃあ。おじさんねえ、あたしゃあいやなんですよ。困っちゃうなあ」

「なにを言いやがる。二階から首出すと突っつくぞ、早く寝ちまえ」

「だって、ちがうんですから、わたしはおじさんと寝ます」

「ばかっ、まだあんなことを言ってやがる。なんでもいいから早く寝ろっ、明日になったら伯父さんがちゃんと話をつけてやるから……」

「そんなこと言ったって、わたしはいやなんですから……」

「ふざけたことを言うな。そんないい娘さんじゃあねえか。てめえが気に入らなければ、おれがもらっちまうぞ」

「なにを言うんですよ。おじいさん……」

「あれっ、ばかばばァ、やきもち焼いてやがる」

「やきもちじゃあないけどさ……だけれども、おじいさん、若いうちはきまりのわるいもんだよ」

「そうよなあ。お互《たげえ》に覚えがあるからな……半七はいくつだっけな?」

「ことし十八になったんだあね」

「そうか、あの娘《こ》はいくつぐれえだ?」

「そうさねえ、十七ぐらいかねえ」

「ふーん、一つちげえか。いい夫婦だ」

「おじいさん、昔が思い出されますねえ」

「あのころは、富本《とみもと》や常磐津《ときわず》が流行《はや》ってな。おめえが常磐津の稽古に通っていて、おれもあとから通ったもんだ」

「おじいさんは、いまとちがって、あのころは、男前がよくて声もよくってさ」

「ばあさん、おめえも十七、八のころは、ふるいつきてえようないい女だったぜ……それに引き換えて、……狸ばばァになったなあ」

「おじいさん、おまえも鄙《しな》びたねえ」

「化けたなあ、お互《たげえ》に……」

「わたしゃ、忘れもしない、柳橋の増田屋てえ船宿で、富本の温習《おさらい》があったとき、山台へおじいさんと二人で上がって、わたしの三味線で、おじいさんが見台のまえにきちんと坐って、幕が開くと、町内の見物衆が、『よォっ、待ってました。ご両人。似合いました』と言われたときには、わたしもぽーっとしちゃって、冷汗がたらたら出て来て、ぶるぶるっと震えて、お手水《ちょうず》へ行きたくなっちゃった」

「おれだって、あんときゃ夢中で、床本《ゆかほん》の字ァ見えねえ、なにを語ったんだかわからなかった」

「あたしも夢中で三味線を弾いて、あれがあたしとおじいさんのそも馴《な》れ初《そ》めだったのさ。ちょいと、おじいさん、もっとそばへお寄りよ」

「よせよ。ばあさん、うすっ気味がわるい……思えば、いっしょになったとき、おれが十八で、ばあさんが十七だった」

「そうそう、おじいさんとわたしは一つちがい……ねえ、おじいさん、おかしいですね」

「なにが?」

「だって、いまだに一つちがいだねえ」

「あたりめえじゃねえか」

「ごらんなさい。階下《した》で、おじさん、勘ちがいしてるじゃありませんか。だから言わないこっち

ゃない」

「半ちゃん、すみません」

「お花さん、そばへ寄っちゃいけませんよ」

「寄りゃあしませんよ」

「わたしが蒲団を敷きますから、どいてください」

「いいえ、わたしが敷きますよ」

「蒲団は一組しかありませんから、あなた寝てください。わたしが起きてますから……」

「いいえ、半七さんこそ、お休みください。あたし、起きてます」

「寝なきゃあ毒ですよ。じゃあ、帯でもってこう仕切りをして、この帯からこっちへ入っちゃいけません。いいですか？……これを境《さかい》にして、なるたけ小さくなって寝てください」

いつとなく寝床《とこ》へ入ったが、お互に若い者同士できまりがわるいから、はじめのうちは背中合せに寝《ふせ》っていた……。

芭蕉の句に
　木曾どのと背中合せの寒さかな
……そのうちに、ざァーと降り出して来た雨。ピカリッ……と光る稲妻、ガラガラガラッ……、

「あれっ、こわいっ」

と言ってお花が、思わず半七の肩へ、抱きついた。髪の油の匂い、白粉《おしろい》の香りがぷゥーんと鼻へ、木石《ぼくせき》ならぬ半七も、思わずお花の肩に手をかけて引き寄せた。曇《くも》る声は、顔に袖に、濡れてうれしき夕立の、如何なる神（鳴神）の結び合《お》う、帯地の繻子《しゅす》もつゆとけて、ふたりはそこへ稲

妻の、光にぱッと赤らむ顔、鼎《かなえ》にあらぬ兼好《けんこう》も、筆も及ばぬ恋の情、家を忘れ身を忘れ伊勢の道、巧拙は論ずべからず……。

□

翌日、早朝に目を覚ました半七は、おじさんの枕元に来て、昨夜の様子と打って変って、

「どうぞおじさん、お花といっしょにさせてください」

と頼み込んだ。

「おっと引き請けた。酸いも甘いも心得ているおれに、万事任しとけ」

と、早速、小網町の船宿のお花の家へ掛けあいに行くと、父親も帰っていて、

「茜屋のご子息の半七さんならば結構でございます。願ったり叶ったりで……なにぶんよろしくねがいます。あなたにお任せ申します」

と、二つ返事で承諾してくれた。

さて、次に茜屋半左衛門は自分の兄弟だから話は簡単だろうと、切り出してみると、

「他人《ひと》さまの娘御《むすめご》をかどわかしのような真似をした不行跡《ふぎょうせき》なやつを、家へ入れるわけにはいかない。勘当する」

と、頑固なこと言い出したので、おじは怒って、

「そんなら勘当しねえ。半七は、おれが貰って、おれの倅にしよう」

と、父親から勘当金といって、当座入り用の金をとって、おじが万端世話を焼き、両国横山町辺へ小ぢんまりした家《うち》を持たせて、下女と小僧をつかって小商《あきな》いをさせ、夫婦仲もむつまじく暮

らすようになった。おじが時折やって来ては、商いのやりかたを指図《さしず》したり、なにかとよく面倒をみ、場所柄もよいせいか、商いも繁昌して、若夫婦は幸せな日を送っていた。

一年たった夏の日のこと。半七の代わりにお花が初めて浅草へご挨拶に行くことになり、一人では心配なので小僧の定吉を供に連れて出かけることになった。

「おい、定吉、お使いを頼みましたよ」

と、送り出したあと、半七は帳場で帳付けをはじめた。お花と定吉は用達のあと、観音さまにお詣りをして、雷門のところまで来ると、ぽつり、ぽつり降って来た。

お花は、駒形《こまかた》の知り合いのところで傘を借りてくるように定吉に言いつけた。その間《あいだ》、お花は、雷門の軒下に立って雨宿りして待っていた。雨はますます凄《すさま》じくまるで車軸を流すよう、日はぱったり暮れ、空の底が抜けたかと思うような夕立ちになった。周辺《まわり》の屋台は店を片付け、商人《あきんど》はみな戸を閉めて、さすがの盛り場も、日が暮れたばかりというのに、人通りが絶えてしまった。

すると、吾妻橋の向う側に落雷があって、ガラガラズーンというもの凄い音に、お花は驚き、癪《しゃく》を起こし、歯を食いしばって石畳の上に倒れてしまった。

ふだんなら、だれか介抱することができるが、この雷雨、あいにく通りかかる人もなく、そこへ倒れたまま……。

そこへ、一人は頭から米俵を被《かぶ》って雨をしのぎ、一人はまっ裸で褌ひとつ、もう一人はぼろぼろの着物を着てなにやら頭へのせ、雨の中を駆け出して来た三人の男が、雷門の軒下へ飛び込んで来た。

「どうでえ、おっそろしい雨じゃあねえか。あの雷は凄かったなあ、目の中へ飛び込んだかと思ったぜ。ま、どこへ落ちたろうな？」

「そうよ、吾妻橋向う……枕橋辺りへおっこったろうよ」

「そうよな。ここで少し雨止《あまや》みをしていこう」

「いかに夏とはいいながら、まっ裸じゃ、少し冷《つべ》たくなった」

と、体軀《からだ》を拭い、着物をしぼったりしていると、まっ暗な軒下に倒れている女が目に入った。

「おや、なんだ？　たいそうなものが倒れてるな」

「おお、さては、いまの雷に目を回したのかな？　いい女だぜ」

「いくつぐれえだろう？」

「そうよなあ、ようよう十九《つづ》か二十《はたち》というところかな？」

「助けてやろうじゃあねえ」

「よし、助けようぜ」

と、まだ呼吸《いき》があるので、一人が抱き上げて、雨水を口に飲ませようとしたが、お花は歯を食いしばって、水も喉へ通らない。

すると、一人がお花の顔を穴のあくほど見つめて、ほっとため息をついて、

「いい女だなあ。こちとら、このくれえな女、抱いて寝ようたって、生涯とてもかなわねえや。どうだ？　三人でなぐさもうじゃあねえか？」

「そんなことが天下のお膝もとでできるもんか」

「なあに、介抱してやった礼がわりだ。よかろう？」

「いいってことよ。これまでさんざんわりいことをして来たから、磔《はりつけ》、獄門は免かれねえぜ」

「そう言われてみりゃあ、ひとつ太く短く生きようじゃあねえか。やるか？」

「これくれえの女を見逃がす手はねえぜ……ここじゃあいけねえ、どっかさびしいところへ連れてって……まわりを見張れっ」

人通りはなく、灯りひとつ見えず、しめたとばかり、三人の男はお花を担いで、吾妻橋のほうへ消えてしまった。

そのあとへ小僧の定吉が傘をぶらさげて、雷門のほうへうろうろしながらやって来た。

「おかみさん、おかみさん。……どこへ行っちまったんだろうな？　待ってると言ったのに……おかみさん、傘を持って来ましたよ。おかみさァーん」

すると、傍に寝ていた乞食《おこも》が、むっくり首を上げて、

「小僧さん、小僧さん。おまえ、おかみさんを捜してるようだが、あらい薩摩《さつま》の浴衣《ゆかた》着ている、かわいらしい女《かた》でしょ？　おかわいそうに、さっき、雷に驚いて倒れているところへ、ならず者らしいのが三人来て、どっかへ担いで行ってしまって……さて、どこへ行ったか」

「えっ、そりゃあたいへんだ」

と、定吉は急いで帰って、半七にこのことを告げた。

半七は、驚いて早速、八方に手分けをしてお花を捜させたが、その夜はとうとう行方《ゆきがた》が知れず、翌日、おじに相談して、お上《かみ》へも訴え、江戸市中を捜したが、遂にお花は行方《ゆくえ》不明。やむをえず、お花がいなくなった日を命日として、野辺の送りも済ませた。

月日に関守《せきもり》なく、翌年の一周忌。橋場の菩提《ぼだい》所へ墓詣りをして、親戚の者とも別れてから、半七は、今戸辺りでちょっと用達をして、あまり暑いので、堀の船宿から船に乗って両国まで帰ろ

うと、船宿の門口へ立ち、

「はい、ごめんよ」

「いらっしゃいまし」

「元柳橋まで片道ねがいます」

「お気の毒さまで……このとおりの暑さで、屋根船がみんな出払っております。猪牙《ちょき》ではいかがでございましょう？」

「ああ、猪牙でもなんでもいい。どうせ一人だから……」

「さようでございますか。では、どうぞ」

「それからお手数《てかず》だが、ちょっとひと口いただきますから、なにかみつくろってください」

「はい、畏まりました。召し上がりものは？　水貝に洗いかなんかでは？」

「そこいらでよかろうな」

　これから猪牙へ酒、肴《さかな》を入れまして、船頭が一人付き、堀を出る。

「さようならば、お近いうちに……」

　と、艫首《みよし》の先にちょいと船宿のおかみさんが手をかけるのはなんの多足《たそく》にもなりませんが、まことに愛嬌《あいきよう》のあるもので……いま舟が出ようというところへ、渾名《あだな》を正覚坊《しようかくぼう》の亀という船頭が、小弁慶の単衣《ひとえ》に、紺白木《しろき》の二《ふ》た重《え》まわりの三尺を締め、したたかに酔って、

「おお、仁三《にさ》」

「なんでえ？」

「両国まで頼まあ」

「ばかなことを言うな。屋根がなくって、この旦那でさえ猪牙にねがってるんだ」

「いいじゃあねえか。両国まで行くんだ。隅のほうでもいいから頼まあ」

「いけねえってことよ」

「旦那に頼んでくれ」

「いけねえよ」

「もしもし船頭さん。両国まで行くのなら、遠慮はいらない。わたしも一人でぽつねんとしてるより、お酒の相手がいたほうがいいから、乗せておやりな」

「あまり食らい酔っておりますから……」

「なあに、酔ってても構やあしないよ」

「さようでございますか、まことにすみません。なに、ふだんは猫みたようなおとなしい男なんでございますが、酒が入るとからっきしだらしがありません。おい、亀、旦那が折角ああ言ってくださるから、ご迷惑をかけちゃあいけねえぜ」

「じゃあ、旦那、ごめんこうむります」

船に乗って来た亀、

「どうも旦那、とんだご厄介になります。この通り食らい酔って歩けませんから、ご無理をねがいました。どうもありがとう存じます。しかし、今日はばかにお暑うございますな……船ぐらいいいものはございません。うぬが田に水を引くのではございませんが、夏は船に限ります」

「さあ、やります」

船頭が櫓《ろ》へつかまって漕《こ》ぎはじめ、船はすーっと堀を出た。

半七は盃を取って、亀に差し、

「さ、ひとつお上がりな」

「これはとんだご馳走さまで……」

「お酌しよう」

「いいえ、どうぞお構いなく……さいですか、旦那さまにお酌をしていただいて……これは恐れ入りますな……では、遠慮なく頂戴します」

と、差し向いでやったりとったりしている。

「ねえ旦那、あなたなぞはなんでございましょうね、ご器量はよし、お身装《みなり》はよし、お若くはあるし、女がうっちゃってはおきますまいな？」

「ばかなことをお言いでない。わたしのような野暮《やぼ》な者になんで女が惚れましょう。女が惚れたりする稼業はおまえさんがただ。おまえさんがたは、粋な稼業だからね」

「そりゃあ旦那、粋なことをする船頭もございますが、この野郎や、わっちには、なかなかそんなことはできません。わっちの面をごらんなせえ。魔除け、女除けの面ってえやつで、色気がありませんから……しょうがねえから、酒でも食らってぽんぽん言ってるんで……この野郎もやっぱり女にかわいがられねえ面で……」

「うまいこと言ってるね。そう隠すとなお聞きたいね。なにかお酒の肴にのろけを伺おうじゃないか」

「冗談言っちゃあいけません。女に惚れられたり、もてたりしたことはありません。この野郎とわっちと、年じゅう女郎《じょろう》買いに行きますが、いつでも振られっぱなし……自慢じゃねえがもてたことさらになしというやつ……ま、女に縁があった話といえば、去年のちょうど……いま時分だったかな？　なんでも暑い時分で、凄い夕立があって、この野郎とわっちの友だちと三人で、すってんてんにとられ、わっちなんかまっ裸で、雷門まで参りました。すると、雨はますます強く降り出し、雷は鳴るし……」

「やいやい、亀っ、なにを言い出すんだ。つまらねえ話をするなよ」

「いいじゃあねえか。ねえ、旦那」

「おもしろそうな話だね」

「そうでしょ。それで、三人で雷門の軒下へ入《へえ》って休もうとしたら、そこに年ごろ、十九、二十《はたち》くらいのいい女だ。雷が近くへ落っこったもんで、驚いて目ェ回して倒れてる」

「え？」

「介抱してやろうと思ったけど、さて、旦那、薬はなし、あたりに人はいない……しょうがねえ、と……」

「やいやい、いいかげんにしろ。こいつは渾名を千三《せんみ》つ、てえくれえなんで……旦那、ほんとにしちゃあいけませんよ」

「黙ってろい。仁三の言うとおり、わっちゃあ千三つでございます。ほんとうのことは三つしかございません。その三つのうちを申し上げますんで……そばから口を出すから、話がめちゃめちゃになっちまわあ」

「おめえの話なんぞ、最初《はな》からめちゃめちゃじゃねえか」

「うるせえや。わっちがその女を介抱しようとすると……この野郎だ。この野郎が、このくれえないい女は生涯抱いて寝ることはできねえから、強淫《ごういん》をしようと、そこからその女を担いで、三人で多田薬師《ただのやくし》の石置き場まで行くと、人通りはなし幸いだと、この女をなぐさんで、さて、わっちの番になると、その女が息を吹っけえした」

「よせよ、なにを言うんだ」

「ちょうど月が出て、わっちの顔を見て、その女が、亀さんじゃあないか、とこういうン……みんなが、てめえ知ってる女かと言いますから、よく考《かんげ》えてみると、その女は、小網町の桜屋てえ船宿の娘で、お花というんで、わっちのためには少しばかり主人筋の家《うち》の娘だから、驚きましたな……この野郎が、『知ってられちゃあこうしちゃあおかれねえ。三人の素《そ》っ首《くび》が飛ぶ仕事だ。やっつけてしめえっ』と、三人で手拭いでもってその女の口を結《いわ》いて、無慙にも縊《くび》り殺し、吾妻橋から川ん中へ放り込んでしまいました。いま考《かんげ》えますと、気の毒なことをいたしました」

　半七は、手にしていた盃をぽんと落し、

「はあ、とんだ面白い話を聞きました。さあ、ひとつ献じましょう」

「へえ、頂戴……」

　と、これに出した亀の手先をひん握って、

(これより芝居がかりになる)

「これで様子が、カラリと知れた」

　と、キッと見得を切る。

　……よろしく誂えの合方になり、

「しかも去年六月十七日、女房お花が観音へ、詣る下向《げこう》の道すがら」

「おれもその日は多勢《おおぜい》で、寄り集まっての手なぐさみ、すっかり取られたその末が、しょうことなしの空素見《からひやかし》、すごすご帰る途中にて、俄《にわか》に降り出す篠突《しのつ》く雨」

「暫《しば》し駆け込む雷門、十五《じゅうご》の上が二つ三つ、四つに絡んで寝たならばと、零《こぼ》れかかった愛嬌に、気がさしたのが運の尽き」

「丁稚《でっち》の知らせに折りよくも、そこやここぞと尋ねしが、いまだに行方の知れぬのは」

「知れぬも道理よ、多田薬師の石置き場、さんざなぐさむその末に、助けてやろうと思ったが、後《のち》の憂いが恐ろしく、不憫《ふびん》と思えど宮戸川」

「どんぶりやった水煙」

「さてはその日の悪者は、汝等《わいら》であったか」

「亭主というはうぬであったか」

「はて、いいところで……」

「わるいところで……」

「逢《お》うたよなあ」


「もしもし、旦那さま、旦那さまっ、たいそう魘《うなさ》れておいでででございますが、どうなさいました？」

「ううう……おお、定吉じゃないか、どうした、帰ったか、お花は？」

「はい、いま浅草見付まで来ますと、雷が鳴って、大粒の雨が降って来ましたので、おかみさんを待たしておいて傘を取りに参りました」

「それじゃあ、お花に別条はないか？」

「お濡れなさるといけませんから、急いで傘を取りに参りましたんで……」

「ああ、それでわかった。夢は小僧（五臓）の使い（疲れ）だわい」


《解説》 質屋の倅で勘当された半七と霊岸島の粋な伯父夫婦の**「唐茄子屋」**にも見られるおじ・甥《おい》の江戸気質まるだしの関係と、墓詣りの帰途、今戸堀から猪牙《ちょき》に乗る宮戸川（隅田川の山谷辺から駒形辺までをこう呼んだ）の場面に江戸の情緒が絵のように漂っているが、内容は落語的人物も落語的筋立て《ストーリー》もいっさいない。逆に秘事とされた若い男女の恋がめずらしく題材《テーマ》となっていたり、また急転してお花がならず者三人に強姦《てごめ》にされたり、およそ落語とはなじまない世界が展開されて、違和感に包まれる。

それもそのはずで、「上」のお花半七馴れ初めの場面で通常は切り《カット》、「下」の部分はめったに上演されない。昔は、道具や鳴物入りの正本芝居噺として「下」まで長演したらしい。とすると、芝居仕立ての〈夢〉の場面が見世場で、題名になっている「宮戸川」の由来も納得できる。速記のほとんどを読み比べたが、半七の〈夢〉はどこからなのか不明で、サゲで唐突に〈夢〉であることが明かされる。おそらく、この噺は出来た当時のまま、その後だれも手を入れぬ「原型」のままの状態なのであろう。

酢豆腐《すどうふ》

「おお、ばかに暑いじゃあねえか。どうだい、久しぶりで顔が揃ったんだ。暑気払いに一杯やろうってんだ」

「へっへ、酒かい？」

「そうよ」

「わるくねえな、おいら酒と聞いちゃあ目のねえ人間だからね」

「よせよ、この野郎。この間、甘《あめ》えものを買ったところへ入《へえ》って来たから、よいところへ来やがった、金鍔《きんつば》を一つ摘《つま》まねえかと言ったら、てめえなんと言やがった。結構、甘えものと聞いちゃあ目がねえ、ってやアがった。いままた酒なら目がねえだと。いってえ、なんなら目があるんだ」

「鰌《どじょう》の丸煮と鰻《うなぎ》の蒲焼《かばや》きだと目がある」

「なにを言やがるんだ。駒形《こまかた》辺りへ行ってそんなこと言やあ殴《なぐ》られるぞ。どうだい、だれか酒買いにひとっ走り行って来てくれねえか。……松ちゃん、ひとっ走り？」

「そのひとっ走りてえのはいいんだがね。そのまえの酒買いにてえのがいけねえんだ」

「銭がねえのか？」

「まあ、早く言えば……」

「遅く言ったっておんなじじゃねえ……金ちゃんはどうだい、懐中《ふところ》ぐあいは？」

「お生憎《あいにく》さま」

「なに抜かしやんでえ。生憎てえのは、ふだん銭を持ってるやつがたまに持ってねえから生憎というんで、てめえなんざァ年中のべつ、生憎じゃあねえか」

「まあ、そう言やァ生まれてからずーっと生憎だ」

「そうだろう……どうだえ勘さん、一杯やろうてえんだが、懐中《ふところ》は温《あった》けえかい？」

「ばかに温《あった》けえよ」

「そうかい」

「この暑いのに腹巻きが一丈二尺ばかりあって、その上に腹掛けを掛けてるんだ」

「その温《あった》けえんじゃあねえよ、銭があるかってんだ」

「銭ならねえよ」

「そんなら早く言いねえな、芳ちゃんどうだい？」

「おなじく」

「素直だね返事が……盛《もり》ちゃん、懐中ぐあいは？」

「へっへっへ、夜中の往来さ」

「なんでえ、夜中の往来てえのは？」

「寂しいよ」

「手数のかかる挨拶だな。どいつも不景気だな……伊之《いの》さんはどうでえ？」

「やいやい、いつおれが人とのつきあいを欠かしたことがあるか？　いつおれが？……」

「なにもそう怒らなくったっていいじゃねえか。えれえよ、伊之さん。いつもおめえはつきあいを欠かしたことはねえよ」

「そうだろう。だから、みんなが銭がねえのに、おれ一人銭があってたまるけえ」

「つまらねえ威張りかたするねえ」

「おいおい、兄ィ《あに》、さっきから人の懐中ばかり聞いてるが、いったい兄ィはいくら出してくれるんだ？」

「べらぼうめ、おれがあるくれえなら他人《ひと》の懐中なんざァ当てにするものか」

「おやおや、それじゃここにいる者は一人も銭がねえんだね。堀り抜きの井戸ときたな」

「どうして？」

「金ッ気なしだ」

「やれやれ、これじゃとても女郎買《じょうろか》いには行けねえな」

「湯にも行けねえや」

「酒も飲めねえや」

「水も飲めねえや」

「よせやい情《なさけ》ねえことを言うないっ。これだけの顔だ。三升もあったらいいんだ。後でどうにかなるだろう……だれかいねえかな、酒屋へ顔がきくてえのは？　あっ、肝心なのを忘れてた。清《せい》さんなら、角の酒屋の番頭と碁敵《ごがたき》で仲がいいや。清さんに頼もう。おい、清さん、清さん、居ねむりしてる場合じゃねえぜ……おい、起きてくんねえ。なあ、清さん、おめえ、角の酒屋の番頭と仲がよかったな」

「ああ、小《ちい》せえときからの朋輩《ほうばい》だ」

「そこを見込んで頼まあ。たびたびのことですまねえが、番頭を口説いて、三升ばかり都合してきてくんねえ……なあ、みんなもあのとおり頭を下げてらあ」

「どうもなあ……このまえの借りもまだ残ってんだがなあ」

「そこをひとつ頼むぜ」

「まあ、みんなが揃ってんじゃあ……行って来るとしようか」

「すまねえな。暑いところをご苦労だが、頼まあ。ええ、行ってらっしゃいまし。お早くお帰りを……ようよう清さん、男一匹、音羽屋ァ……そんなに持ち上げることあねえって？　いいってことよ、あいつがいなけりゃ酒にありつけねえんだ……まあ、これで酒のほうはどうにかなるとして、肴《さかな》だな」

「酒さえあれば、肴なんざどうでもいい」

「そりゃあ負惜しみだ、食っても食わなくっても、前に並べてねえともの足らない……なるべく銭のかからねえで、歯当たりのいい、腹へ当たらねえ、人に見られて恥かしくねえ夏の食い物はねえか？」

「恐ろしく長《なげ》え注文だな」

「人に見られて恥かしくねえ食い物なら、あるとも大ありだ」

「なんだ？」

「刺身だよ。酒によし、飯《めし》によし。暑い時分によくって、寒い時分にもいい。少し脂《あぶら》のところを山葵《わさび》をきかして、ツンとくるところなんぞ、こたえられねえ」

「なにを言ってやがる。刺身を食おうなんてえのは、銭のあるやつの言うこった。てめえみてえな銭なしの言い草じゃあねえや、黙って引っ込んでろい……おォ、なんかねえか。夏だから、あっさりして腹にたまらなくって、だれの口にも合って、腹をこわさねえようなものはねえかな？」

「あるよ。物干しへ上がって、風を食らう……」

「ふざけるねえ。風なんぞ食らえるか？」

「あっさりして腹にたまらなくって、だれの口にも合って、腹もこわさねえ」

「まだ言ってやがら……ほかに、なにかいい工夫はねえのか？」

「あるよ」

「ある？」

「銭がかからなくて、歯当りがよくって、だれの口にも合って……」

「へえ、いくらぐらいかかる？」

「心配するほど銭はかからねえ。まあ、無料《ただ》みてえなもんだ」

「へえ？　なんだい、ものは？」

「爪楊枝《つまようじ》を一束買って来るんだ。それをめいめい一本ずつ口にくわえて、歯糞《はくそ》をほじくりながら、酒を飲むんだ。ほかから見りゃあ、なんか旨《うめ》えものを食ってるようで体裁はいいし、腹へたまらねえで、あっさりした肴だろう」

「よせやい。なぐるよ……人の口をおもちゃにしやがる……もっと真面目に考《かんげ》えろよ、ほんとうに。なんかいい趣向はねえのか？」

「おう、こうしねえな。食物《くいもん》なんてものは、銭を出したから旨《うめ》えもんがあるときまったもんじゃあねえや。いいか、台所へ行くと、糠味噌桶《ぬかみそおけ》があるだろう？　そいつへ手を突っ込んで掻《か》き回すと、思いがけねえ古漬てえやつが出てくらあ。こいつをよく切れる薄刃《うすば》で、細《こまか》くかくやに切って、すぐじゃあ臭味《くさみ》があっていけねえから、いったん水へ泳がしといて、掬《すく》い上げてよ、濡れた布巾《ふきん》できゅーと絞《しぼ》ったやつへ生姜《しょうが》でも刻み込んで醬油《したじ》をかけてやってみな、ちょっとした酒の肴にならあな」

「やい、みんな聞いたか？　道楽者てえなァここを言うんだ。さんざん銭を遣ったものじゃなくちゃあ、こんな知恵は出るもんじゃあねえ……なるほど、かくやの香の物とは気がつかなかったな。いや、恐れ入った。いい趣向だ。考《かんげ》えることが粋《いき》だ。ついでに、そいつを出してもらおうか」

「よせよ。おれが考《かんげ》えたんだ。そのおれに言いつけるやつがあるもんけえ。他人《ひと》に言いつけるのがあたりまえじゃあねえか。おい、おめえたち、戦《いくさ》ってえものを知ってるか？　いいか、謀《はかりごと》を考える軍師と、戦をする雑兵《ぞうひょう》とは別物なんだ」

「わかった、わかった。おめえには頼まねえよ。なにも戦と糠味噌といっしょにするやつもねえもんだ。そう脹《ふく》れんなよ。おでん屋のはんぺんみてえによ」

「気をつけて口をきけっ」

「じゃ、松ちゃん、すまねえ、糠味噌出すかい？」

「断《た》った」

「断った? 食わねえのかい?」

「糠味噌へ手を入れることを、金比羅《こんぴら》さまへ断ったんだ」

「妙な断物《たちもの》をしやァがった……じゃあ、金ちゃん、おめえは?」

「親父の遺言《ゆいごん》なんで……」

「遺言がどうしたい?」

「いや、親父が苦しい息の下からそう言ったよ。『おめえは、なにをしてもいいけど、糠味噌の古漬だけは出してくれるな』という一言を最後に、果敢《はか》なく息は絶えにけり、チャチャン、チャンチャン……」

「冗談言うねえ。……伊之さん、おまえはふだんからまめだから、ぜひ頼まあ」

「ご免蒙《こうむ》りやしょ」

「なに?」

「なに言ってやんでえ。人をみて法を説《と》けって言うじゃねえか。おれを摑《つか》めえて、糠味噌の古漬を出せたあなんてことを言うんでえ。なるほど、食っちゃ旨《うめ》えかも知れねえが、世の中に糠味噌ぐれえ野暮《やぼ》なものはありゃあしねえや。桶ん中へ手を突っ込んだが最後、いくら洗ったたって容易に臭味《くさみ》は落ちァしねえや。いやににちゃにちゃ脂《あぶら》ぎりやァがってよ。爪の間へ糠が挟まってるなんざァあんまりいい若《わけ》え者のすることじゃねえ。ご免蒙りやしょう」

「あれ、この野郎、乙な断わりようじゃねえか。生意気なことを抜かすねえ。いい若《わけ》え者たァだれのことを言うんだ。てめえなんざァ、どこに若え面《つら》があるんだ。いい若え者ってえなァな、ふだん襟垢《えりあか》のつかねえ、小ざっぱりした身装《なり》をして、銭遣《づけ》えがきれいで、目先が利いて、言うことに無駄がなくって、礼儀を弁《わきま》えている者のことを言うんだ。てめえなんぞそんな値打はただの一つもあるめえ。友だちとものを食いに行って、てめえが割り前を出したことがあるか？　いっしょに蕎麦《そば》を食いに行ったってそうだ。こっちはとっくに食い終ってるのに、いつまでもぐずぐず食ってやがる。こっちゃあじれったくなって、『おい、勘定』てんで、勘定全部済ましちまうと、とたんにてめえの食いかたの早《はえ》えのなんのって……てめえ、いつも勘定の済むまでつないでるんだな？　なにがいい若え者だ、ふざけるねえ。酒が来たって飲ませねえからそう思え。ばか野郎っ」

「おいおい、もういいじゃねえか。仲のいい友だち同士が、たかが古漬ぐれえのことで喧嘩することたあねえやな。……おっと待ちな。いちばんいい話が、いまここへ糠味噌の古漬が出てくりゃあいいんだろ？」

「そりゃいいが……」

「おれに任しておきゃがれ、おめえたちは口出しをしちゃァいけねえぜ。いいかおれが一人でおしゃべりをすりゃァ、古漬がふわふわっと出てくるぜ……おお、半ちゃん、半ちゃん、素通りか？」

「よう、みんな集まってるじゃねえか。なんか始まるのか？」

「別に始まるてえほどのこたあねえが、みんなで暑気払《ばれ》えに一杯飲もうてんだ。どうだい、仲間に入らねえか？」

「すまねえ。そうしてえんだが、少し野暮用があって急ぐんだ」

「そうか、じゃ悪止《わるど》めはしねえから、帰りに寄んねえ……あ、まァ待てよ、やいっ、半公」

「ええ」

「うーん、なるほど、改めて見直すと、別にいい男てえんじゃねえが、女好きのする男前てんだな。おい、あんまり容姿《ようす》のいいところを見せて歩くない。女を迷わせるなァ、罪だからよしねえ、半公。おめえてえやつァ……なんとかしてやっちゃあどうなんだ？　小間物屋のみいちゃん……おめえにばかな惚れかたじゃねえか。足駄《あしだ》を履いて首《くび》っ丈《たけ》というのはとおり文句だ、脚立へ乗って首っ丈だ。あのまま放っておくと、お医者さまでも草津の湯でもってんで、恋患《こいわずら》いだ。焦《こが》れ死にしちまったらどうするんだ。この色男、女殺し、色魔、ひっ掻くぞ……じゃあ、行っといで」

「へへへへ、今日《こんにち》は……ご順にお膝送りを……」

「気味のわりい笑いかたするねえ。こんな狭《せめ》えところへのこのこ入《へえ》って来てなんだ？　暑っ苦しいや、てめえ急ぎの用があるってえじゃァねえか」

「なーに、それほど急ぎゃあしねえ。ねえ熊兄ィ……」

「こんな時だけ兄ィをつけるな……いやな男だなあ。女の話になると寄って来やがる」

「えへへへ、で、みいちゃんがなんか言ってたのか？」

「よせやい。てめえだって男じゃあねえか、惚れてるとか胀《は》れてるとかいう、女のことを聞くのに無手《むて》で聞くやつがあるかい」

「おっと兄ィ、こんど懐中《ふところ》都合のよいときに、一杯奢《いっぺえおご》るよ。して、なんか言ってたかい？」

「いい女だな、みい坊は」

「いい女だってあのくれえの女がこの町内《ちょうねえ》に住んでるなあ、この土地の誉《ほま》れだあ」

「うふゥ、誉れたァ言やァがったな……しかし若えに似合ず、白粉《おしろい》っ気なしで、色の白い」

「おめえなんざァ気がつくめえが、第一《でえいち》、髪の毛がいいや」

「あのみい坊ならだれでも一苦労《しと》して見る気になろうてえもんだが、おれァこの間つくづく脈を上げてしまった」

「どうして？」

「三、四日前の晩、暑いんで縁台で涼んでいると、みいちゃんが通りかかった。引き止めて、いろいろ世間話をしていると、なにかにつけて、みいちゃんが、半公、おめえのことばかり話したがるんだ」

「ふん、ふん」

「おれたちだって、おなじ町内の若《わけ》え者《もん》だ。小癪《こじやく》にさわるじゃねえか」

「うん、もっともだ」

「それから、悔しいから言ってやったんだ。さては、みいちゃん、おめえ、半ちゃんに惚れてるな、と真正面からとぉーんと一本釘《くぎ》を刺したと思いねえ」

「うん、うん」

「年ごろの女がこう素っぱ抜かれたんだ。まっ赤になって口もきけねえだろうと思うと、これがさにあらずさ。みい坊のやつ、すましたもんで、あら、あたしが半ちゃんに惚れてたら、どうなの？　と逆《さか》ねじだ。どしんと一本くらっちまった」

「ふーん、なるほど、ふーん、ふーん」

「おい危《あぶ》ねえよ。ひっくり返《けえ》るじゃねえか」

「いや、大丈夫《でえじょうぶ》、ひっくり返りゃあしねえや。しかし、まあ、ようやく町内の女の子にもおれの了見がわかってきたんだな。うん、無理はねえや。うん、無理はねえとも……で、どうしたい？」

「こっちもますます癪にさわったから、みいちゃん、おめえが半ちゃんに惚れたのをどうこう言うわけじゃあねえが、おめえもずいぶん物好きじゃァねえか。町内に男がねえんじゃァなし、もっと男っぷりのいいのもありゃァ、身装《なり》の揃ったのもある。銭遣《ぜにづけ》えのいい者もあるじゃあねえか、なんでおまえ、選《よ》りに選《よ》って半公のような者に惚れたんだ、と言うと、みい坊の言うにゃァ、あたしゃァ、男っぷりのいい人や身装《なり》の揃った人に惚れるんじゃァない。男らしい男に惚れるんだ、とこう言うから、はてね？　半公はそんな男らしい男かと聞くと、あれが男の中の男一匹、江戸っ子気性、職人気質、達引《たてひ》きの強い、人に頼まれると嫌《いや》だと言ったことがない、あたしはあの気性に惚れたのよ、とこう言やがった」

「ありがてえな、辛抱はしてえもんだ、やっとおれの世の中になってきやがった。なあ、あたりめえだ、江戸っ子だ。職人だ、他人《ひと》に頼まれて嫌だと言ったことのねえお兄《あに》ィさんだ」

「えらい、えらいねえ。見上げたもんだ、屋根屋の職人とくらあァ。そこで半ちゃん、その江戸っ子気質を見込んで、一同揃っておまえに頼みがあるんだが、ひとつひき請《う》けてくんねえか？　このとおりだ。頼まあ」

「おいおい、よしねえ。そんな手なんかついて……なんだ？　芝居の総見で切符かなんか余計にひき請けてくれってぇのか？」

「そんなんじゃねえんだ」

「なんでも遠慮なく頼めばいいじゃねえか。おれはな、他人《ひと》にものを頼まれて、一度でも嫌だと言ったことのねえお兄《あに》ィさんだ。自慢じゃねえが、半ちゃん頼むと頭を下げられりゃあ、たとえ火の中、水の中へでも飛び込もうてんだ。江戸っ子だ。べらんめえ」

「じゃあ頼むが、いまみんなで暑気払いに一杯やろうってんで、かくやの香の物が食いてえんだが、すまねえ、糠味噌桶から古漬を出してもらいてえんだ」

「えっえ？」

「おまえは達引きが強《つえ》えなァ」

「うーむ……暑さの加減でこのごろ少し弱くなった」

「ふざけるない。さあ糠味噌を出してくんねえよ」

「……さようなら」

「おお、半公、さようならはねえだろう。おめえ、いま、たとえ火の中、水の中へでも飛び込むと言ったじゃねえか」

「驚いたなあ。こいつあ、いやに話がうますぎると思ったが、そこに抜け裏があろうとは気がつかなかったぜ。勘弁してくんねえな」

「いや、勘弁できねえ。さんざのろけ言って、握り拳《こぶし》で退散なんざァ許さねえよ」

「弱ったなあどうも……じゃあこうしてくんねえ。糠味噌の香の物を買う銭を出すということで、示談にしてくんねえな」

「よおよお、えらい、えらいねえ。話がわからあ。古漬一件でお白洲を踏みたかねえやな。金持ち喧嘩せず、示談に逃げるたあ、さすがは江戸っ子、いくら出すい？」

「いくら出すったって、買物は香の物だよ。まあ、このくらいじゃどうだい？」

「あれ、黙って指を二本出したな……え？　いくら？　二両か？　二十両か？」

「冗談じゃねえや。たかが香の物だよ。指三本出しゃあ二貫にきまってるじゃねえか」

「なに？　二貫かい？　この野郎、この暑っ苦しいのに、あれだけでれでれとのろけやがって、二貫が聞いてあきれらあ」

「そんなこと言ったって、こっちだって、そんなに懐中《ふところ》は楽じゃねえやな……じゃあ、こんなところでは？」

「なんだい？　指を三本出したな。この野郎、縁日《えんにち》でなんか買ってるんじゃねえや。ちびちび上げんない。思い切っていけ、男らしく……」

「男らしくたって……他人《ひと》の懐中だと思って勝手なことを言うなよ……じゃあ、これだ」

「おや、片手出したな……二分《ぶ》かい？……どうだい、みんな、このへんで手を打つかい？　まあしょうがねえな。口開けだから願っちゃうかい？　じゃあ、半ちゃん、今日のところは二分に負けとかあ。また、なんかでお入り合わせを」

「なんだよ、なにも商売してるんじゃねえや」

「いやなら、糠味噌桶へ手を突っ込みな……つべこべ言わねえで、二分お出し」

「出すよ。出すと言ったら出しますよ。とんだところへ通りあわせちまった。どうも昨夜《ゆうべ》の夢見がわりいと思ったよ」

「なにをぐずぐず言ってるんだ。二分ばかりの銭を出すのになにしてやがるんでえ。さっさと出したらいいじゃねえか。こっちへ寄こしなよ。……確かに二分、受け取った。ありがとうよ。どうもご苦労さま。さあ、おめえの役割りは済んだ。心おきなく用達しにお出かけよ。はい、お帰りはこちら……」

「あれっ、おれだって二分の銭を出したんじゃあねえか。酒の一杯も飲ませろよ」

「なにをっ、一杯飲ませろ？　図々しいことを言うねえ。さんざっぱら暑っ苦しいのろけを抜かしやァがって、二分ばかりの端銭《はしたぜに》を出して一杯飲ませろもねえもんだ。さっさと用達しに行け、いつまでここにまごまごしてやがると掃《は》き出すぜ」

「人を糸屑《いとくず》かなんかだと思ってやがる。ああ損した。帰るよ。帰りゃあいいんだろう。さよなら……」

「あばよ。あっははは……怒ってやがらあ。おーい、半ちゃん、あのねえ、豆腐屋のおきみちゃんがねえ、おめえにばかな岡惚れっ」

「なに言ってやんでえ。二度とその手を食うもんか。ばかにすんねえ」

「うふふ、とうとうかんかんになって行っちまった。思えば気の毒だったなあ……そうだ、豆腐屋で思い出したが、昨夜《ゆうべ》豆腐が買ってあったんじゃなかったか？」

「そうそう、与太郎のやつが買って来たっけ」

「与太郎に聞いてみるか……おい、与太、与太、おめえ、昨夜《ゆうべ》残った豆腐なァ……どうした？」

「ああ、ちゃんとしまってあらァ」

「どこに？」

「大丈夫なところに」

「鼠入らずか？」

「鼠入らずはね、穴があいて、ときどき鼠が入るから駄目だ」

「じゃあ、どこへ入れたんだ？」

「だから、鼠に食われないように、釜ン中へ入れて、よく蓋《ふた》をして、上から沢庵石を載せといたから大丈夫」

「ばか野郎、この暑気に終夜《よっぴて》釜の中へ豆腐を入れて蓋をしておいてみろ」

「旨くなるか」

「ふざけるない、腐っちまわァ。それでなくとも豆腐てえものは足が早えものじゃねえか。たまに気を利かしたと思やァこんなことをしでかしやがる……やい、与太、開けてみろ、釜の蓋を……開けてみろ」

「やあ、黄色くなって、毛がぽおーっと生えて、いやに酸《す》っぱそうだ」

「どれ見せろ……おれの鼻のそばへ持ってくるな、ぷんぷん臭《にお》って臭《くさ》くってしようがねえじゃねえか」

「するてえと酢《す》は、やっぱり豆腐を腐らして取るものかなあ」

「ばか言やがれ。早く打っ捨《ちゃ》っちまえ。臭くてしょうがねえや」

「おっと待ちねえ、その豆腐を打っ捨《ちゃ》らずにおきねえ」

「どうするんだ？」

「食わしてえやつがあるんだ」

「半公にか？」

「なーに、そんなに半公ばかりいじめちゃァ可哀相だ。そうじゃあねえんだ。いま向うからやって来る表通りの変物《へんぶつ》によ」

「おいおい、勘弁してくれ、あの若旦那くれえ世の中に嫌な野郎てえものはねえ。気障《きざ》な野郎だ、よしなよ」

「いくら変物だって、嫌《きれ》えな野郎だって、こんな腐った豆腐なんか食うめえ」

「それが、腐った豆腐と言っちゃあ食わねえが、そこはこっちの持ってきようじゃねえか。おれに任しておきねえ……おっ、来た、来た、見ねえ、あの気取った歩きっぷりを……気障の国から気障を披露目《ひろめ》に来たってえかたちだな……ねえ、若旦那、寄ってらっしゃいましな。あなた、素通りはないでしょ?」

「おや、今日《こんつ》は」

「お暑うがすね」

「どうもひでえもんでげす。これは、これは、町内の色男の寄り合いでげすな」

「若旦那、相変わらずお口がお上手ですね。お掛けになりませんか?」

「でも、お邪魔になっては悪《あ》しゅうがす……」

「そんなこたあござんせんよ。どうぞこちらへ……」

「さようですか。では、失礼を仕《つかまつ》って、ちょっと、いつふく（一服）」

「おう、いつふくときたよ……どうぞ、若旦那、座布団《おざぶ》をお当てなすって……」

「それはどうも……諸君子《しょくんし》、酷暑《こくしょ》でげすな」

「若旦那、いつもご盛んですね。あなたの噂《うわさ》で町中じゃあ持ち切りですぜ」

「ほう、拙《せつ》の噂など、いずかたで?」

「女湯で」

「ほほほほ、いやだよォ。新《すン》ちゃん」

「いやほんとうなんで、今日は素手《すで》じゃァ帰しませんよ。なにか奢《おご》っていただきたいな」

「はてね？　罪悪《ざいあく》が露見しやしたかな」

「若旦那、ちょっとお顔を拝見したところ、ひどくお目が窪《くぼ》みましたね。もし若旦那、昨夜《ゆうべ》は乙な二番目の幕がありましたね。乙な色模様の、女の子にしがみつかれて、夏の夜は短いわねってくれえの愚痴が出たんでしょ。目がどんよりとして、血走ってますぜ」

「ようよう、さすがにお目が高いねえ。恐ろしい勘《かん》でげすな。恐れ入りやした。寸鉄人《すんてつ》を刺《さ》すでげすね。利《き》きましたねえ、新《すン》ちゃん。きみもなかなか通人《つう》でげすね。オホン、そもそも昨夜の為体《ていたらく》を述ぶれば……」

「わかりましたよ。若旦那、仰っしゃるな、若旦那なんぞ、お身装がよくて、金がふんだんにあって、男前がいいときてるから、敵娼《あいかた》のほうでうっちゃっておきませんよ」

「おほほほほ、そのとおり……話せば長いことながら、昨夜の姫なる者は、拙にばかな恋着ぶりでごわしたねえ。〽この袖でぶってやりたい、もし届くなら、今宵の二人にゃ邪魔な月……てえ都々逸《どどいつ》を唄ってですねて、拙の股《また》のあたりをつねつねやなんぞあって、首すじへきゅーっ」

「おいおい、受付け代わっとくれよ……しかし、若旦那、あなたに惚れる女に同情しますね。惚れるなァ女の勝手だろうが、若旦那てえお人は、女を泣かすのが道楽ときてるからね。ときに若旦那、今日はどちらへお出かけで？」

「ただいま仏参《ぶっさん》の戻り道でげす」

「へえ、寺詣りにいらしったんですか、ご奇特なことですな。お寺は深川でしたね」

「いえ、三の輪の浄閑寺《じようかんじ》で……」

「へえー、お宅の菩提所《ぼだいしよ》は確か深川のように覚えてましたが、それじゃァお友だちかご親類のお寺詣りで……」

「いいえ、三の輪の浄閑寺は申すまでもなく傾城《けいせい》遊女なぞの墓のある寺でげす」

「そりゃァわかってますがね。そこへ若旦那がなんだってお出でなすったんで……」

「いや、これはどうもお聞きにあずかって弱りましたな。拙などはあまり婦人を泣かせやすから、この世に亡《な》い哀れな傾城の回向《えこう》でもしてやったら、いささかは罪障消滅《ざいしようしようめつ》にもなろうかと思って……」

「なーるほど、たいそうけなげなお心がけでござんすな。ところで、若旦那など、すべてにわたってご通家《つうか》でいらっしゃるから……そこへゆくとわれわれなんざァ俗物ですからね。召し上がりものだってあっしたちとはちがいましょう？　この節なんざァどんな夏向きのものを召し上がってます？」

「やあ、これはまた異なことをお尋ねでげすなあ。当節、拙をして乙だなどと言わしむる食物《しよくもつ》はごわせんねえ」

「そうでござんしょうとも……じつは、いま他所《よそ》から貰ったものがあるんですがね、どうもこれが見たこともねえもんなんで……食い物だってえことは確かだってんですが、あっしどもにゃァわからねえんですが、一つ見ていただきてえんで……」

「ははあ、ご到来物で……ようよう食物《たべもの》の本阿弥《ほんあみ》（鑑定）を命ぜられたはうれしいね、ぜひ一見、検分いたしやしょう」

「こりゃありがてえ。ごらんに入れましょう……おお、こっちへ持って来な……なにを笑ってやがるんだ、さっきの一件を……あれだよ、釜へしまいの、沢庵石を載っけの、色は黄色の、毛がぽおーってやつを……」

「なんでげす?」

「ええ、これなんでござんすがね、若旦那、ひとつご検分を……」

「さようでげすか。どれっ……フッ、これは怪《け》しからん」

「若旦那、ぐっと遠くへ離してごらんになってますね。そりゃあやっぱり食物でござんしょうか?」

「もちりんでげす」

「若旦那の仰っしゃることはいちいちわからねえな」

「もっともこれは、君方《きみがた》がご存知ないのも道理、われわれ通家が愛する食物ですからな」

「へえ、そうですか。だから聞いてみなきゃァわからねえ……お好きなら差し上げやしょうか」

「結構、頂戴しやしょう。じつは久しくこの品《しな》を食《しょく》さんから、今日《こんにち》あたりは食してみようかと思っていた矢先でげす」

「そうですか、じゃあ、さっそくここで召し上がっていただきてえんですが」

「ここではいけません。あまりといえば殺風景です」

「かまいませんよ、若旦那、ご遠慮なしに召し上がれ」

「君方はかまわぬと仰っしゃるが、拙は大いにかまう……いや、みなさんの前で食しては失礼に

あたりやすから、これを宅へ持ち帰りやして、夕餉《ゆうげ》の膳で一献《こん》傾けながらもちいるということに……」

「そんなことを言わないで、ここで召し上がってくださいな。こちとらあ食いかたを知らねえんで困ってるんで……どうか、ひとつ食いかたのご伝授を……おい、みんなもお頼み申せ」

「若旦那、どうかお願いいたします」

「ねえ、若旦那、あっしたちを助けると思って……」

「さよですか。では、それほど仰っしゃるなら、失礼をも顧《かえり》みず、ちょと戴きやしょうか」

「やってくれますか？　こいつあ面白くなって……いや、その……ありがてえことになりました。なんで召し上がります？　え？　蓮華《れんげ》で？　そうでしょう、そいつあ箸《はし》じゃあひっかかりませんからね……さあ、若旦那、蓮華でどうぞ……」

「折角のお勧めでげすから、戴きやしょう」

「どうかお願《ねげ》え申します」

「ごめん、エヘン……さてと……うーん、どろっとして、この散り蓮華に一度でかからんところが、このまた乙なところで……君方の前でげすが、通家はここを愛します」

「へえー、どこを愛しますね？」

「この香《かお》りが目鼻へツーンとしみるところがなんともいえぬ贅《ぜい》でげすな。食物はすべて口でばかり食するものと思召《おぼしめ》すと大違いでげすよ」

「へえー、どこで食いますね」

「鼻で食しやす。たとえば秋の松茸《まつたけ》でげすな、香りがあればこそ珍重するようなものの、匂いがでげすね。そばへ持っていくと懐しきところの香りが目鼻へつんつん……オホッホッホ乙でげすな。この香りたるや、察するところ、まだ品が新しゅうげすな。サワリが付いてやせん。われわれ通家はここを愛しやす」

「どうぞ若旦那、早く召し上がってください」

「結構頂戴いたしやす。方々《かたがた》ごめんを、オホンただこの一刹那《いっせつな》でげす」

「おだやかでありませんな、一刹那なぞは、さあ、召し上がれ」

「頂戴いたしやす。ご免な蒙《こうむ》って……オッホッホ、乙でげすな……うはあはあ、歓楽ここに極まれり」

「召し上がりましたか若旦那、いったいこれは、なんてえものなんで」

「拙の考えでは、これは酢豆腐でげしょう」

「なるほど酢豆腐……違《ちげ》えねえや、若旦那、そんなに、乙ならもっと召し上がれ」

「いや、酢豆腐は一口に限りやす」


《解説》　暑い江戸の夏の日の昼下り、町内の若い衆が軒先の縁台《えんだい》を囲んで、寄ると触ると、暇潰《ひまつぶ》しにおだ（無駄話）をあげ、笑い興じている様《さま》が彷彿としてくる——江戸落語の白眉である。それがそのまま江戸時代の時間の流れと人びとの日常生活の一断面を垣間見る、貴重な記録《ドキュメンタリー》性になっている。

ここには〈江戸っ子〉の素顔が横溢している——〈江戸っ子〉論にもなっている。〈粋〉

〈乙〉〈野暮〉などという江戸語が頻繁《ひんぱん》に使われるが——〈粋〉とは、文字どおり雑《ま》じり気のない完璧《パーフェクト》を意味し、心意気のこういきたいという理想、憧憬の規範を指し、そこに他人《ひと》の真似のできない独創性《オリジナリティ》があり、その工夫、苦心を寸分も感じさせない、爽やかさを表現したもので、一例に羽織の裏を贅沢に着飾る趣向などがそれ。〈野暮〉はそのすべての逆《ぎゃく》を言う。〈乙〉は、〈甲〉に次ぐ二番手の意味で、控え目で目立たぬ抑えた表現を褒め、賛同するときに使う——というのが編者の愚見だが……。

最も嫌うのが、本篇の若旦那のような〈気障《きざ》〉〈半可通〉である。無理をして意気がって、自己陶酔して、他人《ひと》と協調性がない、薄っぺらで、本性が透かして見えてしまう。

「酢豆腐」は、素人芸の「寝床」、場ちがいの味の「目黒の秋刀魚《さんま》」、好物の裏返しの「饅頭こわい」とともに、落語から離れて一般化した日常語にもなっている。

国語辞典にもちゃんと載っていて、「(知ったかぶりをする人が酸敗した豆腐を「酢豆腐という料理だ」と称して食べたという笑話から)知ったかぶり。きいたふう。半可通」(新村出編「広辞苑」)とある。第一版には「豆腐に酢をかけた食物」と余計な一行があった(これは第二版から削除された)。これこそ「知ったかぶり。きいたふう。半可通」をまぬがれない。

大阪の「ちりとてちん」は、三代目柳家小さんの弟子の小はんが「酢豆腐」を大阪風に改作したもので、元来は純江戸落語である。

岸柳島《がんりゅうじま》

隅田川に橋が架かる以前は、渡し船で往来した。最も混雑したのは御厩《おうまや》の渡しと竹町の渡しで、ことに御厩の渡しは侍と町人と、土地柄、馬までが乗った。

さあことだ馬の小便　渡し船

という川柳がある。

また、この渡し船に乗る本所辺の御家人は、俗に「人の悪いは本所の御家人」といわれてたが、この渡銭が幕府認可だったため、武家は無賃、町人は二文徴収されたことにもあると思われる。

本所方から出た渡し船、川の三分へ出たところ、いっぱいの客の中に、船の胴の間にどっかり腰をおろした一人の侍。

年のころは三十二、三、色の浅黒い、でっぷりとした、眼もとのぎょろりとした、小鼻の怒《いか》った、口もとの大きな、青髯《あおひげ》を生やし、頭髪《あたま》は引ッ詰の大結髪《おおたぶさ》、黒の紋付に小倉の襠高袴《まちだかばかま》、四分一《しぶいち》拵えの大小を差し、紺足袋雪踏履《せったばき》で、ほろ酔い機嫌で片手は懐中《ふところ》へ入れて、結構な煙管《きせる》をぬっと横へ突き出して、いやに広がって幅をとりまして、露天の蟹《かに》のように……これがやにさがりという格好で、なんのことはない、南瓜《かぼちゃ》に手裏剣《しゆりけん》が刺さったような様《さま》で、ぱくりぱくりと吸《や》っている。なんの気なしに舟の舷《こべり》で、煙管をポーン……と火玉を払おうとしたら、羅宇が緩《ゆる》んでいたか、雁首がすぽっと落ちて川の中へぶくぶくっ……。

「あ、これ船頭、これ船頭っ」

「へえ」

「拙者はこれへその……煙管の雁首を落とした。あそこいらだ……船を止めて捜せっ」

「へへ、ご冗談をおっしゃっちゃあいけませんぜ。船はいつまでもひとっとこでぐるぐる回ってんじゃござんせん。あそこいらでもここいらでも船はずーっと動いていますから、どこへ潜《くぐ》ったか知れませんね」

「潜《はい》ってもか?」

「ここは川の幅が広くって、おまけに泥深《どろぶけ》えところでござんす、へえ。それに下《さ》げ潮で流れは早うございますし、とても無理でござんす。落っこった代物《しろもの》が小せえもんでございますからなあ。やあ、とんだことをなさいましたなあ。お気の毒さまでございますが、わかりませんですなあ」

「そうか、高価なものであるがなあ」

「いくら高価でも、大きいもんならすぐわかるんですがなあ。ええ、せめて畳半畳もありゃあ。お気の毒さまで……」

「ああ、さようか……」

と、舷《こべり》へつかまって、泣き面で水中を覗いているが、気持ちは収まらない。

　その脇に坐っていたのが、浅黄の手拭いで吉原冠《かぶ》り、洗いざらした半纏《はんてん》を着て、千草の股引……この膝のところに四角のつぎが当たっていて、汚れた白足袋に藤倉草履《ふじくらぞうり》を穿き、傍《そば》の鉄砲笊《ざる》に秤《はかり》が入っている……屑屋。とたんに商売気がむらむらっと出て、

「旦那、ェェ惜しいことをなさいましたなあ。ェェあたくしはなあ、こちらで吸っていらっしゃるところを拝見しておりました、へえ。銀でございますか？　結構なお煙管だなあと思って……でも、舩《こべり》でポンはいけません。ご災難でございましたなあ、ェェかようなことを申しちゃァまことに失礼でございますが、いくら結構なお煙管でございましても、この雁首がございませんで、吸い口だけでは、お煙管の役をいたしません。村田あたりへいらしてお誂えになっても安くは出来ません。かえって新規のほうがお安く上がります。わたくしどもは商売をしておりますので、ほうぼうへ参りますてえと、どうかしたはずみに雁首だけのお払いもんが出ることがございます。そういうものを、お手元に残りましたお吸い口を取り合せまして、一本拵えましたならば、おもしろいものができやあしないかと、ぇッェェ、もしご不用なれば、お払い下げのほどを願いたいんでございます。そりゃあもう、価をよく頂戴いたします」

「黙れっ……無礼者っ」

「……痛つっ……おお、痛つッ……どうぞ……ご勘弁を願います」

「もそっと前へ来い、ずっと前へ出ろ、うん、だれがこの吸い口を貴様に払うと言った？　だれが払い下げると申した？」

「いえ、てまえその、けっして悪い了見で申し上げたんじゃあないんでございまして。お気にさわりましたらご勘弁を願います」

「貴様っ、ご勘弁を願いますと言えば、容赦すると思うか、たわけめっ」

「ま、真っ平ご免なさいまし……」

「むゥ、貴様ァ、身共をなんと心得ておる？　四民の上に立つ武士じゃ、貴様はなんだ、素町人、しかも屑買いの分際で、武士に対して吸い口を売り払えとは無礼千万、武士たるものを愚弄するな？　ぶるるっ、了見まかりならん、それへ直れ。いま拙者が落した雁首をそのほうの雁首と引換えにしてくれるからそう思え」

「屑屋さん、おまえが粗忽をしてごたごたされちゃァ、傍《はた》の者《もん》が迷惑するから早くお詫びをしなさい」

「へえ、ただいまお詫びをいたしているところで……どうぞ真っ平ご免なさいまし」

「いや、勘弁は出来ない。さァそのほうの頭を舷《こべり》へ出せ。打ち落としてくれる、早く首を出せ、遠慮するな」

船の中の客はわーッと騒いで、おっかなびっくり隅に体軀《からだ》を縮めてがたがた震えている。

「屑屋さん、かわいそうだねえ」

「ほんとうだぜ、ええ？　屑屋だけにぼろを出しゃがったな」

「ッてやん……」

詫びどころじゃない、声も出ない。乗り合いの人もみな気の毒とは思ったが、相手が武家なので、なまじ仲人《ちゅうにん》をして係り合いになってはと口をきく者もいない。

艫《とも》のほうに一人、本所方の武家で麻上下《あさかみしも》に黒縮緬《ちりめん》に薄綿の入った羽織を着て、仲間《ちゅうげん》に槍を持たした七十に手の届こうという老人――が、船の中の様子を最前からにがにがしく見ていたが、とうとう見かねて、それへつかつかと出てきた。

「これこれ町人。そのほう一人に無礼があれば、乗合っている者がみな迷惑をいたすではないか。うつけ者め、詫びろ詫びろ」

「へえ、ありがとう存じます。お武家さま……」

「あいや、そちらのお武家、しばらくお待ち願いたい。ご貴殿のご腹立《ふくりゅう》はごもっともでござる。かといって相手は取るに足らぬ町人、お手討ちにあいなればとて、こりゃあご貴殿のお恥、憚《はばか》りながらお腰の物のお汚れかと存ずる。それに、いずれのご藩か、ご直参か相わからんが、ご主名にもかかわることでござる。てまえ遮《さえぎ》ってお止め奉る。町人の無礼の段、てまえ成り代わってお詫びをいたす、なにとぞご勘弁にあずかりたい」

「ぶるるっ、黙らっしゃい、ご老体。こやつに無礼があったから斬り捨てると申したんだ」

「しかし、こんな屑屋風情を……それに乗合っている者一同に迷惑ではないか。このような者を相手になすっては、かえって衆人の笑われ草、ご主名にかかわるは軽《かろ》からんことゆえ、どうかご勘弁を……」

「うむ、しからば貴殿を相手にいたそう。こんな者を相手にしては大人気《おとなげ》ない。貴殿ならば相手にとって不足はない、さあ、立ち上がって尋常《じんじょう》に勝負っ」

「こりゃ、てまえは甚《はなは》だもって迷惑千万」

「なにが迷惑だ。立ち上がって勝負をさっしゃい。それとも貴殿は剣術をご存じないか？　その腰の物はなんだ、竹光《たけみつ》か？　相手をしろっ」

「斯程《これほど》、詫び言をいたしても、ご勘弁くださらんか？」

「罷りならん」

「あ、さようでござるか、斯程、詫び言をいたしてご勘弁くださらんとあらば、ぜひがない。好むところではないが、お相手いたそう。……なれどもここは船中、乗り合いの者一同迷惑いたす。強いて勝負をお望みとあらば、向う河岸ィ舟をつけ、広々したるところにて相手になりましょう」

「おもしろい、船頭、船を早く対岸《むこう》へやれ」

若侍は、血気にはやって、手早にとった下緒《さげお》を襷《たすき》十字にあやなし、袴の股立《ももだち》を高く取って、懐中から出した手拭いを畳んで鉢巻き、刀をぬっと前へ突き出し、裏表の目釘を湿《しめ》して、反《そ》りを打たせ、ぷっつり切った鯉口……、

「さあ来いっ」

と、船が岸へ着くのを待ち構えている。

老侍のほうは、じたばたせず、落着いて、片肌脱いで、同じく股立を高く取り上げ、仲間《ちゅうげん》に持たした槍の鞘《さや》を払い、二つ三つ、りゅうりゅうとしごき、ドンと胴の間へ石突《いしづ》きを突き立てて立ち上がると、さすがは武士、年をとっても背筋がピーンとして……。

「どうでえ、豪気なもんじゃァねえか。剣術と言って剣の先に術があるくれえだから、年をとったほうがおらァ強えと思うよ」

「いや、そうでねえ。こっちは血気の若侍《わかざむれえ》だァ、年をとったほうがかなわねえや」

「なに言ってんだ。あの若侍《わかざむれえ》、あいつァおっちょこちょいのばか野郎だよ、うん。真っ赤な面《つら》しやがって、青筋ィ出してぽんぽん怒ってるがな、船が向うへ着かァ、ぽんぽんと二人が飛び上が

って、若え侍が泡《あわ》ァくらって、さあっと斬ってくらあ、ね？　そいつを爺ィさんが、ひょいと体《たい》をかわしといて、さっと突き出す槍が、若え侍の横っ腹へぷつっとくるってんだ、どど、どうでえ、えへ、田楽刺しだ」

「なあに言ってやんでえ。よくものを考えてからしゃべれってんだよ。爺ィさんが強そうに見《め》えるなあ、おめえの贔屓目《ひいきめ》だ。たかの知れたおめえ、屑屋の詫び言に出て、ものがこんがらかって、こういうことになったから、爺ィさんが強そうに見《め》える、それが贔屓目てえやつだ。おれの目から見ると、爺ィさん、影が薄いよ。それに引《し》き換《け》えて、若え侍ごらん、恐え面《つら》ァしてやんなあ。あの目をごらん、目を。大きな目ェして、光《しか》ってるねえ、ぴかッと。おう、腕をごらん、突っ張ってる、松の木だねえ。剣術ァできるよ、うーん。船が向うへ着くだろう？　ええ？　二人が飛び上がらあ、爺ィさんがぱッと突いてくらあ。そいつを若えのが、ひょいと体《たい》をかわしといて、飛び込んでって、ぷつうって、えへ、爺ィさんが、ぷつっ……」

「いやな野郎だなあ、この野郎、なんの因縁だか、また、おめえ変に若え侍の肩ァ持つねえ。そりゃァなるほどおまいの言う通り片っぽは年をとってるよ。年はとってるが、腕ェ年をとらせねえ、昔とった杵柄《きねづか》てんだ。おう、それが証拠にゃあ見てやってくれ、お爺ィさんの腰を。いままでこんなに曲ってた腰がよう、槍を突いたってえと、すうっと腰が伸びてるじゃあねえか、へへ、腰をごらんてんだ腰を……」

「なに言ってやんでえ……うどんこねてるんじゃねえや。腰が伸びてんなあ不思議ァねえや。槍てえ突っかい棒があるからだよゥ、突っけえ棒の槍を放してみろい、やっぱりもとの海老《えび》だあ」

「ま、そんなことを言わずに黙って見ておいでよ」

船が対岸の桟橋間近になると、若侍は身軽なところを見せるように勢いよく飛び上がって、桟橋へひらりっと飛び移った。

「老いぼれ、続けえっ」

とたんに老侍は突いていた槍を取直し、石突きでトンと桟橋の杭《くい》を突くと、船が後へすうっーと戻った。

「これこれ、船頭っ、船をこっちへ返せっ」

「いいや、あんなばかにかまわず船を出してしまえ」

「へえっ、こいつァいい趣向だ……ばか侍、ざまァみろ。船を返してたまるかよ、へへっ、お武家さま、お怪我もございませんで、おめでとうございます。一時はどうなるかと心配しておりましたが、おかげさまで、ありがとうございます」

「さすが、昔とった杵柄、うめえぐあいに行きましたねえ」

「いいや、これは拙者の知恵ではない。昔、佐々木巌流という剣客が諸国を修業していた折に、船中に酔いどれの武者に出あって、試合を申し込まれたが、このような者を相手にしてもと、島へ置き去りにした。その島を巌流島と名付けた、という……それがいまの兵法でなあ」

「そうですか。おらァ最初《はな》から爺ィさんのほうが強《つえ》えって、こうなることはお見通しだあ」

「うそォつきやがれ、この野郎、てめえさっき爺ィさん影ェ薄いって言ったろ」

「うう……そ、そう言ったけど、よく考《かん》げえたら濃いところもあった」

「なあにょォ言ってやんでえ、いやな野郎だ。……いいってことよ。さんざん人を騒がして寿命を縮めやァがったから、なんとか言ってやろうじゃァねえか。いまいましい兵六玉だ。ええ？

大丈夫だよ、これだけ離れてるんだ。……やあい、陸《おか》へ上がって柳の木でも相手に斬り合ってろいッ、あっははは」

「てめえが粗相しておきゃァがって、仲人《ちゅうにん》に喧嘩を売るとは、とんでもねえばか侍だ。ここまで来ることはできめえ、川の中へ入れば土左衛門と名が変わらァ、ど三一《さんぴん》め。ざまァみやがれ」

「桟橋のところでくるくる回ってやがる。糞《ふん》づまり、くやしいと思ったら、飛び込んじまえ、徳利《とつくり》野郎め」

「そこでくるくる回ってるくれえなら、両国橋を大回りにひと回りまわって来い。そのうちにゃァおれァ家《うち》ィ帰って茶漬けェ食って寝ちまってらあ。居残り侍めっ、宵越しの天ぷらっ」

「なんでえ、その宵越しの天ぷらってえなあ？」

「あっははは、揚げっ放しだァ」

　桟橋の上の若侍は、船客から囃し立てられ、真っ赤ンなって、頭からぽっぽ、ぽっぽ煙《けぶ》を出して、あっちィうろうろ、こっちィうろうろ……そのうちになんと思ったか、袴を脱ぎ棄《す》て、帯を解き、裸になって大小を着物にぐるぐる巻きにして、十文字に背負って桟橋の先端まで駆け出して、水煙りを立てて川中へどぶーりっ……飛び込んだ……。

「おいおい、ほら、言わねえこっちゃァねえ。さあ大変だァ。みんながわいわい毒づいたから、仕返しをしようてんで、裸になって脇差を背負《しょ》って飛び込んで、潜《もぐ》って来て、船底へ穴をあけ、沈没《しぼま》しちまおうてんだ。だれが囃したんだあ？」

「だれが囃したって、おめえが最初に囃《はな》したんだろう」

「おいおい、よせよう。変なこと言うなよ、ああ、情けねえことになっちまったな。この間、易者に見てもらったら『おまえは、水難と剣難の相があるから気をつけるように』なんて言ってたが、なるほどこのことだったんだな。今日に限って水天宮さまのお守りを置いてきちゃったよ」

「おや、なんだか知らねえが、船の底でガリガリ音がするぜ」

「えっ？　それァことだ。おらァ泳ぎを知らねえから……」

「おい、よせよ。どうする？」

「どうするったって……助け舟ェっ……」

町人は口先は強いが、尻腰《しっこし》のないやつばかりで、そこへいくと、例の老侍、年はとっているが、悠然として舳端《みよしばな》に立ち上がって、

「騒ぐな騒ぐな、さほどのことはない。心配をいたすな」

再び仲間《ちゅうげん》から槍を受け取って、小脇にかい込んで、じいっと水面を見ている。

と、若侍、刀を背負ったたまま、ぶくぶくぶくぶくっと、舳端へ浮き上がった。

「これ、そのほうは某《それがし》に欺騙《たばか》れたのを残念に心得、船底をえぐりに参ったか」

「なに、落とした雁首を捜しに来た」


《解説》江戸時代に隅田川に架けられた橋は千住、吾妻、両国、新大橋、永代の五橋である。その間《あいだ》を補ったのが渡し船で、上流から汐入、水神《すいじん》、橋場、寺島、竹屋、山の宿《しゅく》、竹町、駒形、御厩、富士見、浜町、中洲、佃、月島、勝鬨《かちどき》の十五渡しがあった。

なかでも御厩の渡しは、上流の竹町の渡しとともに乗客が最も多く、互いに客取りの競争を

して一時、渡銭を一文に値下げしたこともあり、利用客は増える一方で、船や船頭を増加して延享三年八月にまた元の二文に戻した。この渡し場は明治二十二年に厩橋が架かるまで存続した。

同じ隅田川の両国橋上を舞台にした「たが屋」同様、武士の狼藉《ろうぜき》と接触した庶民群像が写実《リアル》に活写されている。偶々《たまたま》、槍持を従えた老旗本が同乗していて、なかなかの遣い手で、弱きを救ける正義漢であったためことなきを得た。この老旗本の兵法は、宮本武蔵と決闘をした佐々木巌流（小次郎）にならったとことわるが、決闘の場となった下関沖の船島は「巌流島」と呼ばれているが、そうした兵法の史実はない。この噺は古くからあった上方の「桑名舟」という〈旅の噺〉を、江戸へ移し、さらに講釈種の「佐々木巌流」の武者修業を取り入れて、現在の型になったものだが、原話は中国が源である。見事な江戸の情景が組み込まれていて、堂々たる真打噺になっている。

題名は「巌流島」が現在も使われているが三遊亭円朝が「岸の柳と書くから景色になる」と言って、「岸柳島」と表記するようになった経緯《いきさつ》もあるが、本来、落語の題名は寄席の楽屋帳《ネタ》のメモとして記帳されるもので、この噺は「煙管の雁首」「居残り侍」「宵越しの天ぷら」でもいいわけだ。

三枚起請《さんまいきしょう》

「おい、伊之さん、こっちィ入《へえ》れよ」

「なんだい？　棟梁《とうりょう》」

「なんだいじゃァないよ。このごろ、おめえさん、碌《ろく》に家《うち》へ帰《けえ》らねえそうじゃねえか。昨日、おっ母さんが来て、おまえさんのことじゃァこぼしてたぜ。夜遊び日遊びしてしょうがねえって……いったい、なにしてるんだ？」

「棟梁のまえだが、夜遊び日遊びなんぞしてねえや」

「そうか？」

「あァ、昼間ァちゃんと仕事して、夜遊ぶだけだ、毎日」

「それを夜遊び日遊びって言うんだ。夜家《うち》ィ帰らなくちゃいけねえ。……なにかわるいことでもしてるんじゃないかい？　丁半《ちょうはん》かなんか……博奕《ばくち》だろ？」

「いえ、博奕なんか……」

「じゃあ、なんだ？」

「じつは……ちょいとばかり弱ってるんで……」

「弱ってる？　どうして？」

「じつは、女ができてね」

「ほおォ……で、その女てえのは、素人《しろ》か玄人《くろ》か？」

「えへ、斑《ぶち》なんで……」

「そりゃ犬だよ。……素人《しろうと》か、玄人《くろうと》かと聞いてるんじゃねえか」

「吉原《なか》の女なんで……」

「じゃあ、まっ黒じゃねえか」

「そんな鍋《なべ》の尻《けつ》じゃあない。……いい女だあ」

「で、その女は、おめえに惚《ほ》れてるのか？」

「それが惚れてるから、弱ってるんで……おふくろのほうは、あたしが三日や四日帰らなくても、ただ心配するだけのことで、いのちに別条はないが、女のほうは、あたしが三日行かなければ死ぬんで……あたしゃ人助けのために通ってる」

「ばかな惚れようだな」

「ええ、『伊之さん、来年三月、年季《ねん》があけたら、おまはんのとこへ行って、おまはんと夫婦になりたい』と言ってるんで……『だから、年季のあけるまで、待ってて頂戴よ』なんて……まったく弱っちゃう」

「だけどおまえ、そんな約束したって、『年季《ねん》があけたら、おまえのそばへ　きっと行きます、断わりに』って都々逸《どどいつ》だってあるじゃねえか。まァ、早え話が、そのときに女が来なくったって、こいつァ喧嘩にもならないぜ」

「いえ、それが大丈夫なんで……」

「あてにならねえよ。なんだい、その大丈夫って……?」

「その女から、ちゃんと書いたものをもらって持ってるから……」

「書いたものって？　起請《きしよう》かい？」

「うん、そう」

「へえェ、古めかしいものを持ってんねえ。起請なんぞ……ちょいと見せてごらん」

「それが駄目なんで……」

「見せろってんだ」

「こりゃあ見せられないんだ。あたしに出すときに女が『伊之さん、これは大事なものだから、他人に見せちゃいやァよ』って……」

「他人もなにもねえやな。ちょっと見せてごらんよ。見なくっちゃあ、嘘か本当かわからねえじゃねえか」

「弱ったねェ、まあ世話になっている棟梁だからね、見せるけど……黙っててくださいよ……これなんだよ……そうっとごらん、え？　破くと二度と手に入《へえ》らねんだから……うがい手水《ちようず》に身を清めて……」

「……うるせえな……へえェ、なるほど、こりゃ起請だ」

「起請でしょう」

「うん……ふーん……なになに……起請の文句てえものは、たいがい決まってるなァ……一つ、起請文のこと。私こと、来年三月年季《ねん》があけ候《そうら》えば、あなたさまと夫婦になること実証也《じっしょうなり》。新吉原江戸町二丁目朝日楼内《うち》、喜瀬川こと本名中山みつ……えっ、これかい？」

「どうです？　確かなもんでしょ？」

「伊之さん、おまえさん、ほんとにこれ貰ってよろこんでるのかい？　ばかだね、おまえは……へっ、なんだい、こんなもの」

「あれっ、ひどいや、いくら棟梁でも、ひとの大事にしてるものを吹き飛ばすなんて……」

「おうおう、なんだってこんなもん、頂いてるんだ……およしよ、ばかばかしい……」

「ばかばかしい？」

「そうだよ。ばかばかしいや。そんな起請が大事だったら、やるよ。おれもおめえと同じ起請を一枚、持ってらァ」

「え？　棟梁も……」

「ああ、見せてやろう……ほら、読め」

「はァあ、じゃ、騙《だま》してやがったんだ」

「そうよ、おれも騙されちゃったんだ。こいつはな、もと品川にいたんだ。それが住替えして、去年、吉原《なか》に来たんだ。年は二十四ぐらい、色の白い、鼻のちょっと高い、目の下に黒子《ほくろ》があるだろう？　おれがかかァ持たねえのは、この女が年季《ねん》があけたら来るてえから独身《ひとり》でいるんだ」

「畜生め、ほんとうに。あの女ばかりは……こうとは思わなかったねェ…喜瀬川のやつ、人を騙しやがって……」

「おれも騙されたんだ」

「ほんとうに、ばかァしやァがって、畜生めっ」

「およしよ。相手は玄人《くろうと》、商売なんだから、怒ったってしょうがねえや」

「だけど、悔しいっ……あいつの喜ぶ顔見たさにおふくろを泣かしてまで……あの野郎っ」

「おいおい、おしゃべりの金公が来たから、しゃべるんじゃねえ……てんだよ」

「おう、いま、なにか言ってたな、おれのことを……」

「そうじゃねえよ」

「おれが入《へえ》ってきたら、おれの顔を見て、おしゃべりの金公が来た、と言ったろ。えー、おれがそんなにおしゃべりかい？　こりゃあ、いくら棟梁のことばでもおもしろくねえや」

「おい、金ちゃん、ものごとはよく聞いてから怒りなよ。いま、この伊之さんがね、女に騙されて悔しいって言ってるから、そういうことを無闇にしゃべんなって……言おうと思うとおまえが入《へえ》って来たから、そういうことをしゃべ……おしゃべり、あ、金公が来たって、そう言ったんだ」

「ほんとうかい、おい」

「ほんとうだよ」

「で、なにかい。伊之さんが女に騙されたってえのは？　へへへ、伊之さんがねえ、この間まで黐竿《もちざお》持って、蜻蛉《とんぼ》追っかけてたのが……女に騙されるなんて……へっへへへ、伊之さん、どうしたんだい？」

「それが、じつは起請を貰ったんだが……」

「ほォおー」

「それがどうも当てにならねえんだ」

「起請が当てにならねえ？　どうして？……どんな起請なんだ、見せてごらんよ。見せなよ……ふーん、こういうものを貰ってよろこんでるのかね。おまえは、長生きするよ。夜もよく寝られるだろう。丈夫でうらやましいや。なあ、女からこんなものを貰ってよろこんでるなんて……うふ、甘《あめ》えもんだ……なになにっ、『一つ起請文のこと』か……うん、たいてい文句は決まってるんだな。えっ、なんだと……『私こと、来年三月年季《ねん》があけ候えば、あなたさまと夫婦になること実証也。新吉原江戸町二丁目朝日楼内、喜瀬川……』おいっ、この女は、もと品川にいたんじゃねえかい？」

「そう」

「こっちィ住替えして来て、年は二十四ぐれえだろ」

「そう」

「色の白い」

「そうなんだ」

「鼻のちょっと高くて、目の下に黒子がある」

「そう……もう一枚出そうだ」

「なに言っやんでえ……この女ァおめえに寄こしたのかい？」

「棟梁も貰っちゃったんだ」

「おれも持ってんだ。この起請を」

「畜生めっ、おれァ勘弁できねえ」

「どうしたんだい、金ちゃん？」

「どうしたもあるもんかっ」

「おいおい、ちょいとちょいと、どこへ行くのさ。弱っちゃったな、どうしよう、棟梁」

「おゥおゥ、押さえなよ。止めろ、止めろ。……台所から出刃庖丁なんか持ち出して危えや。早く止めろ」

「出刃庖丁じゃねえ、山葵《わさび》おろしだ」

「山葵おろしなんかどうするんだ？」

「しゃくにさわるから、これから行って、あの女の鼻の先をこれで欠《か》いてやろうと思って……」

「いったい、何のこったい？」

「てめえはいい花魁《おいらん》だあ、なにしろ、鼻（花）のさきがけ（魁）……」

「茶番だよ、それじゃあ。いいかい、伊之さんだって、あたしだって我慢してるんだ。おまえさんも我慢するがいいじゃあねえか」

「いや、我慢できねえ。おめえたちが起請貰ったのと、おれが貰ったのと、貰いかたがちがうんだ。この起請についちゃあ、一通《ひと》り二通《ふた》りのことじゃねえんだ」

「ふーん、よっぽど混み入った事情でもあるのかい？」

「ああ、そりゃあたいへんなもんだ。去年の十月の末だった。おれは山谷まで仕事があって、帰りに一杯やって、いい心持ちになったから、ふらふらっと足が向いて吉原《なか》をぐるっと廻っているうちに、つい登楼《あが》ったのが、その朝日楼てえ店《みせ》で、この妓《おんな》に出っくわしたんだ。この喜瀬川だ。初会からいやに親切ごかしのことを言やァがって、惚れたとか、女房にしてくれとか言いやがるから、なに言ってやんでえと思ってたんだ。けどもあんまり扱いがいいから、おれァ裏ァ返《かえ》した、ね？　それから馴染《なじみ》と、とんとんと遊《あす》びに行ってた。すると暮れの二十八日だ、おれンとこへ手紙が来て、相談したいことがあるから、すぐに来てくれってえから、おれは飛んで行った。で、なんの用だと聞いたら、『まことに済まないけれども、あたしゃこの暮れに二十円のお金がどうしても入り用なんだから、おまえさん、助けると思って、どうか二十円拵えておくんなさい。ほかの客に拵えて貰うと、おまえさんと世帯を持つときの障《さわ》りになるといけないから、おまえさん後生だから二十円借りたいんだよ』ってえから、『ああいいよ』と言って引き受けたんだが、家《うち》ィ帰って二十円拵《こせ》えようと思ったけれど、二十円の金はさておいて、五円の金も……出来やァしねえ」

「なにを言ってやんでえ、気取るない……そんなところで」

「それから、妹が日本橋に奉公してるから、仕方がねえからそこへ行って妹を呼び出して、空涙《そらなみだ》をこぼして、『じつは、おふくろの身体《からだ》の具合がわるいから、ここンとこで医者に診《み》せなくちゃいけねえ。なんだかんだって金が要るんだ。二十円ばかり出来ねえか』って言ったら、妹が驚いて『おっ母さんの病気じゃあ放っておけないから、ちょっと、兄《あに》さんお待ちよ』と奥へ行って、大きな風呂敷包みを持ってきて『これに夏冬のあたしの着物がみんな入っているから、これを持ってって、なんとか都合しておくれ』ってんで、そいつをひっ背負《ちょ》って、やひッつァンのとこへ行ったんだ」

「なんでえ、やひっつァんてえのは？」

「質屋を逆さまにしたんだ」

「変なものを逆さまにするなよ」

「で、それで二十円借りようと思ったが、みんな木綿《もめん》のものばかりだから、七円ッか評価《つか》ねえときた。また引っ返して、妹に話をすると、奥へ行って、今度《こんだ》ご主人に頼み込んで、給金の前借りをして、やっと二十円の金を作ってくれたんだ」

「うん、うん」

「そいつを持って、おれが吉原《なか》へ行って、あの妓にその二十円を渡すと、涙をぽろぽろこぼしゃァがって、『まあ、おまえさんはなんて情が深いんだろう。あたしは年季《ねん》があけたら、どうしてもおまえさんのおかみさんになるよ』ってんで、書いてくれたのがこの起請なんだ。まあ、騙されたおれは諦《あきら》めがつくが、なにも知らずに、暑いにつけ寒いにつけ、肩身の狭《せめ》え思いをしながら奉公してるかと思うと、妹が不憫《ふびん》でなあ」

「そうだろう」

「わけを聞くと、気の毒だなあ」

「騙されるこっちがわるいか知らねえが、悔しいよ」

「そりゃ、おめえの怒るのももっともだ」

「道理だ」

「残念だ」

「くちおしいわやい」

「チチ、チチン……」

「お？……なぜそんなところへ三味線を入れんの、おまえは？」

「だって、くちおしいわやい、と来たから、チチンと……」

「おい、金ちゃん、おめえもそういう目にあってるなら、どうだい、三人であの女をやっつけてやろうじゃねえか」

「そいつァいいや。悔しいのはみんな同じだ。このまんまじゃ腹の虫がおさまらねえからね」

「やっつけるったって、棟梁、どうするんで？……」

「まあ、女郎《じょうろ》に騙されたんだ。拳固《げんこ》を振り回したりするのもみっともねえ話だ」

「そうだな」

「だから、今夜、三人でもってあすこへ行って、あの妓《おんな》をまえにおいて、うんと油をしぼって、赤っ恥かかせて、吉原にいられねえような目にあわしてやろうじゃねえか……おらァ吉原の茶屋の女将《おかみ》に心安いのがあって、いつでもそこへ妓を呼び出してんだから、三人で揃って行こうじゃねえか」

「そりゃいい、じゃあそういうことにして、日が暮れたら支度をして出かけようじゃねえか」

相談が纏《まと》まって、日が暮れるのを待って、三人いっしょに、浅草から千束《せんぞく》町の通りをぶらぶら歩いて行く……。

「ねえ、棟梁」

「なんだ？」

「これから、妓《おんな》が待ってるとこへ行くんならいいけどもね、妓に振られて苦情を三人で言いに行くってえのは、あんまり感心しねえなあ……あそこに犬が三匹いるだろう？　な？　あれァおめえ、牡犬《おとこいぬ》だよ」

「そうかい？」

「うん、離れて先にいるのァ、ありゃあ牝犬《おんな》だ……あとをくっついてやんだよ。やっぱしあの三匹の牡犬も、あの牝犬から起請を貰ってるんだろうか？」

「くだらねえことを言うない……さあ、大門《おおもん》を通るよ」

「さあさあ、お通り」

「これから、あの妓《おんな》のところへじかに行ったってだめだぜ」

「どうするんだい？」

「おれのいきつけの井筒《いづつ》ってえ茶屋があるから、あすこへあの妓を呼び出すんだ」

「うん、そうか」

「おれは茶屋の女将《おかみ》に掛けあうから、ここで二人は待っててくれ」

「うまく、頼まあ」

「今晩は……」

「おや、いらっしゃい。また、棟梁、どうなすったんです？　このところずーっとお見限りねえ……なんだか知らないけど、喜瀬川さんがさびしがってましたよ。棟梁がちっとも顔見せてくれないって……ほんとうにどうなすったの？」

「ちょっとわけありでな」

「あの妓《こ》、棟梁に夢中ですよ。ほんとに足駄履いて首ったけってんだから……おまえさんのことばっかり言ってンのよ」

「いやもう、喜瀬川の話はたくさんだ。それよりな、女将《おかみ》、ものは相談だが……」

「あら、なんです？」

「じつはなァ、女将、おれはあの女に騙された。あの妓《おんな》は許せねえ」

「そんなことないでしょ。あなた、あの妓から、ちゃーんと堅いものを貰ってるんでしょ？」

「それが堅くねえんだよ……それが、もうやわらかくて、ぐにゃぐにゃなんだ」

「あらっ、どういうこと？　嘘でしょ？　そりゃ、おまえさんの邪推よゥ。そんなことがあるもんですか、あの妓にかぎって……え？　へえェ、じゃァあたしまで騙されちゃったんだねえ。……あらっ、嫌だ……ふん、ふん、まあ、なんて憎らしい、ほんとうに。でも、棟梁断わっておくけど、徒党は廓の御法度だからね。口ではなにを言ってもいいけど、もし手出しでもされちゃァあたしンとこが迷惑しますからね」

「そりゃァ、心得てるさ」

「じゃ、待っててよ。あとお二人さんは、表へ待たしてあるの？　そりゃいけないわ。お連れさん、早くこちらへお入れ申して……さあ、どうぞ、こちらへお入ンなさって」

「今晩は……へっへ、騙され連中が揃って……」

「そんなこと言うもんじゃありませんよ。でもねえ、いま聞いてびっくりしてたんですよ。あなたがたはね、別々に来るから騙されんですよ。こんどお遊びに来るときは、三人いっしょにいらっしゃい、いい妓世話ァしますから」

「三人いっしょに来て、揃って騙されちゃあたまらねえや」

「まあ、騙された、騙されたって……そんなこと言いっこなし……ちょっと待っててください、ね。棟梁、二階へ上がってもらったほうがいいわね」

「そうしてくれよ。三人いっしょだと言わねえで、おれが一人で来てるからと、喜瀬川を呼んでもらいてえんだ」

「じゃあ、すぐに呼びますから……みなさんをご案内して、二階の奥の間がいいわ。どうぞ、お二階へ……」

「そうかい。じゃあ、そっちで待つとしよう」

三人いっしょに二階の部屋へ通されて……。

「こりゃあ、なかなか銭のかかってる茶屋ですね、棟梁」

「いい造りだろう」

「言うことねえじゃねえか、でえいち、ここの女将《おかみ》だって女っぷりはいいしなあ」

「いい女だねえ。で、ありゃあ、もとは何者なんです？」

「もとかい？　もとはな、横丁にいたんだ」

「ふゥん？」

「吉原《なか》の横丁の芸者てえものァ、乙《おつ》なのがいるなァ、え？　大金《たいきん》を出して旦那に落籍《ひか》されて、そいでここの株を買ってもらって、この茶屋へ入った、とたんに、旦那が死んじゃった。で、あと、これが全部、自分のもんになったんだ」

「なるほど……じゃあ、あの女将は独身《ひとりみ》？」

「そうだよ」

「もったいねえな、そりゃもったいねえや……じゃ、おれはあの起請の女のほうはやめらァ」

「で、どうする？」

「ここの茶屋《うち》へ養子に入る」

「そういう図々しいことを言うない……とにかく、三人でこうやって揃ってるなあどうもまずいよ。そろそろ来るぜ。さあ、伊之さん、おめえは、その戸棚へ入ってくれ。それから金ちゃんは、おめえはその屛風《びょうぶ》の後ろ、立っちゃだめだ……立っちゃ。おめえは背が高いから立っちゃだめだい。出ちゃいけないよ。おれが呼び出すまで、二人とも勝手に出ちゃあいけねえぜ」

「ねえ、棟梁」

「なんだよ、伊之さん」

「出ちゃあいけねえったって、あの妓《おんな》は口がうめえからねえ、え？　涙なんかこぼして、棟梁、許して頂戴なんか言われると、棟梁はまた女に甘いからねえ。うん、うん、そうかいてなことを言って仲直りして、いちゃついたりしたら、こっちはばかばかしくって、戸棚の中なんぞに入《へえ》っていられないよ」

「伊之さん、おめえも心配性だなあ……大丈夫だよ。よく戸を閉めとけよ。……」

「ねえ、棟梁」

「なんだよ。金ちゃん」

「あいつはね、海千山千《うみせんやません》なんだから、口でなんぞ言ったってだめだよ、うめえんだから、向うにしゃべられちゃったらしょうがねえから、来やがったら……ぱぱァッと三つばかり張り倒しといて、それから掛け合いねえ」

「わかったよ」

「ねえ、棟梁」

「うるせえなァ、伊之さん、なんだよゥ」

「ぽかぽかっと、張り倒すってえことはよくないよ。え？　女という者は弱きもんですよ。それを張り倒しちゃいけないよ。そういう哀れなことをしちゃだめですよ。あいつをぶつんなら、おれをぶて……」

「なあんだ……しょうがねえなあ。入っといでよ。え？　おっ……もうそろそろ来るよ、え？　お、来たようだよ、だめだよ」

「どうも、すみません、棟梁来たんですって？　あァそうですか、どうも女将《おかみ》さんすいませんねえ……え？　いいえ、風邪ェひいちゃったの。三日ばかり寝てえたのよ。それから方々《ほうぼう》掃除してねえ、そいで神棚きれいに掃除して、お灯明《とうみょう》あげたの。今朝ね、すーっと丁字《ちょうじ》が立ったからねえ。あァこりゃきっと待ち人が来るなって、こう思ったらねえ、そうしたらね、棟梁が来たんだって、まァほんとうにうれしいわよ……あたしは」

「棟梁……」

「うるせえなあ、なんだよゥ」

「今朝起きてお灯明あげたらすーっと、丁字が立ったたってやんの……丁字が三本立ったかしら」

「出るんじゃねえ……そこを閉めときなよ」

「今晩は。まあ、棟梁、どうしたの？　ちっとも来てくれなかったわねえ。ねえ、たまには来てくれたらいいじゃないの。あたしだってさびしいのよ。だって、来年三月、棟梁といっしょになるまで、まだずいぶんあるんだもの……ねえ、棟梁が顔を見せてくれないと、あたしゃつとめに張りがなくって……あらっ、どうしたの？　なにかあったの？　変な顔をしてさあ」

「どうせ、おれは変な顔だよ。ああ、変な顔だとも……」

「あらっ、気にさわったのかい……どうしたのさ。ええ？　なにかあったのかい？」

「どうもこうもあるもんか」

「まあ、いやだねえ。機嫌が悪いんだねえ。ほかでなにかあって、あたしに当たり散らしたりして……さあ、煙草でも吸ったらどうなの？　ねえ、煙管《きせる》をこっちへお貸しよ。あたしが火をつけてあげるから……」

「ほれっ」

「あらっ、なにさ、煙管を放ったりして……あら、どうしてこんな詰まった煙管で吸うの？　ほんとうに無精だねえ。通しといたらいいじゃないかねえ」

「おゥ、これで通しねえ」

「おまえさんときた日にゃほんとうに……あ、おまえさんなにかい？　このごろこんな反古紙《ほごがみ》で煙管通してんの？　へえェ？　以前《せん》はおまえさん、半紙で通してたじゃァないか、なんでもそういう無駄なことをするから、あたしゃ年季《ねん》があけて、おまえさんといっしょになったらほんとうに苦労だなと、ほんとだよ。ちょっと下駄へ泥がついても、なんでもおまえさんはね、半紙を使っちゃあ捨てちゃうんだからねえ、うん。だからあたしゃそう思ってんの。こういうもんで煙管を通したりなんかして、うれしいよ、ほんとうに。あたしゃねえ、棟梁のまえで、世帯じみたことは言いたかぁないけどね、こういう細かいことが大事だからね……おや？　あら、これはおまえさん、いま破いたこの紙、起請……だね」

「起請だ？　それがか？　おらあ、また広告かと思ったぜ」

「なに？　広告ってのァ、え？　こんなものを破かせて……おまえさん、あたしがいやになったんだね、そうだ、それに相違《ちがい》ない……ほかに女が出来たね、え？　そんなら、なぜあたしに言ってくんないんだね、『こういうようなわけで、こういう女を女房にしなくちゃなんないから、おまえとはいっしょにゃァなれねえから』と、どうして言ってくれないの、え？　こんな起請なんか破かせたりなんかして、おまえさんはほんとうに……知ってますよ、もう、そんなことは。あたしゃ朋輩《ほうばい》に言われてんだから、『ちょっとおまえさん棟梁ってなァ、ありゃァなかなか浮気者《うわきもん》だよ。様子がいいんだから、女がうっちゃっとかないんだから、おまえさんも少しァ悋気《りんき》しなくちゃいけないよ。女の悋気のないのは、なんか物足りなくて、刺身に山葵《わさび》がないようなもんで物足ンない。少しァおまえさんやきもちやいてなきゃだめだよっ』、とこう言われたから、あたしゃあ、恨《うら》み事のひとつも言おうと思ったのさ。でもねえ、そんなことを言って、おまえさんに嫌われちゃあいけないと思って、いいかげん我慢してたんだよ……それなのに……それなのに……人がいのちがけで書いた起請をこんなことをして……ひどいよ。ひどいよ……」

「おう、おめえ、ここで泣いたって、一文にもなりゃあしねえぜ。それにしても、よくも涙が出るもんだなあ……おう、おめえ、いま、いのちがけで書いた起請だと言ったな。いのちがけで書く起請ってえものを、何枚書けば気がすむんだ？」

「起請ってものはおまえさん、この人と思わなきゃ書けるもんじゃないだろう。一枚に決まってるよ」

「ふゥん？　おめえ、ここへ遊びに来る唐物屋《とうぶつ》の伊之さんてえ人に、起請書いてやったろう」

「伊之さん？　ああ、伊之さん……うゥん、冗談言っちゃいけないよ、だれがおまえさん、あんなやつに起請なんか書いてやるもんかねえ。あんな嫌なやつってないねえ、え？　やけに色男ぶって……いやに色が白くって、ぶくぶくふくれててさ。水瓶《みずがめ》に落っこったお飯《まんま》っ粒みたいな、あんなやつに、だれが起請なんぞやるもんか」

「ほんとうか。伊之に起請を書いたおぼえはないんだな」

「ああ、ないよ」

「おい、水瓶に落っこったお飯っ粒、出て来いよ」

「やいやいっ、このあまっ、水瓶に落っこったお飯っ粒たァ、なんてことを言いやがるんだ」

「あらっ、おまえさん、そこに入ってたの？」

「なにを言いやがる。よくも、おれを騙しゃあがったな」

「やあね、伊之さん、白くって、ぽちゃぽちゃとして、たまんないねえ」

「やい、喜瀬川、おめえは、経師屋《きょうじや》の金ちゃんにもやったろう、起請を」

「金ちゃん、だァれ、経師屋？……あァあ、金公、なに、あんなものおまえさん、え？　あの背のひょろひょろと高い、あの日陰の桃の木みたいなやつだろう？　あたしゃ世の中にあんな嫌なやつってないねえ。あいつ死ねばいいと思ってんのに……ああいうのにかぎってむだに丈夫だねえ、あの日陰の桃の木」

「おゥい、日陰の桃の木、出ろ」

「なんだ日陰の桃の木とァ、日陰の桃の木たァなんだ」

「あっら……金さん……そこから出たの？」

「出たのたァなんだ。てめえのために、どれほど妹がァ……」

「あらっ、金さん、すっきりして、ほんとに様子がいいよォ」

「なに言ってやんでえ。こっちへ出ろい、ふざけやがって、さあ、この三枚の起請、いったいどれが本物なんだ？」

「ああ、びっくりした。どれが本物かって？　さあ、あたしにもわかりゃァしないねえ。どだい三枚きりだと思ってりゃァ、おまえさんがた了見ちがいさねェ。さあ、江戸中に何枚あるかねえ……」

「……こん畜生っもう勘弁できねえ」

「おや、おまえさん。あたしをぶとうってえのかい？　ぶつならおぶちなね。え？　みんなで変なことをして、ちょいと、ぶっとくれよ。あたしの身体《からだ》にゃ金《かね》がかかってんだからね。ちゃんと証文に書いてあるんだよ。だから、金を積んで、あたしを身請《みう》けしてから、ぶつとも、殺すとも、どうとも勝手にしとくれっ」

「いまさら、身請けなんかできるもんか」

「じゃあ、その手をなんで振り上げているんだい？」

「うん、この拳固はおめえを殴ろうと思って、こうやってるんじゃねえやい」

「じゃあ、なんだい？」

「この握りこぶしはな、おめえに何か言われたって、グウの音《ね》も出ねえ……」

「洒落《しゃれ》てる場合かよォ。ざまあ見やがれ、身請けも出来ないんだろう」

「おい、おい、伊之さんも、金ちゃんも、ちょっと待ってくれ。おれが掛けあってやるから……おう、喜瀬川、もっとまえへ出ねえ、おめえだって色を売る商売じゃねえか。色気なしの声を出しなさんな。おめえはたいそうな腕だなあ。え？　〝女郎《じょうろ》の千枚起請〟とはよく言ったもんだ。客を騙すのに起請を書かなきゃおめえは騙せねえのか。なあ、女郎なんてえものは、客を騙すのが商売だ。だから、おれたちは、その騙されたのをぐずぐず言うんじゃねえ。客を騙すのに、起請を書かなきゃ騙せねえのか。腕のある女郎なら口先ひとつで騙せ。卑怯なことをするな、ほんとうに。証拠の残るような嘘をつくのは罪だぜ。昔から言うじゃねえか。『嫌で起請を書くときは、熊野で烏が三羽死ぬ』って……」

「あら、そォお？　あたしゃ三羽どこじゃないよ。嫌あな起請をどっさり書いて、世界中の烏を皆殺しするんだよォ」

「おめえは、烏に恨みでもあるのか？」

「別に恨みなんかないけどさ。あたしも勤めの身だもの、世界中の烏を殺して、ゆっくり朝寝がしたいんだよ」

《解説》　上方種を初代三遊亭円右が吉原の引手茶屋に場面を代えた。廓の遊女と客の騙し騙される応酬がおもしろく、廓噺の娯《たの》しさをあますことなく描写した傑作。

起請は、年季《ねん》があけたら夫婦になろうと神（熊野神社）かけて誓い、誓紙を取り交わしたもので、徒《あだ》や疎《おろそ》かに扱ってはならない厳粛なものだが、これは廓だけで書かれたものではなく、古くからあらゆる階級で誓文として取り交わされた風習である。例えば、家来が主人に対して忠誠を誓う際とか、戦国時代においては隣国と攻守同盟を結ぶときに違約しない誓いを立てる際に、起請文が交わされた。

　この起請専門の用紙に、紀州の熊野神社の神の使姫である鳥を刷り込んだ牛王宝印《ごおうほういん》が使われ、売り出された。この用紙に、熊野権現の神様が証人になるという意味の宝印が捺《お》してあって、その余白また裏面に起請文を記入するようになっていた。この用紙の宣伝に、熊野の勧進比丘《びく》尼《に》が祈念をこめるために「起請一枚書くごとに、熊野権現の鳥が三羽死ぬ……」という文句《コピー》を付けて、熊野から江戸まで比丘尼が売りに来た。昔は、これを多くの人びとが信じて、起請の約束を守ろうとしたが、所詮、弱い人間の考えた知恵で、明治以後はこの風習も形骸化し、「起請一枚書くごとに鳥が三羽死ぬ……」という文句だけが残った。その風習が廓だけに残り、遊女は普通の半紙などを使うようになった。

　注目すべきは、サゲの「〽三千世界の鳥を殺し、ぬしと朝寝がしてみたい……」の都々逸。幕末の志士、高杉晋作の作と伝えられている。但し、喜瀬川のセリフに「ぬし」が抜けているのは、もちろん、女郎の身の勤めのきびしさ、嘆きのためである。

らくだ

駱駝《らくだ》が両国に見世物として渡来したのは、文政四年（一八二一年）江戸中の評判になった。この時、はじめて見た人びとの感想は、図体が大きくて、のそのそして役に立たないという印象だったようで、人間でも、図体が大きく、のそのそした人物をらくだみてえな奴だ、と悪口を言った。

その〝らくだ〟を渾名《あだな》にした〝馬〟という男が長屋に住んでいた……。

「おゥ、らくだ、いるか、おい、いねえのか……おい。おゥ、寝てるのか？　しょうがねえなどうも、昼過ぎだというのに、表を締めて寝ていた日にゃアろくなことはねえぞ、昔から『果報は寝て待て』とよく言うが、寝ていて銭《ぜに》儲けをしたという例《ためし》はねえ。ほんとうにしょうのねえ野郎だ……はて、どうしやがったんだな。ここの家《うち》は締まりがあるんだかないんだかわからねえ、たいがい開くだろう……おやおや、ゆうべ酒を飲み過ぎたとみえて、あがり端《ばな》のところへひっくり返って寝ていやがる。よく風邪をひかねえな、陽気が悪いのに……おいおい、もう起きろ起きろ、おい……どうしたんだ、おい、おい、お……おや、冷たくなってやがる。どうも妙な面《つら》をしていると思ったら……あァ、鍋がかけてあるな。そういやァこの野郎、ゆうべ、湯の帰りに河豚《ふぐ》をぶらさげて歩いてやがった。『おい、時候ちげえにそんなものァ危ねえから、よしたほうがいいぜ』ったら、『冗談言うねえ、こんなもの中毒《あた》るもんじゃねえ。河豚のほうへおれが中毒《あて》てやろう』なんて言ってやがったが……とうとう野郎、くたばっちまった。弱ったな、悪いときに死にやがったなあ、ここンとこ、まるっきり銭はねえし……ふだん兄弟分といわれている仲で、まさか素《す》っ抛《ぼう》っておいて知らねえというわけにもいかねえ、どうにか差《さ》し担《にな》いでも葬《とむら》いの支度ぐれえしてやらなけりゃァなるめえ。この野郎銭のあった例《ためし》はなし、ほかに身内はなし、親類はなし、叩き売ろうという道具もろくになし、ほんとうにしょうがねえ。どうぶち殺しても死にそうもなかったやつが、こんなになろうとは思わなかったな。せめて早桶ぐらい買わなきゃなるめえが、それにしてもなんにもねえ家《うち》だなあ……」

「くずゥい、屑はござい、屑やい……」

「お、これァありがてえや、お誂えだ、屑屋が来やがった……おう、屑屋」

「へ？……あ、いけねえ。らくださんの家《うち》だ、ここは黙って通るつもりだったんだがなあ、つい口ぐせになってるから、うっかり声を出しちゃった。ここで呼ばれたときはろくなことはねえんだからなァどうも……」

「なにをぐずぐず言ってやんだ、こっちィ入れ」

「へえ……あ、こんちは。こちら、らくださんのお宅じゃないんですか？」

「らくだの家《うち》だけども、おめえ知ってるのか？」

「へえ、もう古いおなじみでございますが、馬さんはお留守で？」

「そこにいるよ」

「へえ……あァ、表が明かるくて、中が暗かったから見《め》えませんでしたが、よく寝てらっしゃいますなァ」

「ふん、違《ちげ》えねえや。生涯《しょうげえ》起きやしねえや、くたばったんだ」

「えエっ、あんな丈夫なかたが……？　まァ驚きましたな、それはどうもお気の毒さまでしたなァ、へェえ、ちっともそんなこととは知りませんで……あなたはお長屋のかたでもないようですが……」

「うん、この野郎はふだんおれのことを兄貴、兄貴って、おれのほうが年齢《とし》は二つ三つ下なんだが……ま、兄貴とか兄弟分とか言われてる手斧目《ちょうなめ》の半次ってんだ。久しぶりに来てみると、この有様《ありさま》だ。まさかここへ死骸を放り出しておくわけにもいかねえ、といっておれも銭はここんとこ とられてどうも百《ひゃく》もねえんだ。ま、おめえがそこへ通りかかったのはちょうど幸いだ。あるものはなんでもおめえに売るから、なるたけ踏ん張って買ってくれ、それで葬《とも》れえを出そうてんだ」

「あァ、折角でございますけれども……いただくものはないんでございます」

「だっておめえ、一軒の家だァな、なんかあるだろう」

「いえ、なんかったって、まるっきり駄目なんで……いえ、その火鉢はひびが入って、それァあの下の方で鉢巻をしておりますんで。土瓶はそれァ、口が欠けております、へえ。皿ももうみんなひびだらけで、ここにある品は残らずわたしのほうでも見限ったものばかりでございます」

「おやおや、屑屋に見放されるようじゃ、河豚にあたって死んじまうのも無理はねえや」

「へえ、河豚ですが、怖いもんですね。そうそう、いつだったか食わねえかと勧められて困ったことがありました。人が食うなというものだから、止したらいいでしょうと、そのときもあたし、言ったんですが、なあに人間一遍は死ぬもんだ、好きなもん食って死ねば本望だ、とこう言うんです。けれども、まァらくださんもお亡くなりになりまして、ほんとうにお気の毒でございます。……まことにこれは少しばかりでございますが、まだ商売に出たばかりで持ち合せがございませんから、ほんの心ばかりでございまして、どうかひとつ、これでお線香でもおあげなすって……」

「それは気の毒だなあ、おめえにそんな散財させようと思って、おれは呼び込んだわけじゃァねえ。まァいいや、仏《ほとけ》さまもよろこぶだろう、なァ、おめえと古いなじみであってみりゃァ、まァじゃァ貰っておこう。いくらでも欲しいと思うところだ、気の毒だが貰っておくぜ。その代り道具はみんな……」

「いえ、預からずに済むんならばどうか……」

「そうだろうな、見たところでこれが役に立とうと思うものは一つもねえんだから、じゃァおめえの好きにしねえ」

「えェそれでは……」

「おゥおゥ、おゥ、少し待ちねえ。おめえはなにか、この長屋のことはくわしいんだろう」

「へ？……へえへえ、さようでございます。まァここへなんとか商売で入りまして、七年ぐらいになるんでございます」

「そうか。おれァまァ、久しぶりに来て、長屋の者はまるで顔を知らねえし、様子もわからねえ。

いずれ月番が長屋にあるだろうが、今月の月番はどこだ？」

「あァ、今月の月番ならばあの、この路地の奥の、下駄の歯入屋さんが、たしか月番で……」

「おい、ちょっと待ちな、気が早えな、おめえだってつまりいい得意場《とくいば》だ、そこに不幸があって手伝ってるのに、鉄砲笊《ざる》と秤《はかり》をぶらさげて行くのはおかしいじゃねえか」

「へえ、あたくしが行くんで……？」

「そうよ。そこへ置いて行きねえ」

「へえ……いえ、これは始終担いでおりますし、軽いもんでございますから……」

「いいから出せッてんだ。こっちへ、出しなよ、その風呂敷も一緒に預っといてやるから……月番のとこィ行ったらな、らくだの死んだことを言って、どんな貧乏長屋でも祝儀、不祝儀の付き合いてえものがあるだろうから、香典《こうでん》はなるたけ早く集めて持ってくるように、なまじっか品物やなんかで寄越されちゃ困るから、現金《なま》がいい、とな」

「え？」

「いいじゃねえか。頼まれて行くんだ。なにもてめえのことじゃねえ。おめえは身内じゃァなし、親類じゃァなし、他人《ひと》のことというものは、言い難《にく》いことでも言えるもんだ」

「へえ、じゃァそのとおり申しましょう……へい、なんだなァ、つまらねえ使いを言いつかっちゃったなあ」

「エエこんちは……」

「だれだい？……よう、久さんかい、なんだい？」

「ェェこちらはたしかお月番でございますな」

「あぁ、そうだよ。屑屋さん、なんだい、今日は？」

「ェェ、このお長屋のらくださんが昨夜、お亡くなりになりました」

「え？　だれが、らくだが？　死んだのかい？　へえ、そうかい……死ぬ野郎じゃねえんだがな、どうも」

「なんでも河豚にやられたようで……」

「へえっ、そうかい……よかったねえ、いいい塩梅《あんばい》だ」

「へェえ、いい塩梅……ついては、いまその、らくださんの兄弟分てえかたが一人来ておりまして、ずいぶん怖い顔した男で……」

「それがどうした？」

「そのかたの言うには、月番のところへ行って、どんな貧乏長屋でも祝儀、不祝儀の付き合いてえものがあるだろうから、香典はなるたけ早く集めて持ってくるように、なまじっか品物やなんかで寄越されちゃ困るから、現金《なま》がいい、とこう申しておりました」

「冗談言っちゃいけないよ、おい。そりゃね、こんな長屋でも付き合いはあるよ。あるけれどもいままであいつは祝儀だろうが不祝儀だろうがいつでも出したことがねえ。はじめは知らねえから月番が取りに行くと、『そうか』と言ったきり出さない。二度目に取りに行くと『いずれやるよ』と言う、といって先方へ届けねえわけにいかねえから月番が立て替えておいて、三度目に行くと『うるせえ』ってんで殴られそうになるから、相手になるのもばかばかしいと思ってそれぎりにしてしまう。そういうことがたびたびなんで、いまじゃァ長屋じゅうあいつと付き合わねえようになってるんだ。それを自分のほうで死んだから香典を集めろというのァ無理だろう」

「なるほど、それは無理ですなあ、いかにもごもっともで。けれどもあの兄弟分てえ人がらくださんへしんにゅうをかけた怖い顔をしていますから、こいつを断わると、犬の糞で仇というやつで、また何かがあるといけませんから、無理でもございましょうが、どうかそこを……」

「あァ、そうかい。あんな野郎の兄弟分てんだから、ろくなやつじゃねえだろうから……あァ、いい、わかったわかった。らくだが死ねばまァよろこぶ人ばかりだ。長屋じゅうこのくらいめでたいことはないから、赤の飯《まま》を炊く代りとしていくらか出してくれと、わけを話したら些《ち》ったァ集まるだろう。おまえ帰ったらこう言ってくんねえ、『こういう貧乏長屋でございますから、ろくなことはできませんが、ほんとうにわずかではございますが、集めてすぐお届けをいたしますが、どうかひとつ勘弁をしていただきたい』と、こう言っておきゃァ少し持ってったってすまあ」

「どうもすいません。どうかお願いをいたします」

「えェ、行ってまいりました」

「ご苦労ご苦労、どうした？」

「エェこういう貧乏長屋で、ろくなことはできませんが、ほんのわずかではございますが集めてすぐ届けるとこう申しました」

「そうか、こっちだってただ貰うわけじゃァねえ、長屋の付き合いならあたりめえだ……あァ、ご苦労だった」

「じゃァひとつ、そのゥ、笊をこちらへ……」

「まァまァ、いいやな。もう一軒頼まれてくれ」

「勘弁してください。今日はまるっきり、まだ商売もしていないんでございますから……一日休むと、六十八になるおふくろと、かかァと十三を頭《かしら》に四人子供がありまして、店賃共に八人暮しなんで、釜の蓋《ふた》があかないというわけで、どうかお暇をいただきます」

「そんなことを言うな、いわば得意に不幸があれば出入りの商人《あきんど》が来て働くぐれえのことはしかたがねえ。家主《おおや》のところへひとつ行ってくれ」

「あ、家主さんならばあの、この路地の出口ンとこが裏なんで……へえ、じゃァ行ってきます」

「おい、ただ行くんじゃァねえや、まァらくだの死んだことを言うのァ決まってるが、おめえが言うんじゃねえから遠慮するな、おれが言うんだから……今夜お通夜の真似事をいたしますが、家主さんはお忙《せわ》しいなかをおいでには及びません。ついては長屋のかたがおいでになるでしょうから、まるっきりからッ茶で帰《けえ》すわけにもいかねえから、酒を三升ばかり、あんまり悪《わり》い酒はいけませんから、なるたけ吟味をして上等《いい》のを、うん。煮〆《にしめ》はなんだな、はんぺん、こんにゃくと芋ぐれえでいいだろう、だしをきかして、こういう陽気だから塩を少し辛めに煮て、大きい丼か大皿に入れて二杯ばかりありゃいいや。飯を二升ばかり炊いて、なるったけ早く届けるように、とこう言ってな」

「へえ、そりゃだめです」

「なんだ、駄目てえのは？」

「そんなこと言ったってとてもくれません」

「くれませんてなにも……おめえが家主の肩ァ持つことはねえ」

「いえ、肩を持つわけではないんですけども……そりゃァよこしませんな」

「よこさねえって、おめえが決めることァねえじゃァねえか。どうしてだ？」

「ここの家主てえのはもうこの近辺《きんぺん》で名代のしみったれなんで」

「そんなにしみったれなのか」

「ええ。それァもう、たいしたもんで、とてもそんなこと言ったってくれっこはないんでございます」

「じゃ、もしも向うで、寄越すの、寄越さねえのと抜かしやがったら、こう言え。おれが言ったとおりに言えよ」

「へえ」

「かねてご承知でもございましょうが、身内も親類もなにもない、じつに死骸のやり場に困っております。そうそうは面倒見きれませんから、家主といえば親も同然、店子といえば子も同様という、昔から譬《たとえ》があるから、らくだの死骸をこちらへ背負ってくるから、どうかいいように処置をつけてくれろ、背負ってくるついでだから、死人《しびと》に〝かんかんのう〟を踊らせる、とこう言ってやれ」

「へえ、じゃァ行ってまいります……大変なことになるもんだな。今日、出がけに末の娘がまつわりついて離れなかったが、何か虫が知らせたんだな。鉄砲笊をあすこへ召しあげられなければ、逃げてしまうとこだが、商売道具を取り上げられてしまったからしょうがねえ。また向うじゃァそれへ気がついたから取り上げたんだ。なにしろ、えらいところで出っ会《く》わしちまった……」

「エェ家主《おおや》さん、こんにちは」

「おゥ屑屋さんかえ。なんだね。大変にぴょこぴょこお辞儀をして入って来たが、いくら商売熱心だっておめえ、そうたびたび来たってありゃしねえやな。おととい持ってったばかりじゃねえか」

「へえ、今日はほかのことでまいりましたんで……」

「なんだい、商売替えかい？ よしな、よしなよ。慣れもしねえことをやっておまえ、損をするぐれえが関の山だぜ。なにになったんだ、今度ァ？」

「いえ、商売で伺ったんじゃないんでございます……じつは、お長屋の馬さんが昨夜、死んだんでございます」

「え？ らくだか？ たしかに死んだのかえ？」

「へえ、河豚を食べてそれにあたってなんでございます」

「ふーん、えらい河豚だ、よくやった。はははは、いい気味だ。そりゃまァ、なににしてもめでたいこったあ。あァ、知らせてくれたのか。いやァどうも、ありがとう」

「それで、あの、いまらくださんの兄弟分だってえ人が見えておりまして……」

「ああ、そうか。ああいうずぼらな奴のことだ、定めし家賃の滞《とどこお》りもあろうから、その方《かた》が肩代わりしようと、こういうわけか」

「それがそうじゃないんでどうも、わたくしはまことに困ります」

「なにが困る？」

「その、今夜お通夜の真似事をいたしますが、お忙しいなかでございますから、おいでには及びません、とこう申します」

「だれが行くやつがあるものか。なんでも勝手にするがいいや。くだらねえことを言ってやがる。そんな心配には及ばねえって、そう言ってくんな」

「それで、長屋のかたはおいでになるでしょうから、まさかからっ茶で帰すわけにもいかないからお酒を三升ばかり、悪いのはいけないからなるべくいいのを届けていただくように、それから煮〆は、はんぺんにこんにゃくに芋ぐらいを、だしをきかせて、こういう陽気だから少ォし辛目に煮て、大きな丼か大皿へ二杯もあれば、それで足りるだろうから、お飯《まんま》を二升ばかり別に炊いて、なるたけ早く届けてくださるようにという……へえ、それだけなんで、じゃよろしく、どうぞ」

「おいおいおい、待ちな待ちな。……だれがそんなことを言うんだ」

「それだからわたくしが言うんじゃァないんで、その兄弟分とかいう人が威張ってそう言ってるんで、どうも困ったものでございます」

「うむ、おれがそう言ったとよく言ってくれ。熱を吐くな、ひとを甘く見やがって、なにを言ってやがる。あの馬の野郎、この長屋へ越して来てから、二十何カ月というもの店賃を一つも入れねえでしょうがねえんだ。しっかりした請《う》け人《にん》はなし……もっともぶっ壊れた長屋じゃァあるけれども……催促に行けば『今ねえ』とこう言やがる。幾度行ったって駄目なんだ。此間《こないだ》なんぞは薪《まき》を振り上げて脅《おど》かしやがる。おれァ、驚いたよ。あの図体で、やられたらいちころだよ。ほんとうにやりかねねえやつだから、おらァ夢中で、表へぱァーと逃げ出しちまった。おかげでおまえ、買い立ての下駄ァおいて来ちまった。おっかねえから取りに行くわけにいかねえ。その翌る日だ、その下駄履いて鼻唄ァうたいながらおれの家のまえをすまして通りやがる。手がつけられねえ。店立《たなだ》てを食わせようと思って、人を以《も》って掛け合いにやれば、引っ越し料をふっかけやがる……死んでしまえばそれが厄介のがれ、二十いくつという店賃、それを残らず棒ッ引きにして、香典代わりにやるとして、その上、煮〆を持ってこいの、酒のいいのをよこせの、あんまり寝ぼけたことを言うなって、その兄弟分によくそう言ってやんな」

「えェ、そりゃそうなんでございます。とても、そんなこと言ったって寄越す家主さんじゃないから、それでなくたっても名代のしみっ……」

「なに?」

「いいえ、あの、なんです、そりゃ……家主さんは、えェ……し、しみじみ、しみじみいいかただけども、とてもくださるわけはないって、そう言ったんです」

「で、どうしたんだ」

「そうしたら、もしそう言って、寄越すの寄越さねのと抜かしやがったら……」

「なんだ、抜かしやがったらとは、家主に向って抜かしやがったらたァ……」

「いいえ、あの、あたくしが言うンでなくて、らくださんの兄弟分のかたが……もし寄越すの、寄越さないのと、えェ、おっしゃったら……かねてご承知でもございましょうが、身内も親類もなにもない。じつに死骸のやり場に困っております。そうそうは面倒見きれませんから、家主といえば親も同然、店子といえば子も同様という、昔からの譬があるから、らくだの死骸をこちらへ背負ってくるから、どうかいいように処置をつけてくれろ、背負ってくるついでだから、死人に〝かんかんのう〟を踊らせる、とこう言うんです」

「なにを言ってやがんだ。帰《けえ》ってそう言ってやってくれ、え？　齢《とし》はとりてえもんだってなあ、おれだってな、この近辺じゃ少ゥしゃ他人《ひと》に嫌《いや》がられている家主だ。そんな脅かしで、ヘッ、おれがへこむと思ってやがんのか。おれもばあさんもな、今日は幸い公事《くじ》も休みで退屈していると ころだ。この年になるまで、死人の〝かんかんのう〟を踊るのは見たことがねえ、ぜひ見てえもんだ。連れて来て、踊らしてもらいてえものだって、よろこんでたと、そ言えっ」

「ヘッ。さようなら……なんだなあ、あっちへ行きゃがみがみ言われ、こっちへ行きゃ脅かされるんで、もうやり切れたもんじゃねえ……」

「えェ、行ってまいりました」

「どうした、ぼんやりしてやがる。使《つけ》えに行ったら、さっさとしろよ。なんと言った？」

「あなた、家でねえ、がみがみ言ってますが、向うへ行ったものの身にもなってくださいよ」

「どうしたんだ、一体《いってえ》」

「どうしたって、駄目なんです。寄越さねえんです」

「なに？」

「駄目だというんです」

「どうして？」

「へえ、向うで言うのも無理はないんで……つまり死んだ人を悪く言っては済みませんが、らくださんも悪いんです」

「どうした？」

「へえ。らくださんはここの長屋へ越して来て店賃なんてえものは一つも払ったことがないそうで、二十いくつとか溜まってるんだそうです。死んだからそれを棒っ引きにして香典代わりにやるとして、その上、煮〆だの、酒だの、寝ぼけたことを言うな、とこう言います」

「死骸を担ぎ込むと言ったか」

「それも言いましたところが、そんな脅しにへこむと思うか。この近辺じゃ他人《ひと》に嫌《いや》がられてい る家主だ、甘く見るなっていろんなことを言いました。この年になるまで死人の〝かんかんのう〟を踊るのを見たことがねえって、今朝から退屈しているところだから、連れて来て踊らして見せてくれって、よろこんだとそう言えと、どうもおそろしい見幕でございますから、わたくしは驚いて、さよならと帰って来ましたが、どうもなかなか強《きつ》い家主さんで少しも驚きません」

「それじゃァなにか、驚かねえで、死人に〝かんかんのう〟を踊らしてもらいてえとこう言うんだな？」

「へえ、さようで、かんかんになって怒りながら〝かんかんのう〟を見たいと……」

「うむ、そいつは面白《おもしれ》え……そっちを向きねえ」

「へえ」

「そっちを向きねえよ」

「そっちって……なんか、背中についてんですか？」

「こっちを向くな、そっちを向いてろ。こっちを向くと張り倒すぞ。いいか（らくだの死骸を抱き上げて、屑屋の背中へ）いいか、おい、背負《しょ》うんだ」

「え？（肩へ重みがかかり、背中を振り向き）あァッ、いやだね、冷《つべ》たい、勘弁してくださいよ、あなた……いやあ……血ィ吐いて、（泣き声で）食いつきゃしませんか」

「なに言ってやんだ、死んだものが食いつくかい。……ぐずぐず言うな、さァ先へ立て、立つんだ」

「わァどうも驚きましたな。なんだかどうも背中が変な心持ちで……」

「さあさあ、これを背負《しょ》って、さっさと歩け。歩くんだ。死人を背負って来て踊らしてくれと言うなら、望みどおりに踊らしてやろうじゃねえか……」

「さあ、どこなんだ。家主の家は？……ここか？　よし……待ってろ。いいか。いま開けるから、中へ入《へえ》って、竈《へっつい》の傍《わき》ンところへ死人を立てかけとけ。大丈夫だ。大丈夫だ。突っぱってるから倒れやしねえ。いいか、おれが死人を踊らせるから、おめえ、この仕切りの障子をがらっと開けて、その途端に、手拍手を打ってかんかんのうを唄えっ、いいかっ」

「そんなもの唄えやしませんよ」

「唄えねえやつがあるものか、子供だってやるじゃァねえか、さァ唄わねえと蹴殺《けころ》すぞ」

「唄いますよ、唄いますよ……唄えばいいんでしょ」

「さあ、唄え、唄うんだ。それっ、がらっと開けるぞ……唄うんだ」

「〽かんかんのう、きゅうのです……」

「……やっ、ばあさん、大変だァ、ほんとうに死骸を背負ってきたァ……おい、ばあさん、逃げるんならおれも一緒に逃げらァ……不実なことをしなさんな……待ちなよ」

「〽かんかんのうォ……」

「屑屋、唄うな、どうも……わ、わ、わ、わかった。もうたくさんだ、どうか勘弁してくれ、悪かった。いま、すぐ、酒も煮〆もお届けをします。どうぞ、お、お引き取りを願います……」

「……死骸というものは、ずいぶんゴツゴツしたものでございますなァ……」

「ああ、そこへ放り出しておけ……どうだ、一言も口を利かず帰ってくる、今に酒肴がちゃんと届こうてえ寸法だ」

「へえ、たいしたもので……じゃすいませんが、その、鉄砲笊を……」

「もう一軒、行ってこい」

「もうこのくらいでたいがいにしておくんなさいな。もうあたしゃねえ、今朝からまるっきり、まだ商売をしてないんですから、家賃共に八人暮し、六十八になるおふくろと、かかァと十三を頭に四人子供があって、あしたの釜の蓋があかないんですから……」

「いやなことを言うない。どうせいままでつきあったんじゃァねえか。表の八百屋へ行ってな、菜漬の四斗樽《しとだる》の古いのがあったら一本、もらってこい」

「どうするんで？」

「どうするって、らくだの死骸を入れるんだ」

「そらだめですよ。そんなことを言ったたって、向うは商売物《もん》ですからくれやしませんよ」

「もしくれねえと言ったら……」

「〝かんかんのう〟ですか？」

「〝かんかんのう〟じゃァねえ、貸しておくんなさい、あいたらすぐお返し申しますと言え」

「へい。いやだなァ……逃げようと思ったって、どうも鉄砲笊と秤を押えられちゃってんだから逃げることが出来ねえんだ。弱っちゃったなァ、どうも……」

「八百屋の親方ァ、こんちは」

「おゥ、なんだい、屑屋さんじゃねえか」

「へえ」

「なんだい？」

「あのう、ちょっとお知らせがあって伺ったんですが、じつは、長屋のらくださんが亡くなったんでございます」

「えっ、死んだ？　らくだがかい？　へえー、そうかい。まあ、よく死んだねえ。どうして死んだんだい？　河豚で？　河豚（すぐ）死んだ？　大丈夫かい？　あいつのこったから、生き返りゃあしねえかい？　頭をよく潰しとかなくっちゃあいけねえぜ」

「ええ、家主さんもよろこんでおりました」

「そうだろう。みんなよろこぶだろう。そりゃめでてえ。なにしろありがてえことだ。それをおめえがわざわざ知らせに来てくれたのかい？」

「いいえ、そういうわけじゃァないんですが、あの、その兄弟分てえ人が来ていて、らくださんの葬《とむら》いを出してやりたいとこう言いますんで……で、まことに恐れ入りますが、四斗樽のあいたのがあったら、一本頂きたいと、こう言ってるんですが……」

「四斗樽なんかどうするんだ？」

「早桶代わりに……」

「冗談言っちゃいけないよ。駄目だ、駄目だよ、ないよ。いえ、あったってね、やれないよ。あのらくだのやつと来た日にゃね、ほんとうにまあ、面憎《つらにく》いったってね、店へ立ちゃアがってね、見回してちょいとつまんでね、持ち上げてやんの。『おう、こりゃいいや』って言いやがる……そのまんま、すうっと持ってっちゃう。あとから追っかけてって、『お金を』ってえと、いきなりぽかっと殴りやがる。店《うち》の品物だって、あん畜生にどのくれえ持ってかれたか知れやしねえ。あァ、なに一つ、あんな野郎にやるもんかね。駄目だよ」

「そうですか……じゃあ、少しの間、貸してくださるだけでもよろしいんですが……」

「どうするんだい？」

「へえ、あいたら、またお返しをいたしますから……」

「ふざけちゃいけないよ。そんなものを返されてどうなるんだ。だめだよ。やれないよ」

「どうしても駄目ですか？　そうすると、死人《しびと》を連れて来て、〝かんかんのう〟を踊らせると、こう言いますんで……」

「なんだと？　死人に〝かんかんのう〟を踊らせるだと？　ふん、おもしれえや。やってもらおうじゃねえか。死人が〝かんかんのう〟を踊るなんてえなあおもしれえじゃねえか」

「おもしろかァありませんよ。こうお座敷がふえたんじゃあ、とてもたまらない」

「なんだいお座敷って……？」

「いま、家主さんとこでやって来たばかりなんで……」

「えっ、冗談じゃねえのかい？　ほんとうにやったのかい？」

「ええ、家主さんところへ、お通夜の酒、煮〆をくれと言ってったところが断わられたんで、死人をあたしが背負《しょ》わされて、行って踊らして来たとこなんです」

「おいおい、ほんとにやったのかい？　お、家主《おおや》さんとこで……」

「あの強情な家主さんが真っ青になって、酒と煮〆をすぐ届けるから、勘弁してくれって……もし、おもしろいなんて言おうもんなら、死人をここへ担ぎ込まれますよ」

「それは大変だ。どうもしょうがねえなあ……じゃ、あすこに三本ばかりあるから中でいいのを選《よ》って持って行きねえ。少しがたがくるかも知れねえが、水を張っとくてえと止まるから……」

「さようですか。それでは頂いて行きます……それから親方、ついでに物置にある天秤と荒縄を少しください」

「ああ、いいよ。いるだけ持ってくがいいや。やるよやるよ。返さなくってもいいから持ってきな」

「どうもいろいろ、ありがとう存じます」


「やァご苦労ご苦労、寄越したか？」

「へい。あのう、はじめはなかなかくれなかったんでございますが、もういよいよしょうがないから奥の手を出して、〝かんかんのう〟で脅かしたら、向うでも肝《きも》を潰して、くれました。それから、ついでに天秤と荒縄をもらって来ました」

「それは気がきいてるな、さすが江戸っ子だ。この樽へ死骸を納めて縄を十文字に掛けりゃァ本物だ。しかしまあ、おめえの骨折りのおかげで、おめえが八百屋へ行ったあとでなァ、月番の爺いてえのが来やがった、うん。あの、横の鬢《びん》のところが禿《は》げてる爺ィ……ぴょこぴょこ、ぴょこぴょこ、お辞儀ばかりしてやがってな。『こういう貧乏長屋で、まことにお恥かしい』なんて言って香典を現金《なま》で持ってきてくれた。まあ、貰うもんだから、多い少ねえは言えねえ。うん、爺ィが帰ったあとィ入れ違いにな、家主のかかァが入って来やがった。『先ほどはとんだ失礼をいたしました。お口に合いますまいが、どうかまァひとつ、召し上がっていただきたい……』と言いやがってな、酒と煮〆を、おめえ、ふふふ、持ってきやがった。どんな酒ェ持ってきたんだか、もし悪いもんなら叩き返してやろうと思ってな、婆ァ待たして、燗をして飲んでみると、たいしてよくもねえが、まあこのくらいなら勘弁してやらァ。煮〆もあのとおり丼へいっぱい持ってきた。おめえの骨折りがあらわれて、ま、これで通夜のかたちもついたってわけだ。仏《ほとけ》もさぞよろこぶだろう」

「いえ、とんでもないことでございます。へえ、恐れ入りますが、わたくしはこれでお暇をいただきます……あの、鉄砲笊を……」

「まあまあ、まあ待ちねえ。おめえもこれから商売にかかるんだろう？」

「へえ」

「酒があるんだから一杯《いっぺえ》飲んで、それから行きねえ。え？　そうしなよ」

「いえもう、なんでございます。結構でございますから……」

「なんの商売だって縁起というものがある。死人を背負《しょ》ったりなんかしたんだから、身体《からだ》を清めるために、大きなもので一杯やっていきねえ」

「へえ、ありがとうございますが、またのちほど出直して……」

「出直すもなにもねえ、このままおめえを帰《けえ》しちゃァおらァ心持ちが悪いや。気は心だ、ちょっと一杯ぐらいいいじゃァねえか。なにもたんと飲めというんじゃァねえ、ぐうッと一杯、呷《あお》っていきねえ。縁起だ、清めるんだな、飲めねえ口じゃあるめえ」

「へえ、飲むとつい商売もおろそかになりますもんで、出先では飲まないとこう決めたようなわけで……。その代わり家では一合の酒をチビリチビリと子供たちの顔を見ながら飲《や》るのが、わたくしの楽しみで……。そいつを脇で、苦労をかけたおふくろや女房が目をほそめて……」

「おいおい、そんな世帯じみたことを言うない。どだい酔うほど飲ませようとは言わねえ、ひとつ飲んで体を清めて、それからずっと稼業に歩きゃァいいじゃァねえか」

「それがわたくしは出先で飲むとすぐ酔うんで困ります」

「酔ったら酔ったでいいじゃねえか、好きな者が酒に酔ったって、体にさわるということもなかろう。おめえがぐっと飲んでくれなきゃ、おれだって心持ちが悪いやな。それともおれと二人で飲むのがいやだってのか、この野郎っ」

「怒っちゃァ困ります。それはわたくしは、頂くのァ結構ですが、なにしろ年寄りが心配するもんでございますからな、へえ、どうも困りましたな、それじゃァひとつ、へえどうもお酌《しゃく》を願っては済みません。おっとっと、どうもこんな大きな器《もの》に……いっぱい……へい、いただきます。どうもこれはなかなかいい酒でございますな」

「なんでえおめえ、弱いったって、飲みっぷりがいいじゃねえか、キューッと飲《い》ったじゃねえか、え？　酒をおめえ、嫌《きれ》えじゃねえんだろ？」

「え？……へへ、ほんとうは好きなんで」

「そうだろう。それなら飲んだらいいじゃねえか」

「いいえ、酒は好きなんでございますけども、あたくしも酒ゆえにこんな商売におちぶれてしまいまして……もとは、まァなんとか人間らしい暮らしもしておりましたんですが、もう酒ではたびたび失敗《しくじり》まして……ですから、こんな弱い稼業をしているんでございますから……どうぞこれでお暇《いとま》をさせていただきます……その笊を返していただきたいんで……」

「おいおい、飯《めし》だって一膳飯《めし》というのァねえや。これでお暇なんて、まあ急ぎなさんな、まだ遅かねえ。一杯《いっぺえ》きりというのァ心持ちが悪いや、もう一杯快く飲んでいきねえ……飲みねえよ。飲まねえか」

「怒っちゃいけません、親方……じゃァもう一杯でどうか勘弁してください。わたくしはこんな大きな器《もん》でたんとは飲《い》かねえんですから……おっとっと、ございますございます、（と飲む）へえどうも、空《す》き腹《ばら》へぐうッとしみて、ひどくききました。今日はまだこれで荷《に》がないんで、いつもここらへかかる時分には、荷が重くなるほどでもございませんが、ずいぶんこれで腹がへります……いえもう煮〆はいただいたも同様で、これはまたお長屋のかたでもおいでのときに、なんでございますから、いえ、もうわたくしはお酒だけいただけばたくさんでございます。どうかこれでごめんこうむります」

「おい、待ちなってことよ、おれも飲んでるじゃァねえか。酒飲みてえやつは、そうわくわくして飲むもんじゃァねえ、折角旨《うめ》え酒がまずくなってしまう。もう一杯飲んでけよ。駆けつけ三杯てえことがあらァ。もう一杯……おれの酒じゃァ飲めねえってのかァよゥ、おれがこんなに頼んでいるんだ……やさしく言ってるうちに飲みねえよ、え？　おい」

「怒っちゃァいけません、親方……じゃァどうかもうこれで……どうかもうこれっきり、どうかご勘弁を……年寄りが心配しますから、一日休むと家内じゅう顎《あご》が干《ひ》るんで（と飲む）……」

「またはじめやがった、家賃共に八人暮してんだろ、おぼえちまったぜ……それにしてもおめえ、水ゥ飲んでるようだなあ、味のねえ飲みかたァするじゃねえか、息もつかねえでキュウキュウ、キュウキュウ流し込んで……おい、もう一杯《いっぺえ》飲みねえ。な？　よう、おれも決して無理を言わねえ。実はなあ、さっき来た月番に、長屋の連中には通夜に来るには及ばねえ、とそう言ってくれって断わっちまったんだ。いいじゃねえか。もう一杯だけキュウとひっかけていきねえ。あとは、ほんとうにすすめねえから、もう一杯だけつきあいねえ」

「ですけどねえ、もう、こんな大きな器《もん》で三杯もいただいたんで、ほんとうに駄目なんでございますから……」

「だからよう、くどいこたあ言わねえから、もう一杯だけつきあいねえ。なにもたんと飲めと言やしねえ。飲めねえのか、おう」

「もう勘弁してくださいまし……これ以上飲みますと、あたくしが商売《あきない》……」

「わかっているよう……なんだ、泣きごとばかり言ってねえで、飲みゃァいいんだっ」

「へえ……怒っちゃいけませんよ、親方、じゃあ、もう一杯だけ……へえ、ああ……おっとっとっと……こりゃどうも……ほんとうにあたしはねえ、こんなにいただいたことはないんですから（と飲む）……ああ、いい酒だ。どうもすっかりいい心持ちになっちまった。どうも親方は、すすめ上手だもんだから、つい酒がすすんじまって……へへへ、これだけのいい酒を、あたくしは近ごろ飲んだことがない……それを親方は、たいしてよくもねえ、なんて、酒の味が本当にわかっちゃいない……いえ、なに、こんなものをくれるような家主じゃないんですからねえ。さっきはよっぽど驚いたんですね。あの強情な家主が顔の色を変えて、『わ、わ、わかった。どうか勘弁してくれ、すぐ、酒も煮〆も届ける』って、そのときの顔ってもんは……へへへへ、ははァハハハ……よっぽど〝かんかんのう〟が堪《こた》えたとみえて、ははァハハハ……しかし親方ァね、どうも失礼ながらえらいかただ。あたくしァね、ほんとうにね、えらいと思う……いやいや、そんな、お世辞なんざあたくしは言える人間じゃないんです、へえ。他人《ひと》の世話をしてやるなんてえことは、なかなかこりゃ出来ることじゃありませんからね。ええ、（と飲む）あってもなかなか出来ないが、それを親方なんざあ、まるっきりなくってやろうてんですからね。なかなかできる仕事じゃない。けれども他人《ひと》の世話はしたいねえ。わっちゃこれで貧乏はしているけども、他人《ひと》のことというと、からきし夢中だ。銭もないくせに、おせっかいをやきましてね。なんかやるてえと母親《おふくろ》に叱言《こごと》をいわれ、『なんだおまえは、自分の頭の蠅《はえ》も追えないくせに、他人《ひと》の世話どこじゃない』なんてね、ヘッへへ……怒られますけども、やっぱり持ったが病《やまい》、性分てえのはしょうがないんでねえ、（と、飲む）ついね、こっちも見兼《みかね》るとちょいと手を出してやりたくなるんで……しかし、この仏様もずいぶんあたくしは手古摺《てこず》りましたよ、ええ。ここへ来るともうなんでも『買え買え』って……これは駄目ですったって、もう聞かないすからね、ええ。もうこのまえも、通るてえと、『屑屋』ってえから、『へい』『こっちィ入《へえ》れ』『へい、なんです』ったら、『おめえ、狸の皮一枚、買わねえか』って、こう言うんです。『ええ、そらまァ、買ってもようがすけれども……』『じゃ、買ってくれ』とこう言う。『いくらだ』『いくらだったって、品物を見てから値をつけるんですから、まず出して見せていただきたい』『まあまあ、ごく悪い狸の皮として、いくらだ』……いくら悪いったって、狸の皮ですからね、一枚ならば一貫より下じゃ買わねえ、とそう言ったんで……そしたら『よし、売った』って、『じゃ、品物を出してください』ったら、『いま見せるから、五百、手付金《てつけ》をよこせ』ってこう言うんです。だからねえ、どうも変だと思ったんで……考えてみりゃね、一貫で狸の皮一枚買えりゃこっちも儲かると思って……やっぱりいくらかね、へへへ、色気を出して（と、飲む）……まァいいや、どうせ五百、捨てたと思やァ済むんだから……男は度胸だと思ってね、それから五百出したんです。そうしたらその銭、ひったくるようにして表へ飛び出したからね、こりゃやられたなと思ったねあっしゃァ。するとしばらく経《た》つてえと竹の皮包みとね、酒を……え？　あ、そうすか、そっちの大きいのでおくんなさい……おっとっと、もういい、こぼれるよ、もったいない……酒を持って帰って来てね、（と、飲む）それで、『やっとこさと酒にありついた。ありがてえ、ありがてえ』ってね、飲んでやがんのさ。それからこっちも、冗談じゃねぇてンだ。『親方ね、さっきから待ってるんだから、おい、いつまでもこんなことして待っちゃいられねえ。品物を早く出してくださいよ』ったら、『ま、そう急《せ》くなよ。いま出すから、ちいっと待ちねえ』と、畳を上げてね、根太をはがして『この下に入《へえ》ってるんだ、持ってけ』と、こう言いやがんの。……どうも変だと思ったんだけどもね、こっちももう、五百渡しちゃったんだから、ま、どんな品物でも持ってかなきゃ損だと思ったからね、そこからこう首をのばして、傍へ行って覗いているところをぽーんッと、うしろから腰を突きゃァがった……おらァ、縁の下にもろに落っこっちゃった。そしたら、その上へぱッと、畳をのっけてね、胡坐《あぐら》ァかいちまった……それからね、おらァそう言った、冗談じゃねえってんだ、『おい、ばかなことしちゃいけねえ。その、狸の皮てえの、早く出してくれ』ってそう言った……そしたら、『おめえの前《めえ》にある』って……で『そんなもん、ねえ』『ねえことァねえ、よく見ろ』『よく見たってなにもねえ』ってそう言ったんで……。『いや、たしかにある。この長屋に年古く棲《す》んでいる狸がおめえのいる二、三間先に穴があってそン中にいるから、そいつを穴から出してとッつかめえて持って行くんだ』と、こうきやがるからね（と、飲む）……そいからおれが、『生きてちゃいやだ。狸の皮だってえからね、こっちは買うってそう言ったんだ。おれァね、生きてんならいやだ、じゃ、もういいから、早くここから出してくれ』って言ったらね、『こういうのを〝捕らぬ狸の皮算用〟てんだ、おめえを出すには、後金《あとがね》もう五百、よこせ』ってこう言いやがんの……え？　とうとうおまえさん、一貫ふいにしちまった……ばかにしてやがらあ、ほんとうにどうも……ほんと、こんなね、世の中に太《ふて》え野郎てえのはありゃしねえや。ほんとにひでえ野郎だぜ、（ぐいぐいと飲む）どうも……おう、酒がねえやな、注いでくれ……おう、注いでくれ、おい（と酔い崩れる）」

「うゥむ、大変になんじゃァねえか……まァこのくれえのところでひとつ、まァおめでたく納めということにしなけりゃァ、なあ、もう、それでいいだろう？　笊と秤を渡すから、商《あきね》えに行きねえ」

「冗談言っちゃァいけねえ。商えに行こうと、行くめえと、そんなこたァ大きなお世話だ。さあ、注いでくれってんだよ」

「おめえ、飲んでちゃいけねえんだろ？　一日商売を休むと、家《うち》には、六十八の母親《おふくろ》とかかァと十三を頭に四人の子供がいるんだろ？　明日、釜の蓋があかねえことになるといけねえじゃねえか。まあ、いいかげんに切り上げて、出かけなよ。さあ」

「なんだと？　明日、釜の蓋があかねえだと？　なに言ってやんでえ。ふざけたことを抜かすねえ。そう見縊《みくび》ってもらいたくねえや。そりゃあ、おらァ貧乏してるよ。貧乏はしているが、おう、は、はばかりながらなァ、おう、人間てえものは、雨降り風間《かざま》、病みわずらいてんだ。そのたびに釜の蓋があかねえようなことがあったらどうするんでえ。屑屋の久六《きゅうろく》てえば、どこの立て場へ行ったたって少しは名前《なめえ》が売れてる男なんだ。一日や二日休んだって、母親《おふくろ》や女房子供を飢え死にさせるような真似をする気づけえがあるもんか。ばかにすんねえ。注いでくれ注いでくれ……注がねえかい」

「……な、なにもおめえ、そんなに怒ることはねえじゃねえか、おめえがさっきそう言ったからおれ、そう言っただけじゃねえか」

「注いでくれ」

「じゃまァ一杯ぐらい」

「なにを言ってやんでえ。けちけちすんねえ。てめえの酒じゃねえじゃねえか、おれが死人を背《し》負《よ》ってって、〝かんかんのう〟を踊らしたから家主が寄越したんじゃねえか。酒ェなくなったら、酒屋へ行きゃあ売るほどあるんだ。なんだ？　銭がねえ？　香典があるじゃねえか。それを持ってって買ってくりゃあ生き仏様はご満悦だ。ぐずぐず言うない。このしみったれ野郎。注げよ。注げってんだから、注いだらいいじゃあねえか。おう、やさしく言ってるうちに注ぎなよ。おいっ」

「なにもそう怒らなくったっていいじゃねえか。注ぐよ、注ぐよ。注げばいいんだろ？　なんでえ、まるで、あべこべじゃあねえか。おい……注ぐけどね、そんなにやっていいのかい？」

「いいもくそもあるもんか。さあ、さっさと注げ。この野郎、なんてどじなんだ。てめえは……

こうなりゃあ、おらァ、もう帰らねえよ。このまんま、はいさようならで表《そと》へ出たところが、商売が手につく筈がねえじゃあねえか……うーん、旨《うめ》え、酒はいいね……なあ、こうやって死骸をここへ置いていくのァ心持ちが悪《わり》いじゃねえか。ちゃんと納めるものは納めて、せめて花の一本や線香の一つぐらい上げて、することだけはしようじゃねえか」

「うーん、じつは、おれもこんなことは慣れねえんで、どうやって始末をつけたらいいんだかわからねえで弱ってたんだ」

「ちえっ、だらしのねえ野郎だなあ。これっぱかしのことで、大の男が弱ったもねえもんじゃねえか」

「じゃ片腕貸してくれるか？」

「冗談言いなさんな、片腕もなにもねえじゃァねえか。おめえが頼むてえなら、手伝ってやってもいいぜ。どうするい？ おい」

「いやあ、手伝ってくれるかい？ え？ なあ、そりゃすまねえ。じゃあ、ひとつ頼むわ、兄ィ」

「ははァハハ、頼むってやがったな、この野郎……ははハハハ……よし、てめえに頼まれりゃ、おれも男だ。よし、こんなことわけねえや。一杯機嫌でやっつけよう……生ぬるい湯はねえか？ ねえ？ そうだろうな、じゃァ水でもいいや、湯灌《ゆかん》の代りに体を拭いてやって、髪の毛が大変伸びてるな。どうもこの野郎、極楽へ行ける仏《ほとけ》さまじゃァねえ、地獄堕ちだろうけれども、せめて頭だけ、ぐりぐりと丸めてやろうじゃァねえか」

「それがいけねえんだ、なけなしの銭で髪結いを呼んで来たって安くはやってくれめえ」

「冗談言っちゃァいかねえ、いまどきそんなことを言うやつがあるものか。おらァ家《うち》のがきなんざぁ、みんな自分で剃《す》ってやるんだ。こんなこたァわけなしだ。こん畜生、おれがぐるぐるっと、ちょっと坊主にしてやらあ」

「やっちまうたって、庖丁さえ満足なのがねえくれえだ、剃刀《かみそり》もなにもあるものか」

「それァ家《うち》にはねえ。ここの家にねえたって長屋にあらァ。路地の二軒目の家《うち》に女が二人いる。そこへ行きゃァ一挺や二挺あるにちげえねえから一挺貸してくれって、借りてこい」

「なに？」

「なにじゃねえ、ぼやぼやするない。借りてこいてんだ、剃刀を」

「だっておめえ、おれ……な、なんて言えばいい」

「なに？　子供みてえなこと言って、なんて言えばいいって……らくだンとっから来ましたっていえばいいじゃねえか、らくだの頭ァ剃るんだから、すいませんがちょいと剃刀を貸してくれって、そう言やいいやな」

「……だけども、おらァ、顔もなにも知らねえんだな、貸すかなァ、向うで……」

「なァにを言ってやがる。へへへへ、貸すも貸さねえもあるかい。ぐずぐず言ったらな、死人《しびと》を背負《しょ》って来て〝かんかんのう〟踊らせるって、そう言え」

「なんだ、あべこべだな」

「ぐずぐず言わねえで早くしねえ。おれはその間、体を拭いてやってるから……」

手斧目の半次は、煙に巻かれて家を飛び出して、長屋で剃刀を借りてきた。屑屋は酔った勢いで乱暴にごりごり剃ったが、死んでる者に痛いもかゆいもなく、どうにかからくだの頭を丸めて……、

「お、お、よかろうよかろう。さ、納めよう……四斗樽へ押し込むんだ……ま、これでよし。そこに野郎の着ていた浴衣があるだろ？　それを、この上から掛けな……あと、樽を荒縄で引っからげりゃいい」

「これでいいや、さ、おう、飲もうじゃねえか」

と、二人でしたたか飲んで、余った酒は、樽の横っ腹ンところへ結わい付けた。

「じゃ……おう、いいや。そろそろ出かけようか、兄弟《きょうでえ》」

「出かける？　出かけるったっておめえ、馬の寺はどこか聞いてねえ。屑屋さん、寺ァどっか知らねえか？」

「おれの寺？　ははは、駄目だ、駄目だ。おれの寺は親父が死んだとき以来、それっきり顔ォ出してねえんで、急にこらァ……担ぎ込むわけにはいかねえよ。おめえ、寺ァあんだろう？」

「おれの寺なんざ、どこにあるかわからねえ」

「しょうがねえなあ……あッ、少し遠方だけども落合の火葬場《やきば》におれの友だちの安公《やす》てえやつがいる、いつか遊びに行った割前《わりめえ》の勘定をおれが立て替えてあるんだ、そいつをまけてやるからこれをひとつ内緒でどうか火屋《ひや》のついでに、どうでもかまわねえ、ぽうッとひとつ焼いてくれろと言ったら、友だちずくだ、承知するだろう」

「そういきゃァありがてえ。すぐに担いで行ってしまやァ造作ねえが、ただ困るのァ骨《こつ》あげだ」

「骨あげだって、田の隅かなにかへおっ抛《ぽ》りこんでくれと言やァ、向うでどうかしてくれらァ」

「そんならなお安直《あんちょく》だ」

「そうことが決ったら、長屋から来た香典があったろう、あいつで酒を買っちまいねえ」

「よし、そうしよう」

酒屋へ行って二人でありったけの銭で酒を買って、また飲みにかかり、屑屋はすっかり出来上った。

「じゃ、そろそろ出かけるか、え？　うん、おらァ案内だから先棒じゃなくちゃいけねえ。おめえ、後棒を担ぐんだ」

「出かけるのはいいが、兄ィ、途中で日が暮れると、提灯がなくて困るぜ」

「提灯はいらねえ、おれが道をよく知ってるから……じゃ、担ごうぜ。しっかり担げ。……よッ、どっこいしょときやがったな。こう担ぎはじめはたいしたこたァねえが、ながく担いでると、だんだんくたびれて重くなるからなあ。いいか、ほーらほーら、ほーらほーら、どっこいしょのどっこいしょ、あーらよお、あーらよおときやがら……あーこりゃこりゃ」

「おいおい、兄ィ、黙って歩きなよ、葬式《とむらい》に、あーこりゃこりゃてえやつもねえじゃねえか」

「景気がいいじゃねえか」

「葬式に景気はいらねえや」

「そうでねえよ。なんでも当節は景気をつける世の中だ。それ、葬式《とむらい》だ、葬式《とむらい》だ。さあさあ、お葬式のお通りだい」

「なにも断わらなくったっていいやな」

「そうでねえ、黙ってると沢庵担いでるんだかなんだかわからねえ。葬式だと言わねえと、人が葬式だと思わねえぜ」

「なんだい、往来の人が笑ってらあ」

「なにを笑やあがるんだ。葬いを叩きつけるぞ……あはは、驚いて逃げやがった……ああ、そろそろ暗くなってきたな……ここを姿見《すがたみ》の橋という、この橋を渡れば高田の馬場、道は悪いがいわば一本道、曲がったりくねったり、田んぼだと思えば畑、畑だと思えば田んぼと、いやな道だ。するとまた小さい土橋《どばし》がある。その土橋を渡って突き当たって、左へ行けば新井の薬師さま、右へ行けば火葬場《やきば》だ。暗くなればなったようにせっせと歩いてもらいてえな。もう少しだ……しかし折角行って安公がいねえと大変だ、どうかいてくれればいい……あッいかねえやあ、痛て……」

「あぶねえなあ、どうかしたか？」

「どうもしねえが、こんなところへ、なんだって穴をあけておきゃあがるんだ。ああ、こりゃあ、水が出たんで、土が流れ込んだんだ。こりゃ驚いたなあ……おう、なにしろ右ばかりで担いでちゃ、おれァ痛《いて》えや、おい、肩ァ代えようじゃねえか」

「肩ァ代えるったっておれァ駄目なんだよ。右だけしか、左はまるっきり利かねんだな」

「ちぇっ、しょうがねえな……じゃいいや、おれ、おれだけ左へ変えらァ。てめえだけ右で担げ。ほら、いいか、ほら、どっこいしょっときやがった（天秤棒を左の肩へ入れ代える）……ほら、ほら、な、軽くなったろ？　肩ァ代りゃ、こんなにも軽くなるもんかなあ……しかし、いい心持ちだなあ、人の事をするてえのはまた格別のもんだ……ほら、ほら、……お、お、明かりが見《め》えらあ、あすこだ。おう、ここへおろせ……よッ、どっこいしょっとくらァ。……おうおう、安《や》っさん……起きてくれ、おうっ」

「だ、だれだい？　（泥酔している）」

「おれだい、久六だ」

「なんだ……おうおう、久さんじゃねえか、めずらしい、よく来たなどうも……なんだ」

「なんだったって、少し頼みがあって来たんだがな……おうおう、こっちィ入《へえ》れ、こっちィ、ぼやぼやすんねえ。……こらァ、おれの兄弟分なんだ。でなァ、ちょいとひとつ、焼いてもらうんで来たんだ」

「なんだ、子供か？」

「ううん、大人も大人、大大人《おおおとな》。なあ、安っさんひとつやってくれ。寺はわからねえしよ。切手なんざありっこねえ。此間《こないだ》の割前は棒を引いちまうから、内緒でひとつ焼いてくれ。なあ、おめえとおれの仲だ。そこンとこはうまく火屋のついでにやってくれ」

「そうかい……じゃ、まァいいや、焼いてやるけれども……どれどれ、あれっ、樽の中には、なにもねえじゃあねえか」

「よく見ろよ」

「なにもねえ。底が抜けてるじゃねえか」

「うむ、さっきずどんといったときに橋のところへ落っことしちまったんだ」

「そういやァ転んだときに、担ぎ直したら急に軽くなった……こらァ、こりゃいけねえ、おうおう、早く見《め》っけてこよう。だれかに拾われるといけねえから……」

「だれも拾うやつはねえが……それにしてもこの樽はもう駄目だ。底が抜けてらァ」

「面倒臭《くせ》え、背負《おぶ》ってくりゃァいいや、どうせいっぺん背負《しょ》ったんだ」

「いっぺん背負《しょ》ったって、もうよしねえ。しかたがねえ、底を縄で引っからげて押し込んでこよう」

再び四斗樽を担いで、土橋のところまで来て、

「なんでもここいらだ、暗くってはっきりわからねえが、ここいらに穴があいてたんだ」

あっちこっち探していると、この淀橋近傍《よどばしきんぼう》には願人坊主がよくいたもんで……今日はご命日でもらいがあったとみえて、したたかに飲んで、橋の袂《たもと》でぐうぐういい心持ちに寝ていた……。

「あァ、こんなところに、野郎、落っこってやがる。しょうがねえなあ……」

「うん、これだ、確かにこれだ」

「じゃ、おう、持ち上げてな……おれァ頭ァ持つ。おめえ、その足のほうにしねえ」

「なんだおめえ、こらァ……赤くなってるじゃねえか」

「え？」

「赤くなっちゃったな」

「あァ……赤《あけ》、赤《あけ》えな……なにか染まったのかなこらァ……少し温《あった》かみがあるぜ」

「地息《じいき》で温かくなったんだろう」

「いやにぶくぶく肥ったぜ」

「夜露にかかってふくれたんだ」

「樽ン中へ入れるのは大変だァ……はみ出してもかまわねえ、この樽の上ェこう……尻《けつ》ゥこうして、またがして……さァいいか？」

「おれァ、こんだァ後棒だ、おめえがなにしてな、おれァ押えてるからな……いいか、上がるよ」

「どっこいしょっと……こン畜生、手数ばかりかけやがってしょうがねえな。おう、いいか？

ほら、ほら、ほら、ときやがった」

「おそろしく重くなりゃァがった」

「今度は丁場《ちょうば》が短けえから我慢しろ……」

なんとか火葬場《やきば》へ戻ってきた。

「さァここだ。安公やァい。あったあった、真っ暗のところに落っこってやがった」

「こいつァ大きいな」

「夜露でだいぶふくれやがった」

「じゃァすぐに焼いてやろう、もう薪《まき》は積んである」

「そいつァありがてえ、うまくやってくれ」

足のほうから火が回ってきたから、たまらない。

「熱《あ》つ熱つ熱つ熱つ……」

「やァ、死人《しびと》のくせに跳ね起きやがった」

「やいっ、なんだってこんなところへ人を入れやがったんだ、ここは一体、どこだ？」

「ここは、火屋だ」

「ふふ、冷酒《ひや》（火屋）でもいいから、もう一杯……」


《解説》 落語の〈冠婚葬祭〉を扱った噺で、婚礼は「高砂や」「松竹梅」「たらちね」など数えるほどしかないが、葬式――死を題材にした噺は、この他に「黄金餅」「猫怪談」「粗忽長屋」「死神」「片棒」「近日息子」「胡椒《こしょう》の悔み」など数多く、しかも名作が揃っている。

中でいちばん壮絶なのが「らくだ」である。

題名にもなっている主人公の馬なる人物は、死体となって登場し、その図体が大きく、悪態のかぎりを尽し、死んでもなお兄弟の無頼漢が葬式を出すために、長屋の連中が脅かされ、迷惑を蒙《こうむ》る。ことに凄惨なのは、紙屑屋に背負されたらくだの死体が〝かんかんのう〟を踊ったり、湯灌《ゆかん》の代りに死体を拭き、頭髪を剃刀《かみそり》で剃る……克明に描写する緊迫感に、人間の生命《いのち》の虚しさ、愛《いと》しさに、聴いていて心の底がゆさぶられる。――ここに、落語が単なる〈笑い〉だけではない、人間の真実を解き明かそうとする死生観が下敷きになっていることがわかる。

（「落語百選」〈秋〉の加藤秀俊氏の解説参照）

さて、紙屑屋と手斧目の半次がさんざ悪戦苦闘してらくだの死骸を担ぎ出したものの、途中、四斗樽の底が抜けて、行方不明、もはや、それまでである。この結末《ラスト》は、まさに〈虚無〉を象徴する、痛烈なサゲというべきで、また引き返して、酔い潰れた願人坊主を引き換えに連れて来たのは、サゲのための蛇足であろう。

らくだの兄貴分は近年、東京落語では丁目《ちょうのめ》の半次と名乗ることがもあるが、都筑道夫氏が名作『なめくじ長屋捕物さわぎ』シリーズの「らくだの馬」（『からくり砂絵』所収）でこの名前を使われており、あまりにぴったりなので今回使わせていただいた。

これは上方種で桂文吾の「駱駝の葬礼《そうれん》」を三代目柳家小さんが譲りうけ、江戸に舞台を移し、大物噺に仕立てあげた。「火屋《ひや》」は大阪の呼称。江戸ではふつう焼場《やきば》と呼んでいた。

疝気《せんき》の虫

「おや、なんだ、この虫は？　見たことのない虫だなあ。気味がわるいなあ。つぶしちまおうか？……え？　なんだ、助けてくれ？　いったい、おまえ、なんの虫だ？」

「えっへへへ、あたくしは、疝気の虫でございます」

「疝気の虫？　へーえ、おまえがかい？……ふーん、こりゃあ驚いた。はじめて見たよ。わたしは医者だが、おまえはどうして男の腹の中にいて、人に痛い思いをさせるんだ。じつにどうも困るな、おまえというものには……」

「いいえ、別に痛い思いをさせてるわけじゃないんです。へえ、あたくしは人間に害なんぞしたくないんですけど。ただ、わたしたちは、蕎麦《そば》が大好物ですから、人間が蕎麦を食べますと、それをお腹ン中でいただくんでございます」

「それでどうするんだい？」

「へえ、なにしろ好きな蕎麦をいただいたんでございますからな、すっかり元気が出まして、お腹ン中で運動をはじめます。それで、つい筋《すじ》やなんかを引っぱって遊んだりするもんですから…

…人間が痛がって、苦しむんでございます」

「そんなわるい悪戯《いたずら》をするなよ。よせよ、筋なんか引っぱるのは……そんなにおまえ、蕎麦が好きか？」

「ええ、大好物で……」

「じゃあ、嫌いなものはなんだい？　いちばん嫌いなものは？」

「弱りましたな。それは秘密になっておりますが……」

「秘密？　言えないのかい？　どうしても……」

「へえ」

「言えないとなると、よけいに聞きたくなるな。よォし、言わないと、おまえを捻《ひね》りつぶすよ」

「そりゃあ困ります」

「困るんなら、ありてえに白状しな」

「へえ、じつは嫌いなものは唐辛子《とんがらし》なんでございます。唐辛子が体にちょっとでもつきますと、そこから腐っちゃうんで、唐辛子ほど怖いものはありませんよ」

「ははあ、それで、蕎麦を食べるときに薬味を入れるのかな？　それでだねえ、もし唐辛子と蕎麦といっしょに入ってきたときはどうする？」

「え？　そのときはもう怖いから、別荘のほうへ、すっと、みな逃げるんですよ。そこにいれば、なにが来ても驚かないですからな」

「……なんだ、別荘てえなあ？」

「えェ、男の睾丸《きんたま》の袋……その中へ入っちまいます。ここをあたしたちァ別荘と言いましてな。

なんか怖いなっと思うと、別荘へすゥと逃げるんです。あそこは安心ですから……」

「ははあ、わかった。それで疝気の病人はあそこがあんなにふくれてるんだな。うん、そりゃ無理もないな……そいでどうするんだ？」

「そいで様子を見てんです。蕎麦と唐辛子じゃあ、唐辛子が早くなくなっちゃいますから、唐辛子がなくなったって時分にゃァ、別荘から出て、蕎麦を食べに行って、あとで、こう運動しながら筋を引っぱる」

「悪いことをするものだ。え？　おまえはその人間の体の中に入れば、そこが家《うち》みたいなもんだ。その家主《いえぬし》を苦しめるとは言語道断。これからは、そんな悪戯をするんじゃあないぞっ……おぅい、疝気の虫のやつ、どっかへ行っちまいやがった。なんだな、これからこんこんと説教してしぼりあげてやろうと思ったのに……。おーい、疝気の虫ィ……」

「もし先生、先生」

「ウーン……、ああ、ああ、何だ」

「たいそう、うなされておいでで……」

「なに、すると今のは夢か。あんまり疝気の病人のことを気にかけたせいかもしれんな」

「先生、ご病家からのお使いで、また疝気のご病人が……」

「なんとも奇妙な符合だわい……うむ、薬籠《やくろう》を持ってまいれ」

「今日は」

「まあ、先生、お忙しいところをおいでくださいまして、ありがとう存じます」

「どうかな、ご主人のぐあいは？」

「それが、なんだか、さっきからたいそう苦しんでおりまして……」

「なにかわるいもんでも食べさせやしないか？」

「いいえ、別にわるいものなんか……さっきお昼にお蕎麦を少し食べました。そうしたら、急に苦しみ出しまして……」

「なに、蕎麦を食べて苦しみ出した？　こりゃあ虫のやつ筋を引っぱってるな」

「なんのことです、先生。さあ奥へどうぞ……」

「ご主人、いかがですな、ぐあいは？」

「ああ、先生、どうにも痛くて……なんだかこう、きゅうと引っぱられるような……」

「やってるんだ、あいつが。こりゃいけない、今日は治療の方法を変えましょう。……では、奥さん、蕎麦をな、そう、もりを五つばかり、そう言ってください」

「だって、先生、お蕎麦はいけないんでございましょ？」

「いや、ちょっと都合があるんでな……それから、奥さん、唐辛子水をどんぶりに一杯拵《こしら》えといてください」

「はあ、では、早速そのように……」

「で、蕎麦が来たら、それをご主人にあげてはいけませんよ。奥さん、あなたが召し上がってください。よござんすか。ご主人の口ンところへ持ってっちゃア、奥さんの口ン中へ蕎麦を入れてください。すると、その匂いがお腹ン中へすゥッといきますからな、するてえと、別荘のほうにいる疝気の虫が出て来ます」

「なんでございます。別荘というのは？」

「別荘ってのは、奥さんに関係のないこと……それで、食べようと思うと、その蕎麦がない、匂いばかりするから、疝気の虫は匂いをかぎながら、だんだん上のほうへ出てくる、えっ？　口のほうへ出てきたなっ、と思ったとたんに唐辛子水の中へ放り込んじまえば、もう根断《ねだ》やしになります」

「あァそうなんですか……あっ、お蕎麦が来た？　じゃあ、こっちへ持ってきて……先生、よろしいんですか、なんだかよくわけがわかりませんが、とにかくあたしがお蕎麦を食べればよろしいんですね」

「ああ、さ、召し上がってください」

「では……あなた、こっちへ寄って……匂いだけ嗅ぐんですよ」

奥さんが、ご主人のまえで、うまそうに音を立てて蕎麦を食べると、ご主人は鼻を寄せて、さかんにその匂いを嗅ぐ……これを繰り返しているうちに、ご主人の別荘にいる疝気の虫とこまで蕎麦の匂いが漂《ただよ》ってきた……。

「おや、いい匂いがするよ、え？　また蕎麦ですよ。今日は蕎麦日和だよ。出かけよう……いつものところですよ。さっきの腹ごなしにちょいと暴れてよう。おや、だけど、ないよ。おかしいな、どっか引っかかってんじゃねえか、え？　肋骨《あばら》にでも引っかかってんじゃねえか……もっと上へあがろう。こんなに匂いがしてんだから……そんな筈は？……なんだい、来ないわけだよ。蕎麦はみんな向うへ入っていくんだよ。さあ、向うへ行こう……」

疝気の虫は、奥さんの口ン中へいっせいに飛び込んで、蕎麦といっしょに腹の中へすっと入った。

「うまいね、こいつァ、うまいね。たまんねえ。どうも……驚いたねえ。でも蕎麦を食うと、体に元気が出てくるんだから……じっとしていられなくなるね。ここの筋を引っぱって遊ぼうじゃねえか。ほれ、引っぱれ、引っぱれ、どっこいさ、どっこいさ、こりゃさ。うれしいねえ、どうも……どっこいさのこりゃさ（と筋をひっぱる）、どっこいさのこりゃさ……」

「ああ、ああ、痛い、痛い、痛いっ」

「どうしました、奥さん？」

「なんですか、急に痛くなりまして……ああ痛い、痛い……苦しいっ」

「奥さんが痛い？　そんな筈はありませんよ。おかしいな、どうも……ところで、ご主人のほうはいかがです、ぐあいは？」

「ええ、もうすっかり痛みがなくなりました。ヘッ、このとおり……」

「なんだ、踊ったりして……おかしいな？　あっ、こりゃ奥さんのお腹に疝気の虫が入っちまったんだ」

「あーら、どうしましょう？」

「奥さん、その唐辛子の水をおあがんなさい」

「とんでもない、先生、金魚が目を回したんじゃありませんよ……ああ、痛い痛いっ」

「そりゃ、あなた、この水を飲まなけりゃ治りませんよ」

しかたなく奥さんが唐辛子水を、ぐうッと飲んだ。

腹の中で浮かれていた疝気の虫は、

「わあーっ、たいへんだ。……別荘へ、別荘へ……あァー、別荘がない！」

《解説》「悋気《りんき》は女の慎《つつし》むところ、疝気は男の苦しむところ」――江戸時代の男性の病気のなかで最も多い病名で、腰・下腹部の痛みをいい、冷えや湿気から起る睾丸の異状を含む睾丸《こうがん》炎、尿道《にょうどう》炎、膀胱《ぼうこう》炎、腎盂《じんう》炎、腎臓結石《じんぞうけっせき》、膵臓《すいぞう》炎、胆石《たんせき》などの総称。

落語の登場人物（男性）の持病でも**「夢金」**「藁人形」「万病円」「にせ金」「近日息子」等々数多く、その局部の状態を想像することで笑いの生じやすい格好（？）の病気で、これを大胆に主人公《ネタ》に、ミクロの虫（病菌）を擬人化したSF的な異色のバレ（艶笑）噺。

寛政八年刊の『即答笑合』の「疝鬼」が原話。明治二十年代、初代三遊亭遊三《ゆうざ》が十八番《おはこ》にし、高座に遊三が姿を現わすと客席から「疝気ィ」「待ってました、疝気！」と声がかかったほど。一芸に秀でた個性的な噺家が演ると、ひときわ精彩を放つ噺である。

五代目古今亭志ん生の持ち種《ネタ》でもあったが、サゲは、「別荘がねえ」と戸惑い、きょろきょろ見廻しながら、困りきった顔で高座から立ち上がり、しきりに首をひねりながら楽屋へ退場する演出法をとっていた。〈考え落ち〉と〈仕ぐさ落ち〉を兼ねる、サゲの奇抜さがこの噺の眼目《ポイント》となる。

蕎麦《そば》好きの江戸っ子には**「時そば」**「そば清」（別名「そばの羽織」）「そばの殿様」などと共に欠かせない噺だが、蕎麦を食べる時、疝気の気《け》のある方は薬味（唐辛子）を忘れずに！

お直し

傾城の恋はまことの恋ならで
金持ってこいが本当《ほん》のこいなり

廓《くるわ》では、ご婦人のことを花魁《おいらん》と言った。なぜ、おいらんと言ったかといえば、狐、狸は尾で化かすけれど、花魁は手練手管で化かすから、尾はいらない。それで、おいらんと言った……あまり当てにはなりませんけど。

その花魁にもピンからキリまであって、大見世の花魁となると、行儀作法も心得てなければならないし、お客の相手をする……差し向いになって、機嫌をとるのはたいへんにむずかしい。

そういうときに、いちばん困るのは、お客のまえで、粗相《そそう》をする。これがいちばん失礼……しかし、生きてる人間に、出物腫物《でものはれもの》で、これはしょうがない、出るものは。

「出て悪いのお?」

なんて言うわけにもいかない。そういう場合は頓智《とんち》をきかせて、

「……まことに相済みませんでございまして、ただいまは失礼なことを……。あたくしのおっかさんが患《わずら》って、とても悪くなって、医者が首をかしげるようになったときに、あたくしは観音さまへ願《がん》をかけまして、母親の病気を治して頂きましたら、月に一遍ずつ、人中《ひとなか》で、恥をかくと、観音さまに誓ったんでございます。それがために、月に一度ずつ、ただいまのようなことで恥をかくのでございます」

「ああ、えらいね。うん、おっ母さんの病気のためじゃあねえ……月に一遍ずつねえ」

「はい」

途端に、また、やった。

「また出たね?」

「これは来月の分」

花魁というものは、じつに我儘なもので……貸し座敷の主人のほうは、大勢の花魁の機嫌をとるのが、これまたたいへんで……あんまりやさしくすると、当人が図にのっちゃう。といって、叱言を言えばふくれちゃうし、殴《なぐ》れば泣くし、殺しゃ夜中に化けて出る。女を扱うというのは、たいへん……困る。

花魁の大勢いる大見世になると、上《かみ》を張る花魁がお職で……上位に座って、ずーっと順に見世を張っている。人気のある売れる妓《こ》もいれば、売れない妓《こ》もいる。そして、やはり妓《おんな》も、若いうちでないとお客はとれない、稼《かせ》げない。少し、薹《とう》が立ってきて、額《したい》が抜けあがって、顔の皮がたるんできて、なにか食べると、顔じゅうが動いたりして、くしゃみをする途端に水ッ洟《ぱな》が出てくると、もう色っぽくもなんともない。

それでも、商売上、それ相応の着物を着せて、ちゃんと見世に置いとかなくちゃあならないが、どうしてもお茶を挽《ひ》きがちになる。大引けになって、見世の灯りも暗くなる。見世にはいられなくなって、しょうがないので、ご内所《ないしょ》といって、主人のいる部屋《とこ》に行って、「まことに相済みません」と言って謝まらなくてはならない。これを、じろッと見られるから、じつにつらい。身のほそる思い。

これが、二日三日《ふっかみっか》と、お茶を挽いていると、ほかの朋輩からばかにされる。ああァ年はとりたくないねえ、と悔しくなってくる。と、見世の入口でお客を呼んでいる若い衆《し》がいる。この若い衆《し》のことを妓夫《ぎゆう》と言う……踏《ふ》み潰《つぶ》されたようで……。若い者が牛で、女郎が狐、芸者が猫で、幇《たい》間《こもち》を狸……なんて。

この若い衆《し》が、

「花魁、若いばかりが女の値打ちじゃねえよ。何でも『時分の花』とか言ってな、世間の奴らには、そいつがわからねえ。なあにそのうちにまたいいこともあるよ、ねえ」

と声をかけて、慰めてくれる。これが花魁にはなによりうれしい。

「ああ、この人は親切だな」

と思う。この親切と慰めがだんだんこんがらがってくる。……「遠くて近いは男女《なんにょ》の道、近くて遠いは田舎の道」。そうしてだれにも知れないように、内緒で通じあっているものの、ここの主人《あるじ》は、大勢の妓《おんな》を使っている苦労人ですから、目は横へ切れていて、こんな二人を見逃しっこない。

「おい、二人ともそこへ坐んねえ。ええっ困んねえ、花魁、知らねえと思ってちゃあしょうがねえぜ。おれにァなんだって筒抜けなんだから……。おい、おめえもそうだ。ええ？　この商売はねえ、色を売る商売だけども、そンなかじゃァ、仲間同士はじつに堅えンだよ。そんな間違いをしてみねえね、世間じゃあなんて言う。他所《よそ》の者《もん》がさあ。また、見世《うち》の者《もん》だってそうだあな。そんなことならあたしも……ってなことになったらどうするんだい、ええ？　花魁も、なんだあな、ずいぶんあたしンとこにゃァ長くいるね、ええ。人間だからいいけど、猫ならとうの昔に化けてるよ、もう。いまさらんなって、ぐずぐず言ったってしょうがねえから、住替えをするったってもう、住替えもできやしまい。え、証文巻いてやるから、おめえたちほんとうに惚れ合ってんのなら、二人でいっしょんなって稼ぎな。で、月にいくらかずつでも入れられたら入れな。どうだい、いっしょになるかい？」

「はい、相済みません……」

涙が出るような主人の意見。情夫《まぶ》があるなら添わしてやろうと、なにごとも見て見ぬふりをして、二人の証文巻いて……前借を棒引して……夫婦にしてくれた。

で、吉原《なか》の近所へ小さな世帯を持って、そこから見世へ二人で通って来て、働くようになった。

亭主のほうは、相変わらず妓夫《ぎゆう》をしてお客を呼んでいる。女房のほうは昨日まで緋縮緬《ひぢりめん》の長襦《ながじ》袢《ばん》に裲襠《しかけ》を着て、髪は赭熊《しゃごま》に結って、お客をとっていたのが、今日からはがらっと変わって、髷《まげ》に結って眉《まみえ》を剃《おと》して、唐桟《とうざん》の襟《えり》つきの着物に八端《はったん》の黒繻子《くろじゅす》の腹合せの帯を引っ掛けに結んで、食い込むような白足袋をはいて、煙管を持って、お客と花魁のあいだの……つまりこの……事を運ぶ。

　これをおばさん、おばさんて言うが身寄りでもなんでもない。またの名を遣手《やりて》と言う。遣手と言うから呉れるのかと思うと、貰いたがってしょうがない。これが間に入って、いろんなことを言うから、

「おばさん、これァ少いけれど……」

って、いくらかずつ貰う。そして主人《あるじ》のとこへ来て、主人のとこのご飯を食べて、中へ入って貰うものは、みんな自分の物《もん》になっちまう。出さないで貰う一方……神主さんのようなもの。

　亭主のほうは、表で「いらっしゃい」と呼んでお客を引っぱり上げると、これがいくら……。表のほうは、なんでも二階にさえ上げちまえば、あとは遣手がいいようにしてくれる。だからもう上(揚)げることばかり考えている、天ぷら屋みたいなもんで……。

「ああ、どうも、いらっしゃい。ちょいとちょいと、ちょいとここへいらっしゃい。いらっしゃい、いらっしゃい。いい話があるんだ、いい話いい話、こんな話はまたとないよ、こっちィいらっしゃいっ。ええ、ちょっとちょっと、あの妓《こ》をごらんなさい。あれ、しようがねえんだよ、浮気っぽくって。まあ、こっちィいらっしゃいよ、ええ、じつはねえ……」

「いえ、もう遅いんだよォ」

「ええ？　なあに、構いませんよ、いいえもう、いくらでもいいから上がってやってくださいよ。ええ、助かるから。人を一人助けるんだからねえ。女を助けりゃあ、あなたも俠客《きょうかく》のうちィ入るよ。まあ、お上がんなさい。まァまァ、お上がんなさいよ」

「うう、だけどねえ……」

「上へ上がってね、あたしがね……番頭がそ言ったっていやァ大丈夫、まァまァあなた、まァお上がんなさいィ……」

　客が二階へトントンと上がって来ると、このおばさんなるものが、待ってましたという顔をして……。

「いらっしゃい、今夜はほんとうにすみませんねえ、ご無理願ってねえ。いらっしゃい、この妓《こ》なんですよ、いい妓でしょう？……またね、裏ァ返してやって、そいから馴染《なじみ》になって……。だめですよ、初会に来て、あと来ないなんてだめ、え？　裏ァ返さなきゃあだめ。なんにでも裏はある、ウラがあるからって、ウラミっこなし。単衣《ひとえ》もんにだって肩当てがあるくらいですから。ええ、で？　今夜、どんなことに？　え、どういうふうに？」

「いま、下でねえ、若い衆がね、そ言ったんだよ。これでいいからってんでね、頼むよ」

「これなあに？　だめですよ。これっぱかり持って来たって、かわいそうじゃないか、この妓《こ》が。あんただって、人でなしかなんか言われたくないでしょ。ねえ、いいじゃないの、いえ、いきなりお床入りってわけにもいかないから、この妓のためになにかお取んなさいよ。いえ、ないことァないよ。だめだめ、そんなこと言ったって、いえ、いけません。いえ、ない人じゃァないんだから……」

「ないんだよ」

「そんなことあるもんか、じゃ懐中《ふところ》、見せてごらんなさい……、あらっ、ないの？　おかしいねえ、ええ？　袂《たもと》は？　あら……着物、脱いでごらん。どっか隠してるんだよゥ、そんなことォ言って。ええ？　裸ンなった？　ない？　そんなことないがねえ、ほんとうに……あっ、足袋《たび》ン中にあったっ」

「おいおい、それァだめだよ」

遺手にかかると、足袋の中にかくしておいたのまで見つかっちゃう。こういうふうにしなきゃあ、遺手というものはいけない。出さない客だと思っても、どっかしらんに隠している。この遺手というものは、遊女をして、上がった者でなくては勤まらない。……女学校出たって、こいつアできない。


亭主と女房で稼ぐから、懐中《ふところ》は楽になってきた。夏冬の衣類もすっかり揃って、いくらか貯えも出来てくると、女のほうは張りあいが出て、一所懸命に見世をやる。けれど、男のほうは、懐《ふと》中《ころ》にいくらか無駄な金が入ってくると、ほかのことを考えるようになる。……ちょいとひとつ、今夜はどっかで浮気ィしてえなあ……てえことを考える。吉原ン中じゃあできないから、ごまかして小塚原《こっ》へ行く。昔、千住の小塚原《こつかっぱら》に仕置場《しおきば》があってその跡に女郎屋が出来た、そこを小塚原《こっ》といった、人骨の骨《こつ》ですな。そんなところへ行って遊んで、翌る日、朝、迎え酒を飲んで帰ろうと思っているが、またどこかへひっかかってしまう。そして、もうひと晩ということになってくる……。

「亭主ァどうしたんだ？」

「あのゥ、風邪ェ引いたもんでございますから、なんだかとても熱があるもんですから。あの、今晩は……」

「おやじさん、どうしたんだい？」

「あのゥ、親類に不幸が出来たもんですから……」

と、こうのべつじゃごまかしもききません。しまいには、遊びの帰りに友だちのとこに転がり込むと、碌でもないことを始める。またこの友だちのとこにゃあ怠け者ばかりが揃っている。

「どうだい？　ええ？　花札……ほゥ、ほゥほゥ、ええ、賽《さいころ》……どうでえ」

と、ここで取られ……取られるから取り返そうと思って、行く。また取られる。……それを繰り返し、今度は、ほかのことはそっちのけで、博奕《ばくち》三昧……。

もう家《うち》のものを片っぱしから持ってっちゃァ、負けてくる。しまいには家の中は道具もなんにもなくなって、がらァんとしてしまう。

女房のほうもそうそう見世へ行って、亭主の言いわけばかりできないので、行きにくくなるから、次第に行かなくなる。見世のほうでも、当てにならないから、代わりを入れてしまう……。

「家《うち》ん中にはなにもないんだよ、おまえさん。ええ？　家ィ帰って来て、きょろきょろ見たってなんにもないよ、おまえさんがみんな持ってっちゃったんだからね。ええ？　どうしたんだよゥ、ほんとにねえ。お見世はね、もうだめだよ。お見世《たな》は馘首《くび》だよ。あたしもおまえさんも、こんなことしてちゃあ、どうにもしょうがないねえ。米櫃《こめびつ》をごらん米櫃を。空っぽだよ、蜘蛛《くも》が軽業《かるわざ》ァしてるから、ほんとうに。また、なんだろう、博奕に手ェ出して取られてきたんだろう、下手《へた》の横好きっ。そんな間違ったことをして、その日が送れるくらいならねえ、寒い朝つらい思いして働かないし、夜遅くなって、眠いのに寝ないで働いてはいないよ。ええ、いったいどうするんだよゥ、明日《あした》っから困るじゃあないかね」

「目が覚めたよ、もう」

「いまさら覚めても遅いよ」

「遅くっても覚めたよ。さあ、どうも、にっちもさっちもいかねえ。とんだ清元の文弥《ぶんや》の文句じゃァねえけれど『きッちり詰った脂煙管《やにぎせる》』どうにもしょうがねえ……なあ、昨晩《ゆうべ》、安公《やすこう》に会ったらよ、見世のほうはどうしたんだいってえから、見世のほうはもうだめだったら、じゃあどうだい、おれがひとつ引き受けてやるから、蹴転《けころ》の見世があいてるから、おめえひとつやってみたらどうだいってんだ。ええ？　かみさんと相談してみなってえから帰《けえ》って来たんだが、やってみようか、蹴転《けころ》を？」

「おまえさん、蹴転ってのを知らないわけないでしょ？　蹴転なんてのァ、なまやさしいこっちゃあないよ、お見世やなんかと違うんだからね。あすこはお客を蹴っころがして入れるから蹴転ってんだよ。俗にあれを羅生門河岸《らしようもんがし》ってんだ、ねえ。つまり、片腕で引っぱり上げるから、あれ、羅生門河岸ってんだよ。……そんな凄いところでおまえさん、商売ができるかい？　ええ？　第一さあ、蹴転をやるにしてもなんにしてもさあ、握り拳《にぎりこぶし》じゃ出来ないじゃないかねえ。先立つものは金だよ。一文なしでなにができるの。ええ、若い衆でも置《し》いとくんなら、やっぱりお金がいるよ」

「若い衆はおれがやるからいいよ」

「おまえさんがやるにしてもさ、妓《おんな》ァどうすんのさ」

「妓はおめえがやるのさ」

「……なんだい？　本気かい？　あたしァおまえの女房だよ」

「女房だって、さんざやったじゃねえか」

「……そりゃあ……そりゃあそのときだよ。いまんなってそんなことができるかね」

「できるかねったって、これ、やらなかった日《し》にゃしょうがねえじゃねえか、食えねえじゃねえか。ええ、博奕はもう止めたし、ほかにやることなんにもねえじゃねえか。盗人《ぬすっと》ォするんじゃあないよ、いいじゃねえか。ひとつやろうよ、なあ、辛抱してやろうよ。大鳥より小鳥だ。少ゥしやってるうちにいくらか楽ンなりゃあ、また、妓《おんな》も抱《かか》えて、どうにかこうにかなってくりゃあおめえ、いまのことが昔語りンなるんだよゥ、やってくれよゥ、なあ、頼むよ、うん。身体《からだ》だけもって行きゃァいいんだから、ええ？　なにを？　着る物《もん》かい？　そんなもなあ損料で借りるんだよゥ、うん。ちゃんと話はついてるんだから。安《やす》の言うにゃァ、おめンとこのかみさんがあすこへ出りゃァ、それこそァ、薹《とう》は立ってるけども出がいいんだから、掃溜《はきだめ》に鶴《つる》だから、かみさんに話をしてやりねえってんだよ、いいじゃねえか、なあ」

「いやだねえ、そんなことするの……。だけどおまえさん、そりゃあ、あたしだってひびたけの入った身体《からだ》なんだから、やれないことはないがねえ。蹴転ってえのはねえ、大変なんだよ。ええ？　あすこはねえ、お線香なんだから、いいかい？　お客を家《うち》へ入れて、あたしがしゃべっている間《うち》に、おまえさんが暗い所にいて、もういいなっと思う時分に、ひょいっと出て来て、『お直しだよ』って、おまえさんがあたしに声をかけると、お客に、あの、お直しになりますよって。お客が、あいよって承知をすれば、二百文《にひゃく》が四百文《しひゃく》ンなって、四百が六百に上がっていくんだから、そのお客を逃がさないようにするんだよ、お客の気を引くために、いろんなことを言うんだけどね、それをおまえさんは人間が嫉妬《やきもち》やきときてるからねえ。あたしがお客にいろんなことを言ってると、おまえさんがそれを見て、歯ぎしりしたり眉《まみえ》を上げたり下げたりしていられた日《し》にャア、あたしァ仕事ができないんだから、嫉妬《やきもち》は禁物だよ」
「……この場合だよう、おれがそんなことォするわけはねえじゃあねえか」
「そうかい。じゃあ、嫉妬《やきもち》はいけないよ。それから『直してもらいな』って言葉を忘れちゃだめだよ。肝心のとこへ来たときにおまえさん、言わなきゃだめだよ。じゃあ安さんとこへ話しといでよ」

亭主は向うへ行って話をして、損料物を借りて帰って来た。

日が暮れて、夫婦が出かけることになる。

この蹴転というのは、江戸もよほど古い時分に、吉原の鉄漿溝《おはぐろどぶ》の東溝側にあった。細い路地の両側に見世を張っていて、一間の土間があって、戸が一枚開いていて、八間《はちけん》という平たい掛け行燈が梁《はり》、柱、壁などに掛けてあって……ぼんやり灯りがともっている。土間の奥に畳が二帖《じょう》敷いてあるっきり。入口には路地番といって、若い腕っぷしの強い男がいて、酔払いや乱暴者が入って来て喧嘩でも始まると飛び出して、半殺しの目にあわして追っ払っちまう。

「ちょいとォ、ほうぼうほかの見世《みせ》見て来たかい？　どうだい、ほかにいる妓《こ》は？」
「ほかにいる妓《こ》なんて、なっちゃいやしねえよう、満足なのはいねえや、おめえ、ええ？　裏表のわかんねえやつばかしだァ。なるほど安の言ったとおり、おめえがここへ来た日《し》にゃァ掃溜の鶴だぞ」
「鶴の了見も知らないくせに……、ええ？　いやだねえ……こんなことをしようなんて、こっちァ思やしないんだ、ばかばかしい、おまえさんが悪いからこんなことになっちゃって。ほんとうだよゥ。少し、しっかりしなくちゃいけないよ……どうだよゥ」

「どうだよゥどころじゃない。結構、毛だらけ猫灰だらけ、だよ、おめえ、たいしたもんだあ」

「あのねえ、相手を見るんだよ、いいかい？　あたしが、あの人ったら、勧誘《なに》するんだよ、いいかよう」

　この羅生門河岸へ入ってくる客は、待ち構えている客引きに、両腕を摑まえられて強引にひき入れられてしまう。それをまた素見《ひやかし》の客は、登楼《あが》る気は最初《はな》からなく、すうーっとそこをすり抜けて、妓《おんな》にからかわれたりする、その妙味を楽しむために入って来る。客のほうはつかまったかと思うと、つゥーと逃げちまう。慣れてるので、それがまた緋鯉《ひごい》が逃げるように素早い……。

「ちょいとちょいと、ちょいと、あすこへ来たろ？　あの人さあ、あれ、いいじゃないの、あの人」

「ええ、どれさ？」

「あの人」

「もしもしあァた、もし……あっ、逃げちゃったよ」

「あたりまえだよ、逃げちゃったって、袂《たもと》のとっ先《さき》つかまえるやつがあるもんかね、袂ン中へ手を入れちゃうんだよ」

「着物がやぶけら」

「やぶけたって向うの着物だから構わないんだよ、そんなこと……ほら、あすこへ来たよ、ほらほらほら、職人だよ、酔っぱらって歌ァ唄いながら来たろ？　あれがいいよ」

「ええ？……今晩は、だめだめ、行っちゃァだめ……どうしました、どうしました？」

「ああ、おう……なんでえ、なんでえ、ええっ、おれを通せんぼして通すまいってのか？　よせやい。おれァねえ、通ろうと思やあどんなことをしたって通るよ、ふざけちゃあいけねえ。なに言ってやがんでえ、ほんとうにィ。あァ〽高かァいィ　山ァかァらァ……谷ィ底ゥゥ……おれねえ、左官《さかん》の職人だあ、今日、お店《たな》の建前があってよ。なあ、今夜ァ友だちの建具屋《たてぐや》と、そいから木舞掻《こまいかき》職人の野郎とおれと三人でほかへ上がったんだァ、うん、飲んで騒いで、いざお引《し》けとなるときに、おれの敵娼《あいかた》の顔をひょいっと見るってえと、驚いたねえ、どうも。長《なげ》え顔ォしてやがる、ええ、馬が紙屑籠《かみくずかご》ォくわえたような長え面してやがる。こんな女郎《おんな》ンとこに、だれが寝るもんかと思ってね。うん、買い物があるからってごまかして出て来たんだ。それから歩いてここへ来ちゃったてえ寸法だよ。見たことねえやあ、こんなとこ。いま聞いたら蹴転だってさ。女郎《おんな》ァいるのか？　女郎《おんな》ァ。どこを見たって満足なのはいまい。いる？　どこに？　あれかい」

「あれです」

「おう、いい女だなァ。驚いたねえ。いいじゃあねえかァ。どうでえ、勿体《もってえ》ねえなァ、こんなとこに置いとくのァ、掃溜に鶴だァ。ちょいと薹《とう》は立ってるけどもいい女だ。なにかい？　入るってえと、『いまのは看板でございます』なんて、変なのが出つくるんじゃあねえかい？」

「そんなことは……」

「そうだよゥ、あんな女ァ勿体《もってえ》ねえじゃァねえか。笑ってやがら、ええ？　そうじゃねえ？　看板だろう……」

「だれが？　なに言ってるの？……そんなとこにいないでこっちィいらっしゃい、こっちィいらっしゃいよう。話があるからいらっしゃいいってえの。こっちィいらっしゃい」

「あははは、いらっしゃいってやがら。いらっしゃろうかな、おれ……」

「おいでなさいよ、いいじゃないかねえ、もっとこっちィいらっしゃい、うわァ、大丈夫つかまえやァしないからさ、もっとこっちィいらっしゃい、ちょいとォ……まァ、冷《つべ》たい手ェして。どこで浮気してきたんだい……冗談言っちゃいけない、おまえさんみたいな様子のいい人、なんでおまえさん、女《ひと》がうっちゃっとくもんか。まァ、様子のいい人だ」

「おう、よせよ、おうおう、おれァ大丈夫だよ。おれ、おめえが気に入っちゃったァ、おめえがこんなとこへ来るのァ、どうせ金のためだろう、勿体《もってえ》ねえなァ。ううん、ええ？　おれァ左官《しゃかん》の職人だァ、どうだ、うちへ来てかかァになる気はねえか」

「ほんとうなら、こんな嬉しい話はないけど、だけど、男てえものは嘘をつくから……」

「嘘なんぞつきゃあしねえ、真面目な話だ。けれども家にゃあ七ツになる女の子がある。これが二ツの時に女房がくたばっちまって、廻りの者が後妻をと、やかましく勧めるんだが、堅気の女を貰って後へ子供が出来て、先《せん》の女房の子を継子いじめでもするようなことになると、あの子がかわいそうだ、とこう思ってな、今まで一人でいたんだ。だけど、おめえなら大丈夫だ、ちがいねえ。どうだ、その子供だけかわいがってくれりゃあいいんだが、どうだい、おめえ、おれの女房ンならねえか？　おめえの金、おれ出すぜ、いくらあればいい？」

「お金かい？　三十両」

「三十両かァ？　いいともォ、出そうじゃねえか。おれァなァ、今度《こんだ》、蔵ァ請《う》け負ったんだァ、出入先《たな》ァ行って前借りしてきてね、あさっておれァ三十両持ってくるから、おれの女房ンなるか」

「直してもらいなよ」

「はい。……おまえさん、お直しなの」

「なんでえ？　そのお直しってのは？」

「玉代のお直しなの」

「いくらだい？」

「一本、二百文なんだよ」

「そうかい。直して四百文か、いいよ、いいよ」

「ありがとう。うれしいねえ。おまえさんの女房になりゃありがたいよ、あたし浮かびあがるよ」

「ほんとうかあ？　なにしろ子供だけかわいがってもらやぁいいんだ、おれは邪慳にされてもかまわねえ」

「直してもらいなよ」

「お直しだってさ。どうする？」

「かまねえよ。とにかく子供せえかわいがってくれりゃあ、おれがおめえにやさしくするから」

「あら、あたし、やさしい人は嫌《いや》なんですよ。腹ァ立ててぶったりする邪慳な人が好き」

「へえー、それよか仲よくしたほうがいいと思うがな」

「仲よくなんて……仲がいいから喧嘩するんじゃありませんか。堅気じゃないから、おまえさんにぶたれんの、あたしァいいね、時には髻《たぶさ》の毛を持って引きずり倒されたり、半殺しの目ンなって……」

「そうか、そんなに好きなら髷でも何でも持って引きずり倒すから、子供だけはかわいがってくんねえ」

「ああ、うれしいねえ」

「直してもらいなよっ」

「はあい。……お直しですよ」

「だんだん線香の断《た》つのが早くなるなあ。……おれァ、なんだよ、あさって、あさって三十両持ってきたら、ほんとうにおめえ、女房に、なってくれるんだなあ」

「ほんとうだよォ、ほんとに、おまえさん浮気をするときかないよっ」

「直してもらいなっ」

「はい、お直しですよ」

「わかってるよ。……浮気なんかしやしないよう」

「どうか共白髪まで添いとげておくんなさいよ」

「じゃァねえ、おめえと夫婦なんだからなあ、けっしておめえ、忘れちゃあだめだぞ。あさって来るからな」

「ほんとだよ、おまえさんはあたしのもんだからね、いいかい、ちょいとォ　いィい？　いままでの身体《からだ》と違うんだからねえ。あたしってえ女がいるんだからねえ、いいかァい。あ、お客さん、お帰りだよォ……どうしたの？　なに下向いて考えちゃってんの？」

「やめたっ、おれァこんなことよすよ。ばかばかしくって、こんなくだらねえことォ見てえられるかい、ほんとうにィ」

「なにさあ?」

「おめえ、あの野郎ンとこィ行って、女房ンなるのか? ええ? ああっ」

「だれがさあ?」

「だれがって、いま、そ言ったじゃねえか、ええ? 半殺しの目にあってもいいってった。おれがちょいとなんかしようもんなら、すぐ痛《いて》えっ、とかなんとか言やがる、それが髻《たぶさ》ァ掴んで引きずり倒すゥ?……なんだいっ、てめえは、ええ?」

「なに言ってるの、おまえさん、嫉妬《やきもち》なの?」

「嫉妬《やきもち》じゃねえや、なあ、あの野郎の手を握って、てめえがじィっと見たときの目は、ただの目じゃァねえっ、こん畜生」

「じゃァどうすんの?」

「やめだい、こんなことァ」

「やめ?……ああ、じゃァよしちまおうじゃないか」

「よしゃァがれっ」

「こっちだってやだいっ。……こっちだってこんなことしたかあないんだよ、ええ。自分が悪いんじゃないか。あたしァおまえさんといっしょンなっていて、どうかして別れたくないと思うから……死んだ気になってこんなことをしてるんだ、ねえ、いい年齢《とし》をして、小皺の間の白粉《おしろい》がねえ、口をききゃァぽろぽろ落ちるような、こんな……、こんなことォやってるのは、みんなおまえさんのためだい、畜生っ、人に苦労をかけやがって……」

「怒っちゃァいけないよォ。それァおれだって、おめえの身体《からだ》が心配《しんぺえ》だから……」

「心配だってしょうがないじゃないかねえ、こんな場合になってみればねえ。おまえさんといつまでも一緒にいたいと思うから、こんなやなことも言うんじゃないか」

「うん、だから、おれが悪かったから勘弁してくれ。おれァおめえの身体《からだ》ァ心配してるからさあ。泣くんじゃないよォ、涙が流《つた》ってんじゃねえか。ええ？（と涙を拭ってやる）勘弁してくれるかい？　いいじゃねえか、なァ、おめえとおれといやでいっしょンなったわけじゃねえだろう。おめえが長見世《ながみせ》ェ張って風邪ェひいて、寒けがするってえから、おれは饂飩《うどん》を半分食べてて、これ、花魁《おいらん》食べるかい、半分って……それ食べたときに、あたしァ生まれてこんなうれしい思いをして饂飩を食べたことないよって、言ったじゃねえかよォ」

「おまえさんが怒るからさ。あたしが悪いんだから勘弁しとくれ」

「冗談だ……おれが悪かったんだよォ。嫉妬《やきもち》をやくというのも、やっぱりおれが惚れてるからだ」

「じゃ、喧嘩ァやめようね」

「仲よくしようや、おめえとおれじゃねえか」

と、夫婦が仲よく話をしていると、いったん出て行った酔っぱらいが、ふらふらっと帰って来て、……

「おう、直してもらいなよ」


《解説》五代目古今亭志ん生の至芸が甦ってくる。

吉原の廓外の羅生門河岸に蹴転にまで身を堕《おと》した女郎と妓夫太郎の夫婦が、どん底の辛酸をなめ、捨て鉢に、息を殺し、蠢《うごめ》くように生きている有様《ありさま》を、噺家という肉体を通してしか表現できない境地にまで到達した廓噺の名品——。

寄席の始まった文化年間（一八〇四〜一七年）ごろから高座にかけられていた生粋の江戸落語だが、廓噺として他に類のない逸品で、難しく、昔からあまり演り手のない噺ときく。

それを志ん生が、独特の恬淡《てんたん》とした瓢逸な話芸で、陰気で湿っぽくなりがちな雰囲気を抉《えぐ》るような絶妙のクスグリで活気づけ、最下層の羅生門河岸で素見《ひやかし》の客の袖をもぎ取るようなしたたかな逞しさで、聴く者にこの世に生きるきびしさ、哀しさをスリリングに体感させて、その世界（廓）を鮮明に彷彿とさせてくれた。

この噺は、志ん生の死とともに冥界へ逝《い》ってしまった墓碑銘でもある。

代り目

夜更けに、酔っぱらって歩いている人をよく見かけるが、いい心持ちで、魂が抜けて、むこうへ寄ったり、こっちへ寄ったり、ふわふわ、ふわふわ、まるで雲に乗ってるようで……。

「あはははは、うれしいじゃねえか……〽梅にもォー春のォー色添えしてェ……とくらあ、若水、汲みィーか、くる、くる、畜生……くるまァー」

「へえ、こんばんは」

「なんだ、てめえは？」

「へえ、ただいま、俥とおっしゃいましたから……ええ、俥を差し上げましょうか」

「俥を差し上げる？　てえそうな力だな。おもしれえや。ひとつ、差し上げて見せてくれ」

「そうじゃァございません。親方のお供をいたしたいんで……ひとつ乗っかっていただきたいので……帰り俥ですから」

「いやだ、そんな危え俥ァ。反《かえ》り俥なんぞ乗った日にゃ、怪我しちゃう」

「ひっくり返るってえじゃないんですよ。帰るついでに安くやりますよ」

「ふーん、どこへ帰るんだ」

「どこへでも帰りますよ」

「そんないいかげんな帰りかたってあるか。そんな、おめえが帰り俥ってえと、客が安いと思って乗るだろうと、それで帰り俥なんて言うんだろう」

「まあ、そうですな」

「えらい、そう言って客を勧めるというのァ、商売熱心だ。あァ、おれァ、おめえ、気に入った」

「乗ってくれますか?」

「いやだっ」

「乗ってくださいよ」

「頼むんなら、乗ってやる、持って来い……その象鼻を下げろ」

「へえ、ようございますか?……梶《かじ》を上げますよ」

「おいおい、出し抜けにかじなんぞあげられてたまるもんか。火事と地震にゃあ、こりごりしてるんだ」

「いいえ、梶棒を上げると言ったんで……」

「梶棒なら梶棒と言えよ。かじなんてはしょりやがって。万事倹約の世の中とはいいながらだ、棒だけ抜くたあ、べらぼうめ、とくらあ」

「へえ、どうもあいすいません……じゃ、親方、梶棒を上げますよ」

「ああ、上げてくんねえ」

「親方、どちらへいらっしゃいます?」

「どちらって、おれのほうからおめえを呼んだわけじゃねえだろう」

「ええ」

「おめえが勝手に乗っけたんじゃねえか。どこへでも連れてったらいいだろう」

「どこか、行くとこあるでしょ?」

「行くとこはどこもねえんだ。俥に乗ったからにゃあ、この命、おめえに預けた。どちらもこちらもねえ」

「これをまっつぐ行きましょうか」

「まっつぐやってくれ、まっつぐ」

「まっつぐ行ったら、どうします。どこか曲がるんでしょ?」

「おれァ曲がるの、きれえだ」

「だって家がありますよ」

「家ェ、壊せ」

「ご冗談を言ってちゃァ困りますよ。とにかく親方、どっかよろしいところまでお指図を願います」

「おいおい、ちょっと待ってくれ、ちょいと待ってくんな」

「へえ」

「梶棒を降してくれ」

「なにかご用で?」

「ちょいと降ろしてくれ」

「へえ?」

「おれ、降りるから……どっこいしょのしょっと……おい、俥屋、この家の戸を叩いてみてくれ」

「ここですか? お知りあいで? こんな夜更けにいいんですか」

「かまやしねえ、まあ、ひとつ、叩いてくれ」

「さよですか。へえ、こんばんは……」

トントントン……トントントン……

「エェこんばんは……ごめんくださぃ」

トントントン、トントントントン……

「はァい、どなたァ、いま開けますから……あらっ、まあまあ、たいへん酔っぱらって……あれ、あぶないよ。そこへお坐りなさい。ばかに酔ってるね」

「親方、いけませんよ。勝手にひとのうちに上がりこんじゃ……お宅へ寄ってけっておっしゃるんで」

「俥屋さん、ご苦労さま。飲むとだらしがないから世話がやけたでしょう。お幾らになりますの?」

「え?……だってこちらの親方ァ……」

「いいえ、うちのひとなんですよ」

「あ……こりゃァどうも、いまお宅の門口から乗せたんで……まだ俥ァ回ってないんです。梶棒が上がったきりで……」

「まあ、あきれたねえ、このひとァ……家《うち》の前から俥に乗る人もないもんじゃないか」

「この野郎がね、乗ってくれると助かるってえからおまえ、人助けで乗ったんだ」

「いくら人助けったって門口で乗る人があるもんか……俥屋さん、すみませんでしたねえ。あのう、これはなんの足《た》しにもなりませんが、蠟燭《ろうそく》代、取っといて」

「いいえ、そんなものを頂いちゃお天道《てんと》さまに申しわけありません」

「まあ、面白い俥屋さん、夜の夜中にお天道さまもないやね、そんな遠慮をしないで、持ってらっしゃい。酔っぱらいのお守《も》り賃だと思って……」

「さいでございますか。それでは頂きます。ええ、親方、どうもありがとう存じます。おやすみなさい」

「なにがおやすみなさいだ。こん畜生め、はっははは。おっかあ、あいつァばかだな」

「ばかはおまえだ。いいかげんにおしよ。家《うち》の前から俥なんぞ乗ってさ……今日はまたたいそう食らい酔いやがって、いったいどうしたってんだい?」

「おめえ、口のききようがガラッと変わるな。まあ、いいや、いつものこった。あのなあ、ひさしぶりに留《とめ》のやつに会ったんで、一杯《いっぺえ》やろうってんで、飲んでいるうちに、肴《さかな》が残っちまった。手をつけちまったものを持って帰《けえ》るわけにもいかねえし、そうかといって、残しておくのももってえねえから、もう一本ずつ飲もうってんで、飲んでると、こんどは肴が足《た》りなくなっちまった。肴を取っていると、また酒が足《た》りなくなっちまった。また肴を取ると……」

「なにをぐずぐず言ってるんだよ。さあ、お寝《ね》なさいよ」

「お寝ないよおらァ」

「あらいやだ、寝たらいいじゃないかねえ。それだけ飲んでんだから……お寝よゥ」

「うッふふっふ、いやなかかァだな、よせやい。なにもおめえ昨日今日一緒になった仲じゃあるまいし、おれの面ァ見ると寝かしたがってよ」

「なにォ言ってんだね、夜はもう遅いんだよ」

「おめえは、ここの家《うち》のかかァじゃねえか。かかァのくせしやがって、口応えするな。おれはこの家の主人《あるじ》だぞ、主人《あるじ》は一軒の家で一番えれえンだから……嘘だと思うんなら、区役所行って聞いてみろ……まだ宵の口……酔いのうち、ときた……」

「おまえさんは、酒を飲むと大きな声を出すから困るんだよ。隣り近所はみんな寝《やす》んでいるんじゃァないか」

「こっちで寝んでくれって頼んだわけじゃねえや。ひとはひと、おれはおれ、こっちはいい心持ちなんだ……おらァ飲むんだ」

「それだけ酔っぱらってんだから、たくさんだよ」

「きのう今日の酒のみじゃねえや、たくさんだかどうだか、てめえのからだがよおく知ってらあ。表で飲む酒は、表で飲む酒だ。家《うち》へ帰りゃあ寝酒のご厄介にならなきゃァ寝られねえんだ」

「それはわかってるよ。わかっているけども、おまえさんの帰りがあんまり遅いから、もう火を落してしまったんだよ。だからね、今夜は、さっさと寝ておしまい！」

「なに？ そんな言い草があるけえ、子どもを寝かしつけるんじゃあるめえし」

「また、そんな大きな声を出して……まったく、子どもより始末に悪いよ」

「あたりめえよ。おめえの口のききようが気に入らねえから、大きな声も出したくならあ」

「それじゃあ、どうすりゃあいいのさ?」

「頭を働かせろ、頭を……『他所《よそ》の店で飲んでも旨くないでしょう。家ィ帰って、あたしみたいなおかめを相手に飲んだって、お気に召さないでしょうが、一本つけますか?』てなこと言ってみねえ。『おっかあ、夜も遅いことだし、もうよそうよ』と言いたくなるのが人情だろう。それを、おめえみてえに、ぎゃあぎゃあ言ってとんがらかりゃあ、おれだって大け《で》え声のひとつも……」

「ああ、ああそりゃ、悪うござんしたね。じゃあ、言い直そう……ねえ、おまえさん、他所の店で飲んでも旨くないでしょう。家ィ帰って、あたしみたいなおかめを相手に飲んだって、お気に召さないでしょうが、一本つけますか?」

「ああ、ありがとう。そう言われりゃ、どうもご親切に……お言葉に従って、一本つけて……」

「なんだい、このひとはインチキ……もうどうともおまえさんの勝手におしよ」

「うゥ、勝手にすらい、なに言ってやんだい。はっははは、ありがてえありがてえ……おう、火はねえのかァ。湯はなしと、はっはァ、冷《つべ》てえや、まあいいや、冷酒《ひや》でもいいからもう一杯ってなァおっかあ、ふっふゥ、変な面《つら》ァするねえ。しょァねえじゃねえか酒飲み亭主を持ちゃあ。なんか出せよ」

「舌でも出そうか」

「ふざけるねえ、肴ァ、なんかあるだろう?」

「なんにもないよ」

「香々《こうこ》があるだろう？」

「お香々は、わたしがかくやにして、たべちゃった」

「え？」

「たべちゃった」

「たべちゃ……こん畜生めえ。たべたとァなんだあ。亭主に向って……どうせ言うなら、頂戴しました、と言え」

「おんなじじゃないか、たべたも頂戴したも」

「大変な違いだい。化けべそと奥様ほどの違《ちげ》えがあるぞ」

「じゃァ頂戴したよ」

「ええ？」

「じゃァ頂戴したよ」

「はっはァ、じゃァ頂戴したか。蛇《じゃ》でも蛇《へび》でも頂戴しろい。おっかあ、佃煮があったな？」

「頂戴しました」

「今朝食べた納豆の残りが三十五粒あったな？」

「あの三十五粒、確かに頂戴しました」

「おい、受け取り書いてんじゃァねえや。そうだ、干物があったろう？」

「いやだよ、このひとは……酔っぱらってても、食物だけはよく覚えてんだから……あれも頂戴しました」

「よく頂戴するなあ。この家《うち》ぐれえ食物《くいもん》の保《も》たないうちはねえな。なにかつまむものぐれえあるだろう？　なんでもいいんだ。ちょいと、こう、つまめれば……酒飲みというものは、ちょいと、なにか欲しいもんなんだ」

「じゃァ、横丁のおでんじゃ、どう？」

「おでん、結構、気に入ったね」

「じゃ行ってくるからね」

「ちょっと待ちな。……おでんを買いに行くのに、なにも聞かずに行っちゃァしょうがねえじゃねえか。おでんったっていろいろあって、なぜおれの食いてえものを聞かねえンだ」

「なにがいいの？」

「おれの好きなものはな、やき」

「やきって、なに？」

「やきって、わかんないか？」

「わかりません」

「おでん屋のやきってえのは、焼き豆腐だ」

「それなら、焼き豆腐って言ったらいいじゃないかね」

「やきって言ったら、焼き豆腐だなってことがわからねえのか。おまえはおれの手もとに何年飼ってあるんだ。そのくれえのことがわからねえのか」

「それから、なによ」

「八つよ」

「あァ、八つ頭《がしら》？」

「そう、そういくんだ」

「それから？」

「がんよ」

「がんって鳥かい？」

「鳥じゃねえよ、がんもどき」

「そう」

「あとは、おめえの好きなものを買って来な」

「じゃあ、わたし、ぺんがいいわ」

「なんだ、ぺんってのは？」

「半ぺんだよ」

「変なつめかたすんじゃァねえよ。亭主をまごつかしちゃいけませんよ。うん、半ぺんなら、半ぺんと言わなくちゃいけねえ。なあ、行って来てくれえ。辛子やなんか大目に貰って来てくれ。なあ、おでんに辛子のねえのァいやだよ……え？　なにをしてんだ？　また鏡台の前へ坐って、鏡なんぞ睨《にら》んでいやァ……おい、おまえはね、おまえは鏡なんぞ見なくたっていいんだよ。櫛で頭髪《あたま》なんぞかかなくったっていいんだよ、おまえは。おまえなんぞ頭なんかなくったっていいんだよ。おまえは手と足だけありゃァいいんだよ。それでおれの用をしてりゃァ、それでいいんだ、ほんとうに。……こんないい亭主を持ちゃァがって、ええ？　ぐずぐずすると家《うち》へ置かないんだ、家へ。ええ、女なんてものは世間にいくらでもいるんだぞ。早く買いに行きやがれっ、このおたふくめっ、ほんとうに。……ざまァ見やがれ、河童《かっぱ》武者っ……あっはははは、脅かしたら行っちまいやがったね。……とは言うもののェエ、女房なればこそだァ、ねえ、……この呑んだくれの世話してくれンのァ、あのかかァにもずいぶん苦労させたよ、ええ、近所の人がそう言ってた。あんたンとこの奥さんはおきれいですよってね。おれもそうだ……と思うねェ、えェ、おれによくこんないい女房が持てたなとおれは思うよ、ほんとうだァ。おれに持てるわけがねえ、勿体ないと思うんだ。だけど、そんなこと言っちゃァしょうがねえからね。おたふくっ……なんて言ってるけど、腹ン中じゃァ、あァ、すいませんって手を合わせて詫びてますよ。すいませんって……あっ、まだ行かねえのかァ……早く行けってんだっ……元帳見られちゃあしようがねえ」

「なに言ってんだよ。酔っぱらったときだけいいこと言ったって、うれしかないよ。……おでん買ってくるから、静かにしておいでよ」

「うるせえよ、早く行って来いてんだ。……ところで、冷てえ酒はおもしろくねえな。こりゃあ胃の毒にならあ。といって、股《また》ぐらで燗をするというわけにゃァいかねえし……なんか工夫《くふう》はねえかな?」

「なーべやーきうどーん」

「うん、うめえところへうどん屋が来やあがった……おゥ、うどん屋」

「へえ、うどん屋は、こちらでございますか?」

「うどん屋は、おめえだろう?」

「いいえ、うどん屋をお呼びになったのは?」

「ああ、おれんとこだ」

「どうも毎度ありがとう存じます」

「いやみなことを言うない。なにが毎度ありがとうだ。今夜はじめてだ」

「恐れ入ります。お誂えは？」

「むやみに押し売りするない。湯はわいてるか？」

「へえ、お湯はわいております」

「すまねえが、この酒の燗をつけてくれ」

「かしこまりました……やれやれ、変な客につかまっちまったな。けれども、燗をしてやれば、きっと二、三杯食ってくれるだろう。なんでも口あけが肝心だ……へえ、親方、いかがでございます。このへんでは？　お温《ぬる》けりゃあ、お直しをいたします」

「おっと、すまねえ、すまねえ……うん、こいつは上燗《じょうかん》、上燗、ありがとう、ありがとうよ」

「へえ、おうどんは、いかがでございましょう」

「なに？」

「おうどんは、いかがでございましょうか？」

「おらァ、うどんは嫌《きれ》えだ」

「おそばでも……」

「そばなんざあ虫が好かねえ。おらァな、酒がありゃあ、たいして食物《くいもの》はいらねえんだ。いま、かみさんがおでんを買いに行ってるから、食物は間にあってらァ。いつまでもしゃべっていねえで、寒くっていけねえから、早く閉めて帰《けえ》ってくれ」

「親方、親方、あっしゃあ、道楽に商売をしてるんじゃあございませんよ。お燗をつけたんですから、なにかひとつご愛嬌《あいきょう》に……」

「なにが愛嬌だ。愛嬌という面《つら》は、もうちっとどうにかなっているもんだ。てめえのは、物騒な面《つら》だ」

「物騒な面って、なにが物騒で？」

「おや、こん畜生、生意気にとんがらかったな。仏法僧から法を無くしてみろ、仏僧（物騒）だ、無法ってことは物騒なもんじゃァねえか。押し売りはお上《かみ》の御法度《ごはっと》だ。夜遅くまで火なんぞ担いで歩きやがって、この辺にちょくちょく小火《ぼや》があるのは、てめえの仕業だろう？」

「おやおや、気ちげえだ、こりゃ、わけのわかんないこと言いやがって……こんなやつは商売にならねえ。どうもはじめから変だと思った……なーべやーきうどーん」

「あっはははは、うどん屋の野郎、とうとう帰《けえ》っちまった。ざまァみやがれ……」

「いま帰ったよ。……あれ、徳利から湯気が立ってるよ。どうしてお燗をしたの？　火を熾《おこ》したのかい？」

「火なんぞ熾《おこ》すもんか」

「どうしてお燗をしたのさ？」

「どうしてって、そこがおれの智恵のまわるとこ……いまな、うどん屋が来たから、呼んで、お燗をつけさしたんだ」

「なんか食べたの？」

「食うもんか。かわりに剣突食《けんつく》わしてやった」

「かわいそうに……なんと言って？」

「いろいろなことを言やがって押し売りしやがるから、押し売りはお上の御法度だ。夜遅くまで火なんぞ担いで歩きゃあがって、このごろ、ちょくちょく小火《ぼや》があるのは、てめえの仕業だろう、と言ってやった」

「まあ、ひどいことを言って……うどんぐらいとってやればいいじゃないかね。おまえさんが食べなくったってあたしが食べるじゃないか、ほんとうに」

「なあに、構うもんか」

「夜商人《よあきんど》なんかいじめて、かわいそうじゃないか。じゃあたし食べてやるよ……ちょいと、ちょいと、うどん屋さーん、うどん屋さーん」

「おゥ、うどん屋、あすこの家で、おかみさんが呼んでるぜえ」

「へえ、どこでございます」

「あの、灯りのついてる家《うち》だ」

「あっ、あすこの家へは行かれません」

「どうして?」

「いま行ったら、お銚子の代り目でございます」


《解説》「江戸っ子は五月《さつき》の鯉の吹き流し口先ばかりで腸《はらわた》はなし」と言うが、落語国の人間はみなストレス——「体軀に害のある肉体的・精神的ないろいろの刺激が加わった時にその生体が示す反応」のことと国語辞典にあるが——そうした憂《う》さを言葉で吐き散らし、紛《まぎ》らし、腹の中に溜めずに空《から》にしているようだ。従って口から出てくる言葉は、罵詈雑言《ばりぞうごん》、罵詈讒謗《ばりざんぼう》、対手《あいて》を攻撃するばかりで、対手が強者ならばいっそう昂奮度《ボルテージ》を上げる。その反面、やさしい人情に会ったり、弱者に向うと、からっきりかたなしで、手も足も出ない。ことに女性に対しては恥しくて口も利けない。まして愛情の表現などは……この噺のように、酒に酔った勢いで、女房に威張って見せたりするが、現実ではそれすら適《かな》わず、心の中であくまでもこう言ってみたい、（女房の応対も）こうありたいという、男性の夢想、憧れを噺の上で娯しむ――酔い心地で聴く（読む）一篇である。

　この噺を得意にし、自身も好きだった五代目古今亭志ん生も、そのような心境で演じていたにちがいない。志ん生も女房がおでんを買いに行く前に、亭主の独り言の本心を聞かれてしまう……ところで切り上げて、通常、サゲまで演らなかった。

宿屋の富

馬喰町は、江戸時代には郡代屋敷に接し、また日本橋（商業中心地）に近い土地柄、大、小の宿屋が約八十軒ほど軒を並べていた。

馬喰町の由来はその名のとおり、徳川家康が関ケ原出陣の際、馬工郎（馬喰）高木源五兵衛に命じて厩舎を作らせ、数百頭の馬を飼うために、配下の馬喰（馬方）を住まわせたことによる。その後も隣り町の大伝馬町・小伝馬町に幕府の伝馬役を勤めた大勢の馬喰が明治維新まで住んでいた。

この辺の宿屋は俗に公事宿《くじやど》と言い、客の多くは幕府直轄《ちょっかつ》領の農民で、郡代屋敷や寺社奉行所へ訴訟のために来た原告・被告及び付添人たちだったため、いずれも長逗留するので、素姓の知れぬ客が長い間滞在するからといって、別に怪しむこともなかった……。

「ちょいと、おまえさん」

「なんだい？」

「なんだいじゃァないよ。二階のお客さまだよ。もう二十日も逗留してるよ」

「結構じゃァねえか」

「喜んでちゃ困らあね、おまえさん。茶代ひとつ出さないじゃァないか。なんだか様子がおかしいよ。きっとないのかも知れないよ。深みィはまらないうちになんとかしたほうがいいんじゃァないかい？　ねえ、おまえさん。様子ゥさぐっといでよ」

「だっておれァおめえしょっちゅう出歩いてんだ。おめえがそのぐれえ……」

「なにを言ってんだよ。こんなことはね、女のやるこっちゃァないよ。男の仕事だよ。おまえさんだって男のはしくれだろ。ちょっと様子見といでよ」

「はしくれたぁぬかしゃあがったな。じゃ、まァいいよ、見つくるよ。……ごめんください。おいででござんしょうか？」

「はい、だれかね？……おゥ、なんだ、この家《や》の主人《あるじ》どんだな。おら、泊まったときに顔を見たが、それっきり顔も合わせねえが……なんだ？　なんか用かね」

「どうもかけちがいまして、ご挨拶にも上がりませんで、まことにどうもお粗末ばかり申し上げておりまして申しわけございません」

「いやァ、結構だよ」

「じつは、お願いがございまして……」

「なんだい？」

「お宿帳が願いたいと思いまして……」

「宿帳？　おかしいでねえか。おら、泊まったときに付けたでねえか」

「エエ、お処《ところ》とお名前は伺ってございますが、この節また、その筋のお調べが厳《きび》しゅうございまして、お身装《みなり》からお荷物、ご商売、悉《ことごと》く付けさして頂くようなことンなっております」

「ああそうかね……身装《みなり》ったってこれェ着たっきりだい。荷物ってあすこにある小《ち》っけな包み、あれ一つだい……商売って、おら商売ねえだよ」

「ほほう……お調べの節に無職というのは、まことに困るんでございますが……」

「困るんでごぜえますがって、ねえものァしかたなかんべえ」

「……それにまだ、お手付金も頂戴してございませんし……」

「ああそうかそうか。どうも様子おかしいと思ったら、おめえ、なんだな、勘定取りに来ただな？　それならそうとはっきり言うがいいでねえか。ご商売がどうの……お身装《みなり》がどうの……ええ？　おらァねえ、ちびちび払っては面倒でなんねえと思って、発《た》つときに一ぺんにおらァ、纏めて払うべえと思ってただなァ。おめえらおらが汚ねえ身装《なり》してるで見縊《みくび》って、そんなことを言ってきただだな。さあ、いくらンなるでえ、払ってくれるだから……ええ？　勘定書《かんじようがき》出しなよ。いくらンなるだ」

「お腹立ちではどうも恐れ入ります。別に見縊ったのなんの、そういうわけで申し上げたんじゃァござ……」

「いやァ、そうでねえか。腹も立つでねえか……ばかにしねえもんでえ。おらァこんな身装《なり》してるけど、金に困ってる男でねえだよ。金はいくらでもあるだから……費《つか》っても費《つか》っても増《ふ》えるでえ」

「……ほほゥ、金は費わないでいても減るもんだなんてえことを伺っておりますが、費っても費っても増えると申しますと、なにかよい株でもお持ちですか？　それとも金のなる木でもお持ちで……」

「なに言ってるでえ。金のなる木なんてのがあるけえ。なあ、第一《でえち》おめえ、この江戸ぐれえ貧乏人の多い所《とこ》はねえなあ」

「別に江戸っ子が貧乏てえわけじゃァございません。こりゃ諸国の掃き溜めような所《とこ》ですから……」

「いや、そんなことを言ってるでねえだよ。江戸ぐらい貧乏人の多い所《とこ》はねえちゅうでえ。そうだんべえ……第一《でえち》おめえ、五人衆、十人衆、旗本、大名《でえみよう》、悉く《ことごと》貧乏でねえか」

「……？　エエお言葉の中《ちゆう》でございますが、五人衆十人衆てえのァ五本の指、十本の指に数えられるような物持ち長者でございます。それにまた、お旗本衆にはお台所の苦しいなんてえこともよく伺っておりますが、お大名に貧乏てえことァございません」

「いやァ、貧乏だ。二百六十余大名これ悉く貧乏でねえか。ええ？　それが証拠にはみんなおらン所《とこ》へ金ェ借りに来るでえ……」

「さいでございますか」

「ああ、それもいいだ。十万両貸せ、二十万両貸せ、端銭《はしたぜに》べえ借りに来るでえ」

「……十万、二十万が端銭……で、旦那《だア》さまそれをお貸しンなる……」

「ああ、貸してやるでえ」

「じゃ、ご商売は金貸し……」

「いや、金貸しではねえだ。借りに来るから貸してやるだよ」

「へえー」

「それもいいだよ。大名なんてのァもの堅《がて》えだァ。借りたほかになァ、これはその利息でごぜえます……余分の銭持って来るでえ。そいからおら言ってやるだよ。そんなものいらねえって……するとおめえ、そこィ銭を置いて逃げるようにして帰《けえ》っちまうだァ。まあ金が金を生むなんてえことをよく言うが、まったくだなあ。その利息っちゅうンでな、蔵がおめえ、金でいっぺえンなっちまった。金の置場に困るでえ……番頭の言うのにゃァ、これではどうにもしょうがねえ。旦《だ》那《ア》さまァ当分の間《あいだ》、金を返《けえ》さねえようにひとつ、大名屋敷ィ行って断わってきてもらいてえ……こう番頭が言うでえ。そいからおめえ、おらァ毎日《めえにち》こうやって江戸中歩いてな、当分返さねえようにしてもらいてえと、断わって歩いてるでえ。はッはッは……」

「へえー、驚きましたなあ。わずかばかりの銭でも催促をする世の中に、金を返さないようにしてもらいたい……夢のような話ですなあ……そうすると旦那さま、よほどご奉公人衆もお使いで……」

「ああ、ずいぶんいるだなあ。どのぐれえいるだかなァ？　こねえだ番頭が言うでえ。旦那《だア》さまどうも人数が多すぎて困ると。仕事がはかどンねえちゅうてな、まァ聞いてみるともっともな話でえ。あれがすべえ彼がすべえちゅうてなあ、おっつけ仕事ンなるでえ。で、自然と仕事がはかどンねえ……そんならまァ汝《われ》の好きにして人減しするがいい……あれでどのぐれえ減らしたかな？　百五、六十人も減らしたかなあ。まァそれぞれみんなそうとう手当ェくれて暇出したがね。それでもまだどのぐれえいるだか勘定がしきれねえようだあ」

「へえー、百五、六十人も人減しをなすって、それでまだどのぐらいいるか……はァ、おわかりがない……驚きましたなあ。じゃァよほどお邸などもお広くて……」

「広《ひれ》えだよ、だだっ広《ぴれ》えだなあ。あまり広《ひれ》えのも困るだよ。おもしれえ話があるだよ。番頭が、旦那《だア》さまァ、離れェ拵《こしれ》えたからひとつ見てもらいてえ……そいからまァ、じゃァ見べえちゅうでな。草鞋《わらじ》ィ穿《は》いておめえ、おらァとこの庭うちだァ、あれで四日べえ歩いたかなあ、番頭あと幾《いく》日《ンち》歩くだァったら、あと三日歩いてもらいてえ……おらよすだァつッただァ。てめえの離れンとこィ行くまで七日の旅ィぶたなければいけねえなんて、億劫でなンねえ。おら此所《こつ》から引返《ひつけえ》すからってな、おらいまだにその離れちゅうのを見てねえだよ。はっはっはあ」

「……へえー、驚きましたなあ。離れへおいでンなるのに七日の旅をなさる……お広いンですなあ」

「それがおめえ、こねえだおもしれえことにな、泥棒が入《へえ》ってな」

「ほゥお、泥棒が……お怪我はございませんか？」

「いや、怪我なんぞァねえだよ。何人いただかなァ……十何人もいただかなァ。おらの寝てえる枕元へ光ったものを突きつけてな。命が惜しけりゃァ金ェ出せっちゅうでえ……おら命は惜しい。金は惜しくねえだから、いくらでも持ってってもれえてえ……そいからおらァ蔵へ案内ぶってやってな。蔵のはァ、扉ァ開けて、戸前を開けて、さあさあ好きなだけ持ってきなせえ……みんなぞろぞろぞろぞろ入《へえ》って、出てくるときは千両箱ひとつっ宛《つ》担いで出つ来るでえ。なかには二ッつ担いだやつが二人べえいたかなあ。おら褒めてやっただ。汝《われ》力あるでねえか、えれえぞッつッてな。で、まあみんな出てって、しばらくすると、頭立《かしらだ》ったやつが戻って来て、表の門を開けてもらいてえ……ばかなことを言うな。いくらなんでもな、泥棒野郎にな、表門から大手振って出られてたまるか。裏のほうから出ろッて……野郎涙こぼしやがって、入《へえ》るときは裏から入って参《めえ》りましたと。だけどもはァ、これまで来るのには半月の旅ィしてやって参《めえ》りましたと。また半月の旅ィして引っ返すのは大変でごぜえますから、どうぞひとつ表門から出してもらいてえ……そう言われりゃァもっともなことでな。そいから奉公人五十人べえ起してな、表の門を開いてやっただよ。そりゃ十人や二十人で開くような門でねえからな……野郎喜びやがってはァ、みんなまた千両箱を担いでぞろぞろ出てくだから、まあこのままにしとくだよ、蔵のはァ、戸も開けっ放しにしとくだあ。またいつでもいいから来て持ってけやァ……みんな喜んで出て行ったァ。しばらくすると、千両箱を二つ担いだやつが、一つ担いで戻って来てな、これお返しするてえ……なに言っとるだあなあ。持ってけったら、いや、とても二つは担いで行かれねえ。どうぞ一つお返し申しますからって、そこへ千両箱を一つ置いて、そのまま帰《けえ》って、また来るかと思って待ってたが、とうとうそれっきりやって来ねえ……あれ考《かん》えてみると、正直な泥棒だ」

「……正直な泥棒てえのァございませんが……驚きましたなあ、旦那《だア》さまァ、そこのご当主さまでいらっしゃる……？」

「ああ、そこのおらァ主人《あるじ》だあ」

「へえー、そういう御大家《ごたいけ》の旦那《だア》さまがなんでまた、よりに選《よ》ってまえどものようなこんな旅籠へお泊まりンなって……」

「それには理由《わけ》があるだよ。いやァいつも表のなんとかかっちゅう旅籠へ泊まるでえ……大《えけ》え旅籠へなあ。で、おらァ茶代《ちゃでえ》だァ祝儀だァ、えかく出すもんでな、みんなちやほやちやほやしてなあ、食物《くいもの》でもなんでもそうだァ。旨えもの食わせべえと思って骨折るだがね、おらァしょっちゅう食ってるようなもんで、旨くもなんともねえだよ、ああ。湯ィ入《へえ》ればって大勢でくっついてきて、おらの身体《からだ》ァあっちィ引《し》っこすりこっちィ引《し》っこすりなあ、もう摺り切れちゃあしねえかと思って、それが気塞《きぶせ》えでなんねえ。で、番頭こんだ汝《われ》行ってこいったら、いや、こういうことはどうしても旦那《だア》さまでなけりゃいかねえと。その代り気楽に行ける法を教《おせ》えるだ……おらンとこの番頭は頭いいだからな。あんでもいいからいい旅館へ泊まンねえで、ひどい旅籠《はたご》を見つけて、そこへ泊まンなせえと。茶代《ちゃでえ》も祝儀ももう、少しも置かねえがいいと。で、身装《なり》もいい身装《なり》してってはいかねえ。汚ねえ身装《なり》して行きなせえ……そいでまァこれ、いま着てるこの着物、これ番頭の寝巻だァ、なァ……そいで汚ねえ旅籠っちゅうのを探してみて、見つかったのがおめえのとこでえ……しみじみ汚ねえなあ、おめンとこはなあ」

「恐れ入ります」

「いやァそれに茶代《ちゃでえ》も祝儀もなんにも置かねえから、おめンとこじゃァ少しも構ってくれねえ」

「別にそういうわけじゃァございませんが……」

「それに食物《くいもん》でもなんでもそうでえ。めずらしいものが出つくるだァ。おらァ食ったことのねえようなものばかりなあ。ほろ苦《にげ》えような、甘酸っぺえようななあ、おかしなものが出つくるだなあ。お飯《まんま》ンなるのが楽しみだァ、おらァ。こんだどんなものが出てくべえかと思ってよゥ。風呂だって自家《うち》にねえだなァ、外へ行くだァ。あれ銭湯っちゅうのかァ？　あれァおもしれえなあ。唄ァ唄うやつがあるかと思うと、喧嘩ぶつやつもある、なあ。まったくあのおかしな変な匂いがするが、却ってあの匂いが身体のためにいいような気もするだよ。はっはっはあ」

「どうも恐れ入ります。ェェ以前はそうとうな旅籠をしておりましたが、あたくしが道楽をはじめましてな。すっかり後前《うしろまえ》になってしまいました。いまはもう旅籠とは名ばかりでございます。旅籠だけではもうとても食べて行かれません。そこであたくし内職をしておりまして、昼間跳び歩いておりますんで……」

「ほウ、内職ってなにしてるでえ」

「へえ、見徳屋《けんとくや》と申しまして……富の札を売って歩いておりますので……その売上げの何分《なんぶ》かの口銭《こうせん》を頂戴しているようなわけで……」

「ああ富の札……富なんちゅうものァあるてえことはよく聞いてるだがねえ、あれどんなもんなんだ……」

「へえへえ、ェェここに一枚持ってございますんで、ご覧に入れます……これは椙森《すぎのもり》の稲荷の富でございます。きょうが当日で、へえ……正午《しょうま》の刻《こく》……もう突きはじめておりますんですが……エエこれ、売れ残りますてえと、あたくしが背負《しょ》わなきゃァなりませんが……一枚が一分でございますんで、旦那《だア》さまいかがでございましょう。これをおなぐさみにひとつ買っていただくわけに参りますまいか……あたくし助かるんでございます。一分と申しますと大金でございますんでなあ」

「ははァ……いや、買ってくれてもええが、それどういうことンなって……」

「これへその、番号がございまして、この番号に当たりますてえと、千両取れますんで……」

「はァ……その番号に当たると千両、おらが出すのかね」

「いや、旦那《だア》さまが出すんじゃあございません。旦那《だア》さまが千両貰うんでございます」

「おらが千両貰うのか……そりゃ駄目でえ。おら金があり余って困ってるでえ。あにしろおめえ、その金のあるところへ千両でも二千両でもまた入《へえ》ってきたらどうにもなンねえだ。そういうなになら折角だか断わるでえ」

「いえ、こういってはなんですが、これはまあ、当たりっこないんでございます。四万何千という籤《くじ》の中からたった一本でございますから、当たりゃあしない……当たらないこととして、旦那《だア》さまいかがでございましょう。あたくしを助けると思って、買って頂くわけに参りますまいか」

「当たンねえか……当たンなきゃあ買ってくれてもいいだよ。待ちなせえ、一分だね？　一分ってのァどんな金だったかなあ……これでいいか？　間に合うかね」

「いえ、こんなに要りません。この額《がく》が一枚でよろしいんでございます……じゃ、これ頂戴します……あとはどうぞ、お納《しま》いンなって……」

「ああ、そうか、それ一つでいいか？……おれンとこへ乞食《こじき》が来るてえとなあ、いつもそれ一つくれてやるだあ」

「へえー、乞食に一分おやりンなる……もうあたくしが乞食ンなりたいようでございますなあ、へエ、おありがとうござい……。では、これはその札でございます……」

「これが富の札ちゅうけえ……ほんとうに当たンねえな、これァ。当たっては駄目だよ」

「弱りましたなあ、欲のないかたに得てして当たりたがるもんでございますが……旦那《だア》さまいかがでございましょう。それほどお入用《いりよう》のないお金でございましたら、もし当たりました折には半分の五百両だけあたくしに頂戴できないでございましょうか？」

「ああいいとも。遣《や》るだよ……五百両なんて言わずに千両そっくり持っていきなせえ。いくらか付けてくれべえか」

「いえいえ、千両なぞ要りません。五百両あればもうほんとうに大助かりでございます。では、旦那《だア》さまの番号を控えておきます……鶴の千三百五十八番と……ありがとうございます……旦那さまいま、お茶でも淹《い》れまして……」

「おゥ、いいだよ、構っては駄目《だみ》だよ。構うとおらほか行って泊まっちまうだからな、放っといてくだせえ。用があったら手ェ叩いて呼ばるだから……あとをよく閉めてってくンろ……ふゥッ、もうなんか言ってくる時分だとは思ってただい。主人《あるじ》野郎が顔を出したから、来たなァと思ってると、そのうちにお手付金と来たからもう駄目だと思って、おら口から出まかせにくっ喋《ちゃべ》ったン……またおらの言うことなんでも本気《ほんこ》にするだよ。ばかなやつがあるもんでえ。まあいくらなんでも考《かんげ》えてもわかりそうなもんでえ。離れまで七日の旅ィぶたなけりゃァ行けねえなんてところがあるけえ、なあ……とうとうこんなもの買わされちまって……富なんてのァおらよく知ってるだよ。こんなもの当たるもんでねえだよ……おらなんのためにこの江戸さへ出て来てるだよ。金算段に来たでねえか。ここはと思うところはみんな当てがはずれちまって……あの銭だっておらの銭でねえだよ。あれ村の衆から帰《けえ》りに土産買って来てくンろって預かってる金でえ。その金ェはァ一分くれちまって……弱ったもんでえ、まあなァ……鼻ッ紙にもなンねえ、こんなものァ。椙森《すぎのもり》の稲荷かあ、おらよく知ってるでえ……そうだ、行って見べえかなァ……これがもし当たっていればおめえ……いやァ当たるわけァねえなあ……行くだけ行って見べえか。行ってみて、当たってなかったら、そのままそこからずらかるべえ。ここの家には悪いけど……いや、そのままっちゅうわけでねえだ。金拵《こしれ》えてまた払《はれ》えに出つくればいいだい、一時《いっとき》のこった……そうだ。そうすべえ。じゃ、行ってくべえ」

「あ、お出かけでございますか？」

「あ、おかみさんけえ。ちょっとなあ、ぶらぶらしてくるだ」

「ああさようでございますか。富のご見物でございますと、この通りを出まして二つ目を左へ……」

「いやいや、そんなところへ行くでねえだ。おら人混みィ大嫌《でえつきれ》えだなァ。あにしろ静かなところをぶらぶらしてな。そりでなんだね、貧乏人でもいたら金でも恵んでくべえと思ってよ、うん」

「さようでございますか、ただいまお草履《ぞうり》……」

「ああいいだい。草履なんぞ出さねえで……おら勝手にするだから。放っといてくだせえ」

「じゃァお早くお帰り遊ばせ」

「あい、行って参《めえ》りますでえ……ああ、ああ、かみさん急にはァ愛嬌よくなったな。おやじさんからなんか聞いただな。ふん、気の毒になあ。おらァずらかンのも知ンねえでなあ……勘弁してくだせえよ。このままっちゅうわけでねえだから。また出つくるだからね……あれあれあれ、みんなぞろぞろぞろぞろこっちィ来るでえ。もう富終っただな。ああ、早く行って見べえ……ああ、もう終ったァ、もう……ずいぶん未練がましく残ってまあ、ぼんやりしてるでねえかァ。しっかりしろい、本当《ふんとう》に。おらだって一分取られてるでねえか。江戸っ子でねえか、おめえらァ。何《あん》ちゅう情けねえ面《つら》ァしてやがン……ああ、ああ、あすこに当たり籤《くじ》が書き出してあるだな。……前《めえ》出て見ンべえ。ごめんなせえ、ちょっくらごめんなせえ、ごめんなすって……あァ、あれだ……口富《くちどみ》、中富《なかどみ》と順に書《け》えてあるだな。口富が五十両、あれが亀の二千六百二十三番？　ああ、おらのどうでえ……おらのが鶴の千三百五十八番……ああ、鶴と亀ではえれえ違いだい、なァ。五十両……おらァ五十両なんぞいらねえだあ。三両いまありゃいいだよ、なァ……中富、二百両……ええなァ、二百両もあったらなァ……あれが鶴の二千三百九十一番かぃ……おらのが鶴の千三百五十八……ああ駄目《だみ》だなァこれァ。一番違っても、こら当たらねえだから。おらよく知ってるでえ……ああ、あの大きく書いてあンのが大富だァ……。あれならばはァ、千両ンなるだよ、なァ。エエ鶴の千三百五十八番……おらのが鶴の千三百五十八番か……当たらねえもんだなあ。鶴の千三百五十八番ならばこれ、千両ンなるだよ、なァ……おらのが鶴の千三百五十八番……少ゥしの違《ちげ》えだな、これァ……（ゆっくりと）鶴の千三百五十八番ならば当たってるだよ……おらのが鶴の千三百五十八番……（自分の札と貼り出されている番号を二、三度見くらべて）なんだこれァ、なんだか同《おんな》じようだぞ、これァ……鶴の千三百五十八番……おらのが鶴の千三……鶴、鶴（と一字ずつ確かめ指さして）千、千、三、三、百、百、五、五……十……あ、あ、あた、当たった当たった。（富の札を拝み）当たった、当たったよ、これァ。……あァ……当たったよ、当たったよ。あんだか知ンねえけども体の力がみんな抜けてくだよ、これァ。地べたン中へなんだか体がもぐり込むようだよ、これァ。しっかりしなくては駄目《だみ》だよ、これァ。あァ、寒気がしてきた。（札を懐中にねじ込み）あんだか知ンねえけども……弱ったな、これァ。体ががたがたがたがた細かく震えてくるでえ……宿へ帰《けえ》るべえ、あァ……（駆け出して）このまま帰《けえ》ってなんて言うべえかなァ……ええ？　ががた震えて、みっともねえなァ……風邪ェ引いたとでも言うべえかな？……待ってくれ、どこの旅籠だかわかンなくなっちまったな、これァ（と、あたりをきょろきょろ）ェェどこだっけなあ……ェェちょっくら伺《うかげ》えますがねえ……」

「あら、お帰り遊ばせ」

「あ、あァ……おかみさんけえ、よかったなあ」

「まあ、どうしたんでございます。お顔の色がお悪い……お加減でもお悪いんでございますか？ どうなさい……」

「ど、ど、どうもこうもねえや。あんだか知ンねえけど気持ち悪くてなンねえ。おらここンとこへちょいとまァ寝《やす》ましてもらうだから……」

「そんなところへお寝《やす》みンなっては……じゃ、お二階じゃァなんでしょうから、いま階下《した》へ床を取りますから、ちょいとお待ちくださいまし……さあさ、どうぞこちらでお寝《やす》みンなって……」

「ああ、ああ、ありがてえ、まあどこでも構わねえだよ。……すまねえ、寒くってなンねえだ。頭からすっぽり蒲団かぶしてくだせえ」

「まあ弱っちまうねえ、こんなときに奉公人がいてくれないとどうにもならない。家《うち》の人でもいてくれりゃァいいんだけど……あ、よかったよかった、帰って来たよ……まあなんてえ顔して帰って来たんだい？ まァ……ちょいと、おまえさん、どうしたんだい？」

「あた、あた、あたっ、たったたった（と、坐り込む）」

「立った、立ったって、そこへ坐っちまうやつがあるかい。どうしたン……？」

「当たった、当たった……」

「こっちへまァお上がりてんだよ。どうしたい」

「おい、あんまり乱暴すンない……あた、あた、当たったんだよ」

「え？」

「当たったよ」

「当たった？　だからあたしが言ってるだろう。しょっちゅう表で変なものを食べるんじゃない……なにを食べて当たったんだい」

「ばか野郎、食物《くいもん》に当たったんじゃねえんだい。富に、富に当たったんだよ」

「なァにを言ってンだねえ。富に当たったって、おまえさんが富の札ァ売ってりゃァだれかに当たらあね」

「だれかじゃァねえんだい。二階のお客さまになァ、売った富が、あれがおめえ、千両富に当たったんだ」

「へえー、二階のお客さまに？　運のいいかただねえ、そうかい……いえ、あんな大きなこと言ってるけど、なんだかあたしァ心配だったんだよ。でもさあ、これでもう旅籠賃の取りっぱぐれはないねェ」

「なにを言ってやンでえ、旅籠賃なんぞァ、そんなものァどうだっていいやい」

「なにを言ってるんだい、この人はァ……宿屋が旅籠賃貰わないでどうするんだい」

「いや、おめえにはまだ話をしてなかったがなあ、もし旦那が千両当たった折には半分の五百両をな、おれが頂けるというおめえ、そういう約束ンなってるんだ」

「まあ、おまえが？　五百両も？　貰う約束が？……そりゃおまえさん（とくずおれる）」

「おゥおゥ、しっかりしろ、おゥ、しっかりしろ、おい。大丈夫かあ、おゥ、水飲め水飲め……ええ？　五百両だよゥ、五百両ありゃァおめえ、またもともとどおりの旅籠ができらあね。夜具でもなんでも買い込んで、奉公人でもなんでもおめえ雇ってなァ、ええ？　どうだい」

「そうかい、まあうれしいじゃァないか、まァ。夢じゃァ……」

「夢じゃァねえやなァ。あ、そいからな、旦那に祝いに一口差し上げるから、仕出し屋へ行って、刺身でもなんでも、そ言ってな」

「ああいいよ、百人前も頼むかえ」

「なに言ってやンでえ、そんなにいるか……それから神棚へお燈明《あかし》を上げてな……たしかに頂戴できるか、おれァちょいとな、旦那に念を押してくるからな」

「ちょいとお待ちお待ち、おまえさん……なんだねェ、下駄ァ履いて上がって来たんだね。冗談じゃァないよ」

「あ、そうかい、あんまりうれしいもんだからね……どうも坐ってて痛《いて》えと思ったい」

「なにを言ってるんだい……いえ、二階へ行ったたって駄目なんだよ。おまえさんの帰るちょっと前に旦那ね、なんだかご気分が悪いってんで真っ青な顔をしてお帰りンなってね、二階じゃァ間に合わない。階下《した》の部屋へ床《とこ》をとってお寝みンなってンだよ」

「なに？ 階下《した》においでンなる？ ばか野郎、それを早く言えよゥ、ほんとうに、ええ？ みんな旦那に聞かれちゃったじゃァねえか……江戸っ子だなんて大きなことを言ったたって五百両ばかりの銭で夫婦ががたがたがたがた震えて、亭主が下駄ァ履いて座敷ィ上がってきた……みっともねえじゃねえか、ばか野郎……ま、しょうがねえ、いいやいいや、おれが……どこ？ こっちの部屋？……ェェごめんくださいまし……ェェ旦那さま、お加減がお悪いそうですが、いかがでございますか？」

「ああ？ だれでえ？ ああこの家《や》の主人《あるじ》どんかえ……弱ったァ、何《あん》だか知ンねえけど、気分悪くてなンねえ」

「さようでございますか。ちょいと入らしていただきます。へえ、ごめんくださいまし。……旦《だ》那《ア》さま、お詫び申し上げなくちゃァならないんでございますが、ェェ先刻お売りいたしました、富の札でございますが、あれが千両富に当たりましてございます」

「なに？　千両当たったァ？　そうけえ、どうも虫が知らせるだなァ。胸騒ぎがするちゅうだかまァ、どうしてこう気分が悪かんべえと思って……やっぱりそういう災難に出逢ったでえ……えれえことンなった」

「なんとも申しわけございません……それからお約束のあれ、たしかに頂戴できるでございましょうか」

「ああ？　約束だァ？　何《あに》か約束したか」

「お忘れでは困ります。あの、当たりました折には半分だけ頂戴できるという……」

「ああそうけえ、そんなことを言ったかな。ええだい、持ってきなせえよ。五両でも三両でも……」

「いえ、五両、三両ではございません。半分の五百両で……」

「ああいいだい。そっくりなぞ要りません。そっくり持ってきなせえ」

「いえ、そっくりなぞ要りません。ありがとうございます。それが頂戴できますれば、あたくしもうほんとうに大助かりでございます。ェェ旦《だ》那《ア》さま、お祝いに一口差し上げたいと思いますんですが、いかがでございましょう」

「いやだよ。千両ばかり当たって、祝いだなんて……」

「また召し上がるてえと、ご気分も晴れるかと思いますが……ェェもし旦那さま、蒲団をおかぶ

りになって……どっちが頭だかわかりませんが……蒲団をはぎますよ。さあ、起きて……」
と、亭主が蒲団をまくると、客は草履《ぞうり》を履いて寝ていた……。

《解説》 庶民の夢、富籤《とみくじ》を題材にした噺は「水屋の富」「御慶」「富久」と多い。落語の場合は千両富としているが、噺を面白くするための誇張で、実際は百両から三百両が最高の当たり額だった。

大阪落語の「高津の富」を三代目柳家小さんが大阪の桂文吾から教わって、舞台を江戸の馬喰町に移した。富の開催場所も椙森神社から江戸の三大富（谷中の感応寺、目黒不動、湯島天神）の一つの湯島天神へ移し、突富の行なわれている最中《さいちゅう》に群衆がもし千両当たったら……と空想しあう、面白く盛り上げる場面へ発展させた演出方法もあるが、本篇は三代目小さんの改作当時の型で、冒頭の客が大金持ちだと法螺《ほら》を吹く箇所に重点を置き、突富も終了した後の設定にした。そのほうが宿屋の主人も結果を見に行く距離感に現実性《リアリティ》がある。椙森神社は馬喰町から一キロ以内にある。湯島天神からだと、息せき切って帰るには遠すぎる。

黄金《きん》の大黒

「おいおい、みんな長屋の者は集まったかい？」

「みんな顔は揃ったようだ。で、なんだい？」

「うん、じつはな家主《おおや》が、みんな揃って来てくれとこう言うんだが、どうせ碌《ろく》なことじゃあねえと思うがねえ」

「なんだろうなあ？」

「まあ、おれの考《かんげ》えじゃあ、ちんたなの催促じゃあねえかと思うんだが……」

「なんでえ、そのちんたなってえのは？」

「店賃《たなちん》さ」

「店賃？　家主が店賃をどうしようってんだ？」

「だから、催促だてんだよ」

「催促？　ずうずうしいもんだ」

「別にずうずうしかァねえやな……みんな相当溜まってるんじゃあねえかい？　どうだ？　辰つ

ァんとこなんざあ……」

「はっはっは、面目ねえ」

「面目ねえなんてえところをみると、持ってってねえな？」

「それがね、一つ払ってあるだけに、面目ねえんだ」

「ふーん、なにも面目ねえこたァあるめえ。店賃なんてのは、月に一つのもんじゃァねえか」

「いえね、毎月一つずつ持って行きゃあ、面目ねえことがあるもんか」

「ふーん、そりゃァそうだ。じゃあ、半年も前《めえ》に持ってったのか？」

「いや、半年前なら、なにも赤くなるこたあねえや」

「一年前か？」

「一年前なら、驚くこたァねえやな」

「二、三年前か？」

「二、三年前なら、家主のほうから礼に来らあ」

「ふざけちゃいけねえや……一体《いってえ》いつ持ってったんだよ？」

「うん、月日の経つのは早えもんだ。昨日今日と思ってたが、おれがこの長屋へ越して来て十八年になるがねえ、そのとき一つ持ってったきりだ」

「へーえ、十八年?! 仇討ちだね、まるで……おう、松つァん、おめえは？」

「おれも一つやってあらあ」

「十八年前か？」

「親父《おやじ》の代だ」

「たいへんなやつが出てきやがったなあ……亀ちゃんとこはどうしたい？」

「なにが？」

「おめえンとこの店賃は？」

「どっちでもいいや」

「どっちでもいいやってえやつがあるか。持って行ったのか、持っていかねえのか？」

「どっちでもまかせらあ」

「まかせちゃァいけないよ……与太郎ンとこは、店賃はどうしたい？」

「店賃？……店賃てなんだ？」

「あれあれっ、店賃を知らねえのがいるぜ。あのな、家主さんとこへ毎月持ってく金だよ」

「ええ？」

「家主さんとこの金」

「ああ、まだ貰ってない」

「じょうだん言っちゃいけない。家主から持ってくるやつがあるもんか。おまえさんが出すんだ」

「おれが？　へーえ、そいつァ初耳だ」

「なんだい、どうも驚いたね……これじゃあ、みんな店退《たなだて》をくわせるってえことかも知れねえぜ。どうも困ったことになっちまったなあ……おや、梅さん、いまごろどうしたい？」

「おれもね、店賃のことだろうと思ってたんだが、いま、表の煙草屋で家主《おおや》の番頭さんに会って聞いたら、まるっきりちがう話なんだ」

「どんなことだい？」

「じつはね、長屋の子供たちと、家主ンとこの伜と普請場《ふしんば》で土をいじくって遊んでいたんだ」

「うんうん」

「すると、家主ンとこの伜の手の先に当たったものがある。掴み出してみると、これが黄金《きん》の大黒だとよ」

「へーえ、土の中から出たのかい？　長屋のがきどももドジだねえ。家主の伜なんざあ張り倒して、大黒様持って帰りゃよかったのに……」

「それから、すぐに家へ持って行くと、家主も大よろこびだ。『ああ、めでたいことだ。大黒様を掘り出すなんて、こんな縁起のいいことはない。その上金無垢《きんむく》だ。家の宝物にするのだから、長屋の人たちを呼んで、お祝いにご馳走しよう』と、こう言うわけだ」

「ああそうか……おい、みんな、心配するな。店賃のことじゃあねえ。大黒様を掘り出したんで、ご馳走してくれるとよ」

「ああ、久しぶりでお飯《まんま》が食べられるのか……」

「おいおい、辰つァん、情けねえことを言うなよ。おめえ、お飯《まんま》を食ってねえのか？」

「ここンとこ、藁《わら》ばかり食ってるんで、目がかすんでしょうがねえ」

「藁ァ食ってるなんて、馬だね、まるで……さあ、すぐに行こうじゃあねえか」

「それについて、家主の番頭さんも言ってたが……」

「なんだい？」

「二の膳付きといって、大きなお膳が二つつ出るんだそうだが、そうなりゃァ、紋付き羽織の一枚も着て、家主の前へ一同揃って、おめでとうございますと口上を言って、それから膳に坐るのが礼儀だと言うんだ」

「へーえ、お話中ですが、その紋付き羽織というのはなんです？」

「おいおい、なんだい、いい年をして紋付き羽織を知らないのかい？　どうもだらしがねえなあ。羽織というのは、着物の上に着るもんだ」

「ああ、あれかい。あれなら持ってらあ」

「へーえ、松つァん、羽織なんぞ持ってるのかい？　紋はいくつ付いてる？」

「一つ」

「一つ？　変な羽織だな」

「ああ、背中に大きく丸に金と書いてあらあ」

「そりゃあ、印半纏《しるしばんてん》だよ。うしろに字なんかなくって、前を紐《ひも》で結ぶのさ」

「ああ、あれか……袖《そで》のないやつね」

「そりゃあ、ちゃんちゃんこだ。どうもしようがねえなあ、羽織を知らなくっちゃあ……だけれども、一枚でもありゃあいいんだが……そうすりゃあ、その一枚で、口上を言うときだけ着ていきゃァいいんだ。その口上を言ったやつが、すぐに表へ出てきて、あとの者が、また交代に着て行こうという趣向だ。そうして、一番しまいに行ったやつは、羽織を着ているのも失礼だから、羽織を脱ごうと言って、それを着ねえで、坐ってりゃあいい」

「なるほど、うまいことを考えやがったな」

「一枚でも羽織がありゃあいいんだが、だれか持っていないかねえ？」

「羽織ならあるよ」

「おや、銀さんのとこにあるのかい？」

「あるんだけどもね、絽《ろ》なんだ」

「絽じゃあ、少し寒いや」

「それが寒かァねえ。袷《あわせ》だから……」

「えっ、絽の袷というのは、聞いたことがねえな」

「それがね、夏になると絽だけども、寒くなると、裏を付けて……それも針も糸もきかねえから、油っ紙を貼り付けてあるんだ」

「変な裏を付けるなよ。しかし、今日は、おめでとうと口上を言いに行くんだから、紋付きが欲しいんだ」

「お誂い向きだ。家のは紋付きだ」

「ほう、そいつァてえしたもんだ。で、紋はなんだい？」

「うん、左のほうが酢漿《かたばみ》で、右のほうが梅鉢《うめばち》で、背中が……」

「おいおい、みんな違うのかい？」

「ああ、そりゃァね、集めものだからしかたがねえや」

「集めもの？」

「ああ、右の袖は、古着屋にさがっていたんで……」

「もらったのかい？」

「いや、いただいて来たんだ」

「くれるって言ったのかい？」

「黙っていただいて来たんだ」

「そりゃあ泥棒だよ」

「まあ早く言えば……」

「遅く言ったっておんなじだ」

「それから、左の袖は火事場で拾って、背中は、ほたる籠の壊れたやつなんだ」

「変な羽織だな。けれども、よくまあ質へも置かずにいままで持っていたな」

「質屋へ持ってったんだけど、断わられちまった。……こりゃあ、着りゃァ羽織だが、脱ぎゃあ襤褸《ぼろ》で、雑巾《ぞうきん》にもならねえって……」

「おやおや、情けねえなあ。一体《いってえ》どんなんだい？　持って来てみな……うわァ、こりゃあ汚《きたね》えな」

「ええ、汚《きたね》えということについちゃァ請《う》け合うよ」

「つまらねえことを請け合うなよ……汚《きたね》えにしても羽織は出来たから、こんどは口上《こうじょう》だ」

「口上てえものはどんなものだか、食ったことがねえ」

「食物《くいもの》じゃあねえやな……だれか口上をやる人はいねえかい？」

「ええ、口上ということについては、あたしに任せておくんなさい」

「おや、竹さん、おまえさん、やれるのかい」

「ああ、若え時分に、旅回りの曲芸の一座にいてね、玉乗りの口上をやってたんだ」

「玉乗りの口上かい。大丈夫かい？　今日の口上は、大黒様を掘り出してめでたいという口上なんだよ」

「つまりめでたいという口上ならいいんだろう。そんなものはわけはねえ」

「そうかい。じゃあ、竹さんにお手本を見せてもらおう。わかったら、あとの者がまねすればいいんだから……」

「そうだな。じゃあみんなで、竹さんが口上を言うのを家主の家の前で聞いていようじゃあねえか」

「じゃあ竹さん、この羽織を着て……」

「うん、ちょっと拍子木《ひょうしぎ》を貸してもらいてえ」

「拍子木？　どうするんだい？」

「あれがないと、どうも口上がやりにくくって……え？　拍子木がねえ？　それじゃあしかたがねえから、拍子木抜きということで……ええ、東西、東西!!　不弁舌なる口上をもって申し上げ奉ります」

「おい、だれか出ておいでよ。玄関へ変な人が来たよ。番頭さんや」

「はいはい、どなたですか？」

「長屋一同お引き立てに預り、有難く御礼な申し上げ奉ります。長屋一同身支度調《ととの》いますれば、いま一囃子《ひとはやし》、あれあれ、長屋一同あなたのほうよりこなたへと入れ替り、あありゃ、これはこれは大黒様のご入来、隅から隅までずーいと、めでたいな、長屋一同うち揃い、あーらめでたいな、めでたいな、あーらめでたいな、まずは口上、東西、東西!!」

「なんだい、あれは？　ええ、竹さん、あんな口上ってあるもんか……さあ、羽織をこっちへ貸しな」

「だって、玉乗りの口上はあんなものさ」

「なに言ってるんだ。おれのをよく聞いてろい……へえ、ごめんくださいまし、家主《おおや》さん」

「これはこれは、安さんかい。こっちへお入り」

「へえ、ここで結構でございます……ええ、承《うけたまわ》りますれば、こちらの坊ちゃんと長屋の子供と普請場で土をいじって遊んでおりましたときに、こちらの坊ちゃんが黄金《きん》の大黒様を掘り出したそうで、まことにおめでとうございます。やはりこの、金《かね》が金《かね》を呼ぶと申しますか、大黒様もそのところは千万ご承知で……貧乏人はどこまでいっても貧乏……いえ、なに、大黒様のお祝いで、今日は、まあお招きくださいましてありがとう存じます。で、長屋の者が来ておりますか？　え？　だれもまだ来ておりませんか？　だれも来ていないところを、先へ坐っているのもなんだか変でございますから、長屋の者を呼びに行って、いますぐ連れてまいります。さようなら……どうだ、みんなうめえもんだろう？」

「こりゃあうめえや。このあとへ行くやつは骨《ほね》だ……さあ、だれかやって来ねえ」

「ちょいと、おれにやらしてくんねえ」

「与太郎か、おまえ、やれるのかい？」

「やれるのかいって、いまのあのままでいいんだろう？」

「そうだよ。あのままやりゃあいいんだ」

「そんならわけはねえや。早く羽織を貸してくんな……へえ、こんちは、こんちは」

「ああ、なんだい？　おわい屋か？」

「うふっ、ひどいな。おわい屋じゃあねえんで……こんちはァ、家主さん」

「おや、与太郎かい。さあ、どうぞお上がりを……」

「へえ、こんちは」

「はい、こんにちは」

「ええ、こんちは」

「はい、こんにちは……なんべん挨拶するんだ」

「今日は結構な天気でございます」

「はいはい、今日は結構なお天気ですな」

「へえ、しかし、明日はわからない」

「それはわからない」

「へえ、こんにちは」

「また挨拶をするのかい？　はい、こんにちは」

「うけ、うけ……うけたま川へ行きますか？」

「行きません」

「あたしも行かない」

「なに言ってるんだい。それは、承《うけたまわ》りますれば、と言うんじゃあないか？」

「そうそう、それからなんと言うんで……？」

「おまえさんが言うんじゃないか」

「そうだった……うけたま、まりまりますれば、ここの家の餓鬼《がき》と長屋の坊ちゃんと……」

「あべこべだよ、それは」

「あべこべが遊んでいた」

「そんなものが遊ぶかい」

「土のなかから掘り出したのが、黄金《きん》の天神様……観音様……不動様……水天宮様……お祖師様……金毘羅様に地蔵尊、薬師如来……好きなの選べ」

「大黒様だよ」

「そうそう、土の中から大黒様が出た……だからね、あたしはそう言ったの、家主さんとこはお金《あし》いっぱいあるんだから、大黒様だってちっとは気をきかして長屋の子供にめっけられたってよかりそうなもんだって……」

「おまえ、文句つけにきたのかい」

「いえ、その、まあ、あはは……長屋の者が、だれか来ておりますか？」

「いや、来ていません」

「あたしが上がってしまったら、あとの者が来られない。あたしの羽織を、またあとの者が着ると思いますか？」

「どうだか知らないよ、なにしろ上がって待っておいで」

「そんなことを言わずに表へ出してくださいな」

「上がって待っておいでよ」

「ちょいと出してください。厠所《はばかり》へ行きたいんですから……」

「そんなら、家の厠所へお入りよ」

「それがね、いま、表の共同便所から、ぜひあたしに来てくれって言ってきましたんで、さようならっ」

「おい、与太郎、なんだい、あの口上は？　じっに情けねえなあ。さあ、こっちへ羽織を出しな」

「へえ、こんどは半公か？」

「ぐずぐずするない。おらァ江戸っ子だ。気が短《みじ》けえんだ。おれの早えのに驚くな。入《へえ》るのが早えか、出るのが早えかわからねえぞ。見てろ、驚かしてやるから……こんちは‼」

「おや、いらっしゃい」

「さよなら‼」

「なんだい、半公は？　こんちは、さよならだって……おいおい、ばあさん、表へ出て見なよ。みんなが、玄関の前で羽織をひっぱりっこしてるじゃァないか。気をつかって、かわいそうに……みんな、いいからって、こっちへ入れてお上げ」

「はい……さあ、みなさん、こっちへお入りくださいな」

「へえ……こんにちは、家主さん」

「あいよ、こんにちは」

「こんちは」

「はい、こんちは」

「いろいろな声がするね。さあ、どうぞ遠慮なく上がっておくれ……おや、熊さん、しばらくだったねえ。家の子供がよくおまえさんの家へ遊びに行くそうだが、いたずらをしたら遠慮なく叱言《こごと》を言っておくれ。家主の子供だと思わないで、わが子だと思って、遠慮なく叱言を言っておくれ」

「へえ、それは言います。この間も言ってやったんで……」

「言ってくれたかい？」

「へえ、夕方ね、あっしが仕事から帰って、七輪《しちりん》で火を熾してたんですよ。するとね、お宅の坊ちゃんがやって来て、『あたいのおしっこで、その火を消してみようか？』って言うんですよ。まさかそんなことはしねえだろうと思いましたからね、『ああ、やってごらん』と言いますとね、ほんとに消しちまったんで……あんまりしゃくにさわったから、軽くガンガンと……」

「ははあ、拳骨《げんこつ》かい？」

「いいえ、金槌《かなづち》で……」

「金槌でやっちゃァ困るな。それじゃあ、この間、瘤《こぶ》が二つあったのは、おまえさんがやったのかい？」

「へえ、あっしがやったんで……別に礼にゃァ及びません」

「だれが礼なんぞ言うもんか」

「ええ、坊ちゃん、坊ちゃん、蜜柑《みかん》を上げましょう。ほんの一つですが……」

「そりゃ、すまないな。おい、お礼を言いな」

「いえ、お礼を言われると……いまね、ちょっと奥へいったら、床の間にたくさん積んであったので、そこから二つ盗んで、一つを坊ちゃんに……」

「おいおい、いけないなあ、盗んだりしちゃあ……さあさあ、みんなお膳に坐っておくれ」

「へえ、どうも恐れ入ります……おい、みんなもお膳にお坐りよ……ええ、久しぶりだなあ、鯛《てえ》だ。りっぱな鯛だぜ。この鯛は一匹、いくらぐらいするだろう?」

「安くはねえぜ」

「そうだろうなあ。おらァ鯛はいらねえから、銭《ぜに》で貰いてえ」

「情けねえことを言うない」

「この酢の物は、折角だが、おらァ嫌《きれ》えだ」

「おめえ、嫌えなら、おれにくれ」

「くれったってただじゃあやれねえ」

「しみったれたことを言うな。じゃあ、しかたがねえ。二十銭で買ってやろう」

「二十銭は安すぎらあ。もう一声」

「じゃあ二十五銭」

「もう一声」

「じゃあ二十八銭!!」

「よしっ、負けちまえ!!」

「いけないよ。そんなとこで、ご馳走の競《せ》り売りなんぞしていちゃあ」

「さあさあ、鮨《すし》が来た。あっしが取ってやろう……おっと失礼、落しちまった。いえ、落したのは、汚《きた》ねえから、あっしが頂こう……さあ、あとを取ったから、そっちへ上げよう。おっと失礼、また落した。落したのは汚ねえから、あっしが頂こう……さあ、もういっぺん取って上げよう。あっ、また落した。落したのは汚ねえから、あっしが……」

「おいおい、冗談じゃあねえ。いいかげんにしろよ。あんなことばっかり言って、鮨をわざわざ

落して、六つも食べちまった。やあ、酒が出て来たぜ。久しぶりに飲めるんだ。たらふく飲み倒そう」

「だれだい、飲み倒そうなんて言うのは？」

もう大騒ぎ、どんちゃかどんちゃか、向うの隅では八木節、こっちのほうでは安来節、あちらのほうではかっぽれを踊るというように、大賑《にぎわ》いになった。

床の間の大黒さまもじっとしていられなくなり、俵を担いで表へ歩き出した。

これを見て驚いたのは家主さん、

「もしもし大黒様、あまり騒々しいので、どこかへお逃げになるのですか？」

「いやあ、みんながあまり賑やかに騒いでいるので、わしも仲間に入って騒ぎたいから、割り前を払うために俵を売りに行くのじゃ」

《解説》〝笑う門《かど》に福来たる〟——正月、ご祝儀がわりに演《や》る余興種《ネタ》。古来から芸能は祝事を司る役目も担っていた。

この長屋の家主は、別に商家を経営する所有者《オーナー》で、番頭はその店の奉公人である。

上方種を、柳家金語楼が改作したもので、長屋の連中が招かれた宴席の膳の料理を売買するところなど大阪色が濃厚に残っていて（江戸っ子にはできない）、サゲで大黒が突然、擬人化してしゃべる演出などは、上方噺特有。因に上方でのサゲは、長屋の連中が「豊年じゃ、百で米が三升じゃ」と騒ぐと、大黒が、「安うならんうちに、わしの一俵を売りに行く」。

紺屋高尾

神田に紺屋町という、染物屋が軒を並べた一区劃《くかく》がある。

そこの紺屋で吉兵衛という染物職人の店《たな》には奉公人が十五、六人もいる、その奉公人の一人の久蔵というのが、この噺の主人公……。


「おい、お光っ、久蔵《きゆうぞう》のやつが、三日ばかり仕事に出て来ねえようだが、どうしたんだ？」

「それがねェ、親方、蒲団かぶったまま寝ちまって、あたしが行って、声をかけても返事も碌《ろく》すっぽしないでさ」

「寝たっきりで……どうしたんだ、食いものは？」

「なんにも食べないんだよ」

「それァいけねえやな。そのまゝま打《う》っ捨《ちゃ》っといたら困らァな」

「医者に診《み》せないとねえ……」

「そういうところは女房のおめえが気を配って、こっちにいちいち言わなくっても医者に診《み》せなくちゃいけねえじゃァねえか。お玉が池の先生に早速、診《み》せ……あ、あ、ちょうど先生が表をお通りになる。いい塩梅《あんべえ》だ……あ、ちょいと先生、武内《たけのうち》の先生、すいませんが……こっちへ……え？ いやいや、いまね、お宅へ店《うち》の小僧をね、使いにやろうと思ってたとこで……いいえいえ、店《うち》の久蔵の野郎でしてね、ご存知でしょう？ あいつァまァ、古い職人だし、真面目なやつなんですが、どうも三日ばかり仕事をしねえで、かかァの言うのには、蒲団をかぶって寝たっきり、返事もしねえで、三日ばかり飯《めし》も食わねえってんですが、どんな様子か、ひとつ診てやっていただきてえんで……」

「ほう、久蔵さんが……？ あァよろしい。では拙者が診ましょう」

「いま、二階に寝ております」

「いや、案内はいらん、勝手はわかってますから……あァ、久蔵さん、起きてるか？ おい、久蔵さん」（と、肩を叩く）

「ああッ……先生ですか」

「うん。どうしたんだ？ おまえが加減が悪いと、親方とおかみさんが心配をしている。どんな具合だ？」

「へえ、うっちゃっといて下さい」

「いや、どんな具合だ」

「まあ、こんな具合なんで……」

「顔をしかめただけじゃあ、いくら医者だって、わからんが……うーん、脈《みゃく》を診《み》よう、手をお出し」

「ええ、ようがす、どうせ長くねぇから」

「なに、いいてえことはない、脈を診る」

「脈はねえんで」

「ばかなことを言っちゃいけない。人間生きていて、脈のないやつはない。こっちへ手を出してごらん……（脈をとり）うんうん、なるほど、あァあァ、これァ別にさしたることはない。ぴょんぴょん脈だ」

「なんです、ぴょんぴょん脈てえ？」

「脈がぴょんぴょん搏《う》っておる。ふふふ、舌を出してごらん、口をあいて……もっと大きく……おう、大きな口だなどうも、あァ荷物ならよほど入る。舌を出して……あァ、別に熱気《ねつけ》はない、うん。……そうか、いやいやわかった、おまえは近ごろ珍しい病気にかかったな。『お医者さまでも草津の湯でも』……そうだろ」

「へえ……なんです、それ」

「『惚れた病は治《なお》りゃせぬ』という唄があるが、恋煩《こいわずら》いをしているだろ？　え？　いやいやいや、隠してもいかん。相手は素人ではない、いま全盛の三浦屋の高尾太夫におまえが思いをかけているると、あたしが判断をした。そうだろ……ちがうか？」

「へえー……こりゃ驚いたね、どうも。脈を診《み》たりなにかするとそんなことがわかるんですか」

「ははは、脈でわかったわけじゃないよ。いま、あたしが二階へ上がってくると、おまえがなにか余念もなくこう……見ている、声をかけても返事もしないから、肩越しにうしろから覗いてみると、高尾太夫が道中をしている錦絵をおまえがよだれをたらして眺めている、肩を叩いたときにあわてて蒲団の下にしまったろ、うーん、まだ顔が半分出ている」

「え？……あ、いけねえ。ばれちまったあ……しょうがねえ」

「どうしたんだ、話してごらん……なに？　いやいや、親方やおかみさんには決して言わないから……どうした？」

「ええ……じゃあ、こんなことはねえ、親方やおかみさんには内緒《ねえしょ》にしといておくんなさいよ」

「うん、内緒にする……うん」

「ええ、あっしゃね、今年二十六なんでございます。いえもう、若《わけ》えってこたァねえんで、年季《ねん》も明けてるし、両親もありませんし、千住の竹の塚に伯父が一人いるんです。向うも子供はねえから、『てめえを引き取りてえ、親方に暇ァもらって、こっちへ来い来い』という手紙は来てぃるから、おれァ近々に暇ァもらって田舎のほうに引っこもうかと思って、友だちに話をしたところが、『おめえはまだ、吉原へいっぺんも行ったことがねえだろう、花魁《おいらん》の道中てえものがあるからいっぺん見ておけ』ってんで、そいからあっしゃね、いやだってそう言ったんです。ふだんから親方に『決してあんなところへ行っちゃァならねえぞ。悪い病でも背負《しょ》った日にゃア生涯《しょうげえ》取り返しがつかねえから、足を入れる場所《ところ》じゃねえ』って言われて……で、あっしゃね、いやだってそう言ったんです。ったら、『ばかなことを言うない、ただ見るだけなんだから、とにかく話の種だ』てんで、連れて行かれましたが……初めてあっしゃァ見たが、きれいなもんですねえ、花魁てえものは……なかでこの高尾太夫、絵のようだなんて譬《たと》えをいうが、あァ、とんでもねえ、絵どころじゃねえ、人間にもあんなきれいな女《ひと》があるかと思ってねえ……あぁいう花魁から、盃を貰えねえかったら、『ばかなことを言うな、ありゃァ大名道具といって、てめえたちはそばへも寄ることは出来ねえんだから諦めろ』と言われてね……しょうがねえから、仲見世でこの錦絵を買って帰《けえ》って来たんですが、諦めきれねえ。それからてえものは、花魁の顔が目先にちらついてしょうがねえんです。刷毛《はけ》をもって糊《のり》をしてると刷毛が高尾に見える、飯《めし》を食ってりゃ飯粒《おまんま》が高尾に見える、見るものがみんな高尾なんで……ええ。こうやって話をしているが、先生の顔が……」

「いや、ばかなことを言っちゃいけない、どうも気味の悪い男だな。こんなおまえ、坊主頭の高尾てえのがあるか。……え？　大名道具だから、うん、紺屋の職人には買えない？　だれがそんなばかなことを言う……そりゃァね、見識を売るからそういうことを言う。しかし、売りもの買いものであるから……金を出せば買えるんだ、そうじゃない、え？　なにを？　いやァ、買えんことはない」

「そうすか！　じゃァ、ありゃ……買えますかね、花魁に会える？」

「ああ。あたしがついて行って、きっと会わしてあげるから……うーん、そうだな、初会ならば、十両あればよかろう」

「十両！　へえ……ずいぶん高えんですね、ひと晩で……？」

「そうだよ」

「あたしの給金は、三両ですからねえ」

「三両稼げれば結構じゃないか。ひと月か？」

「いえ、一年……」

「あァ、一年に三両か。じゃこうしようじゃないか。おまえがそれほど思うなら、三年辛抱できないか。……出来ます？　そうかい。三年で九両貯めたら、あたしがそれに一両足して、必ずおまえに高尾太夫を会わせよう……いやいや、その間に身請にでもならん限り、決して一、二年でいなくなることはない。もしそんなことがあれば必ず噂になる。だから三年間、一所懸命、働きな、必ずおまえを花魁に会わせるよ」

「へえ、ありがとうございます。高尾太夫に会えるってえことを聞いただけで、なんだかもう胸がこう、すうーっとしてね、ええ、急に腹が減ってきてなんか食いたくなりました」

「おほほほ、正直なもんだ。食欲が出たか、あァ、それは結構だ。なんだ食いたいものは、おかゆでもそう言おう」

「いや、天丼と鰻丼を二つ、お願いします」

「そんなにいっぺんに食べちゃあ、身体に毒だ」

医者の花魁に会わせてやるのひと言が、久蔵の恋煩いに見事に効き、まもなく全快した。

久蔵は、それから高尾太夫に会うために、給金をすべて貯め込んで一年で三両、二年で六両、三年で三三が九両となり、四年目の二月になった。

「おゥ、久蔵、まァそこへ坐ンねえ」

「へえ、親方、なにかご用で……」

「うん。昨夜《ゆうべ》な、おれが帳面を調べて見たところ、おめえの給金がおれのほうへ残らず預りになって九両貯まった。よく辛抱したな、え？　しかしな、九両三分三朱までは端《はし》た金《がね》というんだ。もうわずかだが十両という声がかかれば、これを大金という。盗人《ぬすっと》でも十両盗みゃァ首を打たれるてんだから、ええ、おめえにな、おれがここへ一両包んでおいた。よく働いたから別に骨折りとしておめえにこれをやる。これでおめえの金が十両になったわけだ、わかったな？　じゃ一緒に預っておくから、もう三年辛抱して二十両拵《こせ》えろ。店を持たしてやるから、紺の暖簾《のれん》をかけ、瓶《かめ》の三つも埋《い》けて、鉄漿《おはぐろ》をつけた女房を貰って、『親方、どうぞこれを染めておくんなさい』『へえへえ、ようがす。明後日《あさって》おいでなさい』かなんか、てめえが言えるようになるんだから、え？　一所懸命にやんなよ」

「どうも……ありがとうございます。いいえね、九両はもうね、わかっちゃいたんですが、あとの一両どうしようかと思っていたとこなんで、ええ。じゃ、買うもんがありますから、それをおくんなさい」

「買うもんがある？　あァあァ、なんかおめえ、買いてえもんがあって貯めたんだ……そうだろうなあ、食いてえものも食わず、そうして金を貯めるってえなあ、なかなか容易なこっちゃねえや。うんうん、じゃ渡してやるが、なにを買うんだ？」

「へへへ……ま、そんなこと言えません。あっしが働いて貯めた銭をあっしが費《つか》うんですから……」

「なんだ、この野郎、変なことを言うねえ。そりゃ、おめえの金には違《ちげ》えねえが預っているうちはおれのもんだ。おめえがためンなるものを買うんなら渡してもやるが、さもなかったら十両はさておいて、鐚《びた》一文だって渡さねえぞ、なにを買うんだ」

「じゃ……言わなきゃどうしてもいけねンですか、駄目ですか？」

「いけねえ」

「いらねえやっ」

「なんだ、いらねえ?」

「ふん、いまさら十両になっておまえさん、惜しいからそんなけちをつけてるんだ。そんな未練のかかった銭ァいらねえや。おまはんにみんなあげましょう」

「うーん? みんなくれるってえのか、ふふふ、おっそろしい気前《きめえ》のいい野郎だな。じゃ、貰った」

「貰うて言《や》ン……ほんとうにやりゃァしねえのに。そう言ったら出すだろうと……」

「だれが出すもんか、わからねえ野郎だな。だから、費《つか》いみちを言えてんだよ」

「じゃ、どうしてもいけねえんですか? じゃ金は要《い》りませんから、今日限りお暇《ひま》をいただきます」

「なんだい、暇をくれ? 出ていくのか……あァあァ、どこへでも行きねえ。おめえがいやだってえものを鎖で繋《つな》いでおくことは出来ねえんだから……いずれよそへ奉公はするだろうが今度の主人によく聞いてみねえ。こういうわけで先《せん》の親方に金は預けてあるがなんと言ってもくれません……おめえが無理か、おれが無理か、よく聞いてみねえ。どっちィ行くんだ?」

「西ィ行くんだ……ええ、盆の十三日には帰《けえ》って来ます」

「じゃ、なにか、おめえ、金ェ渡さなきゃ死ぬてえのか?」

「へえ……いくら働いたって、てめえの銭がてめえで費《つか》えねえぐらいなら生きてたってしょうがねえやな。……ひと思いに死にます」

「ああ、ああ、死にねえ死にねえ。はははは、そのほうがいいや。昔から、死ぬ死ぬっていうやつに死んだためしはねえってえからな。あァ、大川に蓋《ふた》はないから、立派に飛び込んで来い」

「あすこまで行くのは面倒くせえや、裏の井戸に飛び込む」

「ばかやろ。そんなことしたら、井戸の水が飲めなくならァ。ま、てめえぐらいどうも縁起の悪い野郎はねえ。死ぬほど買いてえものがあったらなぜ親方に言わねえんだ……なに？　きまりが悪い？　なにを言ってやんだ。きまりが悪いなんてのは、昨日今日来た職人の言うこっちゃねえか。てめえなんか十一のときから奉公して、さんざん寝小便をして、おれに厄介《やつけえ》をかけやがったんじゃねえか」

「ええ、それァずいぶん寝小便はしましたがね、このごろはしません」

「ばかなことを言うな。三十ンなって寝小便をしてりゃばかだ。だからその、なにを買うか言ってみなってんだよ、え？　いやァ、決して怒らねえから」

「じゃァねえ……まだ買ったわけじゃねえんですからねえ、親方怒っちゃいけませんよ。……三年前《めえ》に煩《めえ》った一件なんで……」

「三年前？　あァあァ煩ったことがある。お玉が池の先生に診てもらった、うん」

「そンとき……だから……がね」

「なんだか知らねえがはっきりしろよ。もしょもしょしてねえで、なにを買うんだか、はっきり言え！」

「高尾、買うんです」

「やけにはっきり言いやがったな。鷹を買う？　鷹なんぞおめえ、飼えっこねえじゃねえか。第一、あんなものはしょうがねえ、生餌《いきえ》で。鶯《うぐいす》かなんかにしておけ」

「鳥の話をしているんじゃねえんですよ。三浦屋の高尾太夫に会いてえから……食うものも食わずに貯めた銭なんですから、親方、どうかひとつ、渡しておくんなさいな」

「久蔵、つもってもみろ。吉原の全盛の花魁がおめえと会ってくれようはずがねえや。よしんば会えたところで、チラッと顔を拝んだだけで、ひと晩で大枚十両が消えるんだぞ。それでもいいのか……」

「高尾と会う以外に、あっしの夢はねえんです」

「おう、わかった！　そこまで言うんなら……。おめえが三百文女郎《さんびゃくじょうろ》を買うんなら話にならねえが、相手は大名道具、ま、そう言っちゃなんだが、おめえは紺屋の職人だ。三年の給金を一夜の栄華に費《つか》っちまおうなんてのは威勢がいい。江戸っ子らしいじゃねえか。そういうことァ好きだ、おらァ」

「あらッ、そうですかい。じゃ……一緒に行きますか？」

「だれが一緒に行くやつがあるもんか。一人じゃ行かれねえだろ？」

「ええ、一人じゃ行かれませんから、お玉が池の先生が……」

「そうか……あァいい。うん、あの先生は、医者はまずいが、女郎買いは名人だ、ありゃ。うーん、あの先生がついて行きゃよかろう。いつ行くんだ。え？　今夜？……まあま、いいや。先へ湯ィでも入《へえ》って、少しきれいごとンなって来い。え？　あァあァ、わかった。湯銭はあるか？　そうか……へへへ、お光か、もう少し早く帰《けえ》ってくりゃよかった。え？　久蔵の野郎、泣いたり笑ったりしやがっておかしかった……え？　なにをって、久蔵のやつ、三年前《めえ》に煩ったのァ、三浦屋の高尾太夫に恋煩《こいわずれ》えをしたンだとよゥ。それで三年の間、食うや食わずで銭を貯めた、とこう言うんだ。その十両を持って、これから吉原《なか》へ出かけるてえから、着物を出してやれ。え？　野郎はなにもありゃしねえやな、おれの着物を貸してやるんだな……そうだな、あんまり光らねえほうがいいだろう、結城《ゆうき》かなにか……あァ、帯は、茶献上《ちゃけんじょう》がいい。それから羽織と、パッチ、みんな揃えとけ。なんにもねえんだから襦袢《じゅばん》からなにからな、足袋は何文だ、あいつは？　え？　あァそうか。じゃ、まあいいや、そいつも新しいの出しといて……おうおう、見ねえ、帰って来やがった。……久蔵、どうした？」

「どうも久しく湯ィ入らねえんでね、あとからあとから、垢が出てきやがってね、へへ、糠袋《ぬかぶくろ》を三つも使いました」

「おっそろしく使いやがったな、どうも。なんだ、鼻のあたま、赤くなってるじゃねえか」

「ええ、どうも、なかなかきれいにならないんでね、軽石でこすったんで……」

「ばかなことをするなよ。顔がなくなっちまうぞ……そこへ着物が出てら」

「あらっ、いい着物ですねこらァ……へえ、あっしにくれるン？」

「やるんじゃねえやな、貸すんだよ」

「あァ、そうですか」

「あ、その、パッチを先に穿《は》かなくちゃいけねえから……あァ、待て待て、……なんだ、その褌《ふんどし》は、染めたのか」

「どれ、これですか？　いいえェ、別に染めたわけじゃねえんで、一昨年《おととし》の暮から締めてんで……へへへ、まだ水入らずなんで……」

「汚ねえものを締めてやがんだな」

「でもこりゃ、役に立つんで。明日雨が降るてえときは、この褌へべとっと湿りがくる」

「捨てちまえ……まあ、お光、締め替えを出してやれ、褌ぐれえきれえなのを締めろ。江戸っ子の面《つら》汚しだ。しっかりしろ……帯をもっときりっと締められねえのか、だらしのねえ野郎だ。こっちィ来い……さあ、締めてやる、よし……これでいい。お光、羽織を着せてやれよ」

「へへへへ、ありがとうございます。なにからなにまで……親方、ちょっと、羽織の紐《ひも》を結んでおくんなさい」

「駄々っ子だね、どうも……よし、さあ、これへ金が十両ある」

「へえー、これが十両っ、たいしたもんだ。いま、江戸で十両持ってんのァ、おれのほかに幾人《いくたり》ぐらいいるかなあ」

「そうたいしていやァしねえや。おゥ、それをじかに入れちゃいけない。金入れてえものがあるから、その中へ入れて、それから紙入れへ入れて……で、今夜はな、そいつをお玉が池の先生に預けて、知らん顔の半兵衛でな、いいか」

「なるほど、吉原では久蔵じゃいけねえんだ。半兵衛になる?」

「なにを言ってやがン。知らぬ顔の半兵衛てんだ。洒落が通じねえや。とにかく、先生に万事任せて、鷹揚《おうよう》にしてなくちゃいけねえよ。……お光、雪駄《せった》を出してやれ。まだ履いてねえほうの、お初《はつ》をこいつに履かせてやろう。道の悪いとこに跳び込まねえように気をつけろ。いいか」

「じゃあ、親方、おかみさん、行って参ります」

「行っといで。花魁を買うのかい」

「へへ、花魁を買って、帰りに提げて来ます」

「花魁が提げて来られるかい、それァ胴乱《どうらん》だね。いいかい、気をつけておいで」

「おうおう、久蔵さんじゃないか、どうした、たいそうめかし込んで来たな……え？　うんうん、親方が承知で、上から下まで揃えて貸してくれた？　そりゃ話のわかる親方だァ。おまえと約束もあるこったァ、忘れてやァしねえ。うんうん、案内をしてあげるがな。しかしどうも、おまえを紺屋の職人と言ったんじゃ向うが客にしない……いや、なぜといって、格式を売るんだから、こうしよう。ええ、野田とか流山《ながれやま》あたりは金持ちの多い土地だから、流山の大尽ということにしておまえを連れて行くから、いいか」

「あァあァ、なるほど。ええ、流山の大蛇《だいじゃ》になる……」

「いや、大尽、金持ちのことを言う」

「あァそう……ふふふ、十両ありますから」

「十両ばかりで大尽とは言えないが、家には何万両でも金があるという顔をして……で、向うへ行って、あたしのことを『先生』なんてえと値打がない、出入りの医者だから、構わず呼びつけに『武内《たけのうち》、これ、蘭石《らんせき》』、みんなでおまえを、旦那旦那と言って、敬《うやま》うから『あいよ、あいよ』と、大尽言葉を遣う。あまり口数をきかないよう、万事鷹揚にするんだ、いいか」

「へえ、おどろいた、むずかしいもんですねえ、大尽なんてえものは。そんなこと言わなくちゃいけねェですか？」

「やってごらん、武内《たけのうち》やと……」

「へ？」

「武内や、蘭石、とやってごらん」

「へへ、た、た、たけのこ……」

「なんだい、竹の子てえのは。いくら藪《やぶ》医者でも竹の子はいけませんよ。武内だ」

「たけのうちですか、武内……？　あいよあいよ」

「なんだ、それじゃどうも、大尽に聞こえないな……『武内、蘭石……あいよ、あいよ』、もっとこう、ゆっくり言わなけりゃ……まあま、目白の糞《ふん》を一匙《ひとさじ》、それからぬるま湯を汲んで、手を洗わなければいかん」

「いえ、湯ィ入りました」

「いや、湯へ入っても爪際《つめぐし》に藍《あい》がある。それでは一見して紺屋の職人とすぐわかる。すっかり落としなさい、目白の糞で」

「あァなるほど……きれいになるもんですね、どうもへえ……じゃァ、そろそろ出かけますか」

「では、ぶらぶら行こう、うん。途中でやってごらん、『武内、蘭石や』と」

「ああ、あの稽古を……？　へえ。武内、蘭石、あいよ、あいよ、と……」

「おう、その調子ならいい。えェ、ここでは少し位置が悪いから、もう少し先へ行って大きい声であたしを呼んでごらん」

「へい。……武内、蘭石」

「へいへい、旦那《だア》さま、ご用でございますか」

「あいよ、あいよ」

「なんだ、うまいじゃないか」

「へへへ、ものはやっぱり慣れなくちゃいけねえもんですね。じゃすいません、もういっぺんやりますから、へえ。武内、蘭石」

「へいへい、旦那《だア》さま、ご用でございますか」

「あいよ、あいよ。……へへ、武内……」

「そうのべつにやってちゃいけないよ、往来の人が笑ってる……おう、はなしは早い、もう来ちまった……あそこに見えるのがあたしの行きつけのお茶屋だが、しかし、ああいう全盛な花魁だから、いますぐというわけにはいかんかも知れん。いいか。何時《いつ》の幾日《いツか》という約束で帰るかも知れんから、それは承知でな、いいか……ま、とにかくあたしが行ってくるから少しお待ち……」

　これから茶屋で先生が話をした。

「なにしろご全盛でございますので、ま、ちょっとお待ちを願いまして……」

　茶屋も取り巻きがいいから信用して、すぐ三浦屋のほうへ伝えると、お客があったが急用で、これから帰る。いい塩梅に、花魁があくというので……上首尾にことが進んだ。

「さ、どうぞ、お大尽こちらへ……」

　と茶屋へ通されたが、久蔵は、ただ、

「あいよ、あいよ」

　と返事ばかりしている。

　先生は冷汗をかき、化けの皮が露見《あらわ》れちゃいけないと、そうそうに三浦屋へ送り込んだ。

　三浦屋の玄関には、主人の四郎左衛門が出迎えた。

「今日はようこそ御入来《ごじゅらい》でございます」

久蔵は花魁の部屋へ通され、先生のほうはこれでお役ご免と、茶屋へ引き返した。

久蔵は一人、部屋へ案内され、その部屋の絢爛豪華さに仰天、床の間には、遊芸の道具、琴、三味線、胡弓、月琴、木琴……と、ずらっと並んでいて、久蔵は夢の中にいる心持ちで、ぽーっとしている。そこへ番頭新造《しんぞ》が手をついて、

「お大尽、御寝《ぎよし》なりまし」

「あ、あいよ」

「えっ？」

「寝なまし」

「あァあ、寝るんですか？　へへ、どちらへ？」

「どうぞ、あれへ」

奥の座敷に絹布《けんぷ》の夜具が二枚敷いてある。

吉原では初会は二枚。馴染から三枚敷くというのが規則。その蒲団もパンヤというものが中に入っているから二尺くらいある。それが二枚、久蔵は、見上げて、

「梯子《はしご》はないのかァ？」

と、思わず言いそうになったが……弾みをつけて跳び乗った。

しばらくすると、花魁が禿《かむろ》に手を引かれて部屋へ入って来て、久蔵の前へ坐った。

この坐りかたが、傾城坐《けいせいずわ》りといって、客のほうへまともに顔を向けないで、少し、斜《はす》に見せる。

横からだと鼻が高く見える。どんな低い鼻でも、こうすれば少しは高く見える。

新造が、銀の煙管《きせる》へ煙草をつめて出すと、花魁がこれに煙草盆の火をちりっとつけて、ちょっとこれを吸いつけて、

「お大尽、一服服《の》みなまし」

久蔵は花魁の手ずから煙管を、

「へへーッ」

と最敬礼してお札みたいに押し頂いて、ふだん煙草は服まないが、礼儀だと思って、火玉の踊るほど吸い込んで返した。

松の位の太夫とはいえ、お客さまに対しては、一通りの挨拶は欠かさない。

「主《ぬし》はよう来なました。おまはん、今度はいつ来てくんなますえ？」

紺屋の職人だから、

「明後日《あさって》、来ます」

と言えばいいのに、久蔵はもう魂が抜けて陶然として、なにがなんだかわからない。感極まって、

「へえ……へへへへ……」

と泣き出した。花魁はあわてて、

「どうしなました？　おなかでも痛いのざますか？」

「いいえ……へへ、……またいつ来てくれるとおっしゃいますが、今度来るときは、丸三年経たなきゃ来ることが出来ないんでございます」

「丸三年？　どうして？」

「じつは……流山の大尽などではありません。お恥しいが、あっしは紺屋の職人で一年働いても三両しかできねえんで……三年辛抱して九両貯めて、それに親方が一両足してくれて、やっと十両になって……それで着物まで貸してくれて、これみんな、借り物なんでございます。褌まで借りまして……こうしてお目にかかることが出来ましたが……また来ようてえには三年働かなくちゃなりません。よし、また金は出来ても、花魁のほうでそのうち見世にいなくなりゃァ、もう二度とはお目にかかれませんので……それが悲しくって……」

高尾のほうも聞いていて、ぽろッと涙をこぼした。源平藤橘《げんぺいとうきつ》、四姓の人に枕を交わすいやしい身を、三年も思いつめてくれるというのは、なんという情の深い人か、こういう人に連れ添ったら、仮令《よし》煩《わずら》っても見捨てるようなことはない、と……。

「それは、主《ぬし》、ほんとうざますか？　廓へ来る客でおまはんのような実《じつ》のある人はありんせん。主が三年稼がずとも、わちきは来年の二月十五日に年季《ねん》が明けるのざます。主のところへたずねて行きんすによって、わちきのようなものでよければ女房にもってくんなますか？」

「へへ……ありがとうございます」

久蔵は、高尾を拝んだ……。

「それでは、こちらからたずねるまでは、もう決して二度とここへ来てはなりんせん。今夜の勘定は、わちきがよいようにしておきまほ。主の持って来なました十両は、持ってお帰り……」

と、久蔵はまた逢う日までの形見にと、香筐《こうばこ》の蓋を貰って、その晩は亭主の待遇というわけで、大門まで送ってもらった。

「えェ、ただいま、帰りました」

「で、どうしたい。花魁に会ったか？」

「へへへ、帰ったら、親方によろしく言ってくれってえました」

「嘘ォつきやがれ。どうした、振られたんじゃねえのか？」

「いいえ、いいお天気で……」

「天気を聞いてるんじゃねえんだよ。てめえなんざ、向うでいい扱いをしねえだろうてんだ、それを振られるってんだ」

「へへへ……素人は知らねえからそんなことを言ってんだ」

「なんだ、素人だあ」

「初会から、高尾がばかな惚れかたでね、へへ、初会惚《しょかぼ》のべた惚《ぼ》、来年の二月の十五日、ヘッ、すってけてんてんのてん……」

「あ、踊ってやがる。しょうがねえ、とうとう気が狂っちゃったなァ、こらァ。先生はどうしたんだ、一緒か？」

「あ、いけねえ、先生、向うへ忘れて来た」

それから久蔵は、いっそう一所懸命働いて、朝起きると、飯《めし》を食べながら「ああ、二月の十五日」……、刷毛を採《と》って糊をひいてると、二月の十五日……瓶《かめ》ェまたがっても二月の十五日てんで……。

「なんだ、あの野郎、どうかしてやがんな、え？　なんだか始終、二月の十五日だ、十五日だってやがん。なんだい、二月の十五日に死んじまいやがんじゃねえのかい……おうおう、飯だよ、おい、二月の十五日」

「へえ」

「なんだ、返事をしてやがら」

翌年《あくるとし》の二月の十五日。紺屋町の吉兵衛の店先へ新しい四つ手駕籠《かご》がぴたッと止まった。中から出て来たのが、元服をした高尾太夫。

親方吉兵衛へしとやかに挨拶をして、

「これはどうぞ、久蔵さまへのおみやげに……」

と、花魁のほうから持参金。

「おほほほほ……いやァ、久蔵、えらい！　よくとった、よく取った」

まるで猫が鼠を獲ったよう……駕籠屋へ祝儀を付けて帰した。

久蔵と高尾は、親方の仲人で夫婦となり、店《たな》においておくわけにはいかないから、近所に手頃な空店《あきだな》があるというので、これに新しく紺屋を開かせた。

さてやってみたが、新店なのでなかなか客が来ない。久蔵は考えた末に、早染めというのを始めた。

これは、店に来た客を待たせておいて、持ってきた布きれをその場ですぐ染めて渡すという新商売で、瓶《かめ》のぞきという色の染物。

その由来は、ごく薄い浅黄で、染めたのではなく、瓶をちょっと覗いたかなというくらいの薄

い浅黄で、これを「瓶のぞき」と命名した。当時はたいへん、粋なもんだといって若い衆などはこれで頬っかぶりをして、

「おい、乙《おつ》だね、あれァ……瓶のぞきだよ」

なんて、もてはやされた。

もう一つの説は、高尾が染めの手伝いをして、亭主と一緒に、この瓶にまたがって仕事をする……松の位の太夫といわれた花魁が手ずから染めてくれる、というわけで、瓶へまたがるから、ことによるとあの中へ映っているんじゃねえかな……なんてえ。それを首をのばして、こう……覗くやつがいて、それで「瓶のぞき」という名が付いた……というあんまりあてにはなりません。

そんなわけで、高尾に染めてもらったものを身に着ていれば、悪い病にかからない……と評判になって、店は大繁昌。近所の呉服屋の白い反物はみんな売り切れて、手拭い一本でもなんとか高尾に染めてもらおうというので、店に行列ができる始末……。

「弱ったなァ、もうなにも白い布《もの》がなくなっちゃったな、どうも……おいおい、おっかァ」

「なんだい」

「なんかねえかな、白いものは。ちょいと染めに行くんだ」

「いい加減におし。なに言ってやがんだい、染める染めるって言やがる。家にあるものをみんな染めちまいやがる。ひとの腰巻なんぞ染めやがって、みっともなくって締められやしねえや。だめだよ。なにもありゃしないよ」

「そんなこと言わねえで、なにかねえかよ、おい、え？　ねえ？　弱ったなどうも……おうおう、台所になんだか……おう、白いものがあるじゃねえか」

「台所にあるのはあれァ、白鳥の徳利だよ」

「とっくり？　徳利じゃしょうがねえな、どうも。なにかねえかなァ……あァあァ、いいやいいや。じゃ、これ持って行こう」

「あ、な、なにをしてんだよ、猫だよそりゃ」

「うん。いいやな」

「いいやなって……呆れたね、この人は。ばかだね、白猫ならまだしも、黒い猫じゃないか」

「あァいいんだよ。ははは、色あげしてもらうんだ」


《解説》もはや今日、この世で見ることが適《かな》わぬ吉原の花魁のお目通りである。他には歌舞伎の「助六」の揚巻、「籠釣瓶《かごつるべ》」の八つ橋などでわずかに鑑賞することができる。

三浦屋の松の位の高尾太夫。この高尾太夫は十代目まで継承された名跡で、中で最も有名なのが仙台藩主、伊達綱宗に身請けをされた〈仙台高尾〉で、「君はいま駒かたあたりほととぎす」の手紙文が語り伝えられている。この高尾は鳥取藩の島田重三郎に操《みさお》を立てたために斬殺され、**「反魂香」**によって幽霊となって登場する。これは二代目とも三代目ともいわれていて、〈紺屋高尾〉は六代目というが、いずれも史実の確証はない。

一介の紺屋職人が三年分の給金を一夜で使い果たすことなど所詮、考えられず、しかも大名道具の花魁に誠心が通じて、女房にできる……というのは、噺の上の夢のまた夢で、落語を超えて、人情美談というべきものだろう。同じ内容で「幾代餅」があるが、こちらの幾代太夫はごく低級な遊女で、餅に餡《あん》をからめて売り出したのが両国名物、幾代餅の由来という一席。

この噺で、落語になりそうな個所は、久蔵が三年間給金を貯め込む期間《あいだ》だけで、全篇を通して落語的な場面は一カ所もない。敢えて捜せば高尾が瓶へまたがるという「瓶のぞき」の異説のほうに現実味《リアリティ》がある。いつの時代でもセックス産業（？）は強い。

和歌三神《わかさんじん》

「権助、権助」

「うわい、何か用か？　ご隠居《あん》」

「今朝ァ、たいそう冷えるな」

「雪ィ降ってるでね」

「ほほう、雪が降っている？　雪は雨と違って音がしないから気がつかなかったが……どのくらい積もった」

「そうだねェ、三寸べえ積もりやしたが、横幅はわからねえ」

「だれが横幅まで聞いた」

「だからわからねえと言ってるだ」

「変な理屈を言うな……おまえ、その縁の障子を開けてごらん……おお、なるほど積もったな。あのな、来客でもあると歩きにくくっていけないから、権助、雪を掻いておきなさいよ」

「でも、雪掻《ゆきかき》ねえからねえ」

「ないことはない。あったはずだ」

「うん、この間《あいだ》まであるにはあったが、燃すものなくなっちまってな、ぶち壊して燃しちまった」

「なぜそういう乱暴なことをするんだ……それでは鍬《くわ》があったろう」

「鍬もねえ」

「あるはずだ」

「そう、あるにはあったが、この間《あいだ》、おらが物置ィ掃除ぶってるとな、国者《くにもん》が来ただ。いやァ久しぶりだ、一杯《いっぺえ》やるべえと言っただが銭《ぜに》がねえ。ところへ屑屋《くずや》が来たから、いやあ、ちょうどええ、この鍬ァ買えと言ったら、四貫で買うべえ、いやあ四貫ではいかねえ、六貫出せ。いや四貫だ六貫だ、じゃあ中を取って五貫で売るべえ、じゃあ買うべえとな、その銭で酒ェ飲んじまっただ」

「なぜそういうことをするのだ。おまえは正直者《もん》だとばかり思っていたらとんでもねえやつだ。主人のものを無断で売るやつがあるか」

「へえ、おらも悪いと思ったで歌ァ詠《よ》んだでがす」

「歌を……なんとやった」

「おまえさま、へいへい、へえけえ師だな」

「なんだ、そのへえけえ師てえのは。それを言うなら俳諧師《はいかいし》だ」

「そうかね、まあ歌ァ聞いてくだせえ。『俳諧《へえけえ》の家に居りゃこそ鍬（句は）盗む』……」

「なに、『俳諧の家に居りゃこそ鍬盗む』……おもしろいな、その先はなんてんだ」

「『鋤《すき》（隙）があったらまたもやるべえ』……」

「なにを言ってるんだ、そんなことをたびたびやられちゃ困る。しょうのないやつだ……。しかし、この雪では来客もあるまい。あの瓢簞《ふくべ》を洗ってな、昨夜《ゆうべ》の残り酒がまだ少しばかりあるだろう」

「ひゃあ、五合ばかりあるべえと思いやす」

「そんなら、それを瓢簞《ふくべ》へ入れてくれ」

「どこへ行くでがす」

「向島辺《あた》りへ、これから雪見に出かけようと思う。おまえも一緒に行くんだ」

「そりゃよしたがよかっぺ。向島へ行かずとも家《うち》に寝転んでいて、雪はたくさん見られべえ」

「家《うち》にいては風流がない。向島の雪景色を一杯飲みながら見るのがたのしみだ」

「ご隠居さまはそれがたのしみか知らねえが、おらァ寒くって難儀でごぜえます」

「そんなことを言うやつがあるものか。酒というものがあれば、寒くもなんともない。あたしだけが飲むわけじゃない。おまえにも飲ましてやるから、一緒に来るんだ」

「そんなら、おめえさまが行って来ておもしろかったという話を聞けばよかんべえ。留守の間に泥棒でも入《へえ》るといかねえ」

「そんなことを言わず……その酒ェ燗《かん》をして、瓢簞に入れて持って行くんだ」

　主人は鶉の毛衣を身に纏い、供人《ともびと》は饅頭笠《まんじゅうがさ》に赤合羽《あかがっぱ》、主《しゅう》と家来の二人連れ、並ぶ夫婦《めおと》の石原や、吾妻橋をば左に見、二つ並べし枕橋、連れひき合うも三囲《みめぐり》の、葛西の梅に白髪や、齢《よわい》を延ぶる長命寺、うしろは堀切関谷の里、木隠れに誘う落合の、月の名所や綾瀬川。向島は名所の多いところでございます。

「おお寒くてなんねえ。ご隠居さまァどこまで行くでごぜえます」

「『いざさらば雪見に転ぶところまで』という句がある」

「あれまあ、そしたら早くおっ転んで帰るべえ」

「ばかを言うな……おお、あそこに掛茶屋がある。あれへ行って腰をかけよう……どうだ、いい景色だろう」

「なるほど、おめえさまはなかなか狡猾者《こうかつもん》だ。こりゃたまげた。天気のいい日に来ると茶代を取られるもんだから、雪の降る日になって、だれもいねえとこへ来て無料《ただ》でこの茶屋へ寄るという計略か」

「そんなけちな了見じゃない、風流というものは。まあいいから酒をここへ出しなさい。おまえとあたしのと別の盃を持って来たか。よしよし、拭いてから出しなさい。なんだ、そんな汚ない手拭いで拭くやつがあるか。……さあ、ひとつ酌《つ》いでくれ。おまえも寒かろうから、ひとつ飲みなさい……また恐ろしい大きなものを持って来たな」

「たんと酌《つ》いで貰うべえと思ってねえ」

「あはは、おかしなやつだ。……どうだ、いい景色だろう」

「いい景色か知んねえが、おらァ寒くてなんねえ」

「愚痴を言うな」

「川ァ流れてるだねえ」

「隅田川だ」

「あれ、これが隅田川け。森ィ見えるだね」

「待乳《まっち》聖天《しょうでん》の森だ。聖天の森に積もりし雪の景、橋場今戸の朝煙り……」

「遥か向うが筑波《つくば》山《さん》……」

「見えやしないよ」

「あれっ、船が来るでがす」

「ああ屋根船だ。おおかた雪見船だろう」

「人いるのかね、障子が閉まってるだな。……あれっ障子が開いた。人いるだよ、いやあまァ、きれえげなあまっ子が炬燵《こたつ》に入っているだあ」

「芸者を連れての雪見だろう」

「そうかね、まあ世の中はいろいろだ。同じ雪見でも向うは芸者を連れて暖《あった》けえ。こっちの雪見は汚ねえ爺さまと寒い雪見だ、ああ、やだやだ……どうだね、あの船、ひっくら返《けえ》そうか」

「物騒なこと言うな」

「あれっ、酒ェ飲んでるぞ……あれあれ、湯気の出ている温《あった》かそうなものを食って……おらァも半分貰いてえ」

「手を出すやつがあるか。手を出したって届きゃァしないよ」

「おや、どこかで人の話し声がするでねえか」

「この土手下で、乞食が三人で酒盛りしている。さすがは向島のお菰《こも》さんだ。風流だな」

「なに風流なことがあるか」

「なあ兄弟《きょうでえ》、乞食を三日すればやめられねえて言うが、年がら年じゅう家のねえとこに転々《ごろごろ》しているのは気がきいた話じゃァねえが、なにしろ乞食をしていても風流は風流じゃねえか」

「こう雪の降ったところで、ひとつ、初雪や方々《ほうぼう》の屋根が白くなる、なんてえ三人でやるってえのはどうだ」

「今日はまあ一日どこでも貰いはねえが、植半、八百松の燗冷しの酒を余りものの肴で飲むてえのァ、ありがてえこったあ」

「ほんとうに、この面桶《めんつう》の鯉骨《こいこつ》のご馳走なんて、乙《おつ》じゃねえか」

「なんだい、鯉骨ってえのは？」

「鯉こくなら文句は言えねえが、こりゃ客が食べたあとの骨ばかりだから、鯉骨だ」

「おもしれえことを言うねえ。こうやってただ酒ェ飲んでばかりいてもつまらねえ。唄でも唄おうじゃァねえか」

「兄貴の声色なんぞ、いいじゃねえか」

「いいねえ、音羽屋をひとつ、やってもらおうか」

「これでも、おれは贔屓《ひいき》がいるんだ」

「乞食に贔屓にされるのァあまりありがたくあるめえ。だれが贔屓なんだ？」

「死んだ助高屋高助」

「てめえ、そんなこと言ったって高助を見たことはねえだろう」

「高助は見たことがねえが、おれが乞食になって以来《このかた》、助高屋ぐらい強飯《こわめし》をたんと貰った葬式《とむらい》はねえ」

「無風流なことを言うな。いくら乞食をしたって少しは粋なことを言いなよォ。〽四方《よも》の山々雪解けて、でもやらねえか」

「はっははは、乞食が四方の山々雪解けてなぞはおもしろいねえ。権助、乞食ながらも雪見をしているのは感心だ。おまえ、その酒をあの人たちにやっといで」

「そりゃよしたほうがよかんべえ。乞食なんぞに近付きになると厄介《やっけえ》なことになるべえ」

「なになに風流に貴賤はない。その酒をあげておいで」

「そんなことしたら、おらの飲む酒がなくなるでねえか」

「おまえには家《うち》へ帰ったらいくらでも飲ませるから、早くあげておいで」

「そうかね……ばかな話だ、向島までわざわざ乞食に酒をやりにくるだなんで……おゥ、そこのお菰さん、酒ェやるだから……」

「旦那さま、おありがとうございます」

「おらがやるでねえ。あそこにいる旦那さまがくださるだから、礼を言うなら向うに言ってくだせえ……酌《つ》いでやるから……ほれ……ほれ……ほれ」

「ああうめえ、おい飲《や》ってみねえ。いつもの滑《したみ》たァ大違《ちげ》えだ。いい酒だァ……これはこれは旦那さま、おありがとうございます」

「いやいや、礼には及びません。おまえさんがたも生まれながらの乞食でもなかろうが、三人寄って雪見をしているのが、まことに風流だ。以前《もと》はいずれも由緒ある人でもあろうかと思うが、ひとつ、おまえがたの履歴でも聞きたい。身の上話があるなら聞かして貰いたいね」

「いえいえ、そんな身の上ではございません。親の代から乞食というわけではありませんが、いまじゃァこの向島におりまして、まァ掃除をいたしたりなにかして、方々《ほうぼう》の寮や別荘のおあまりを頂戴いたし、ときたま八百松さんや植半さんその他の料理屋の余り物をたくさん貰って、まず腹だけはへらさずに日を送っておりますが、なにも履歴というほどのことはございません。しかし今日は旦那さまも雪見にお出《い》でなすったところをお見受けすれば、風流の御方と存じますから、あたしも一首詠んで献じましょう」

「そうですか……家《うち》へ土産にあなたがたに一首ずつ願いたいな」

「では、一首胸に浮みました」

「ところで、おまえさんのお名前はなんと言う？」

「ええ、あたくしは、この近所に乞食をしておりますが、どうもきれい好きの性分で、土手の馬糞や、料理屋や寮の辺りの犬の糞などがあるのを捨てておかれねえンで、みんな片付けて歩くので、糞をさらうから、方々《ほうぼう》で糞屋《ふんや》、糞屋と言います。名前は元は安と言いましたが、この仲間に入ってからは秀となりました。ですから、みんながあたしのことを糞屋の安秀《やすひで》と申しますんで……」

「おお、糞屋の安秀はおもしろいな、してお歌はなんと」

「旦那、笑っちゃあいけませんぜ。『吹くからに秋のくさ夜《よ》は長けれど肱《ひじ》を枕に我は安秀』」

「おおなるほど、これはおもしろい。ちょっと待ってくださいよ……権助、この矢立てを持っていておくれ。『吹くからに秋のくさ夜は長けれど肱を枕に我は安秀』……そちらのおかたは」

「へえ、あっしゃあ、あそこの別荘がありましょう。夜になると、あの垣根の下で丸くなって寝ますんで、だれ言うとなく、垣根の元の人丸ってえます」

「ほほう、垣根の元の人丸（柿本人麻呂）はおもしろいな……そこで歌は？」

「『ほのぼのと明かしかねたる雪の夜も、ちぢみちぢみて人丸く寝る』」

「なるほど、『ほのぼのと明かしねたる雪の夜も、ちぢみちぢみて人丸く寝る』、恐れ入りました。そちらのおかたは……」

「あっしゃあ見てのとおりのなりんぼうで、名前は平吉《へいきち》ってえます」

「それは、気の毒千万……なるほど、なりんぼうの平さん……平《へい》は平《ひら》で……なり平（業平）さんかえ、してお歌は」

「『千早ぶる神や仏に見離され、かかる姿に我はなり平』」

「『千早ぶる神や仏に見離されかかる姿に我はなり平』、おもしろい。しかしあなたがたが三人でいるところは、雲の上の和歌三神だな」

「どういたしまして、菰《こも》の上のばか三人でございます」


《解説》江戸の向島の雪景色と風流を浮世絵のように見せる、江戸時代の文化、教養の高さを伝える噺。百人一首は市井の人びとにまで滲透《しんとう》していて、寄席では正月には歳時記のように演じられていた。和歌の本歌を知っているから、そのもじり（パロディ）が面白く、今日、和歌の素養も、百人一首という遊びもすたれてしまって、この噺も忘れられてしまった。加えて、在原業平のもじりの癩病《なり》ん坊がハンセン氏病を指し、それが差別的表現であったがために上演がはばかられた。一九九六年四月一日に〈らい予防法〉が廃止され、法的な永い差別的扱いから解放されたとは言え、その後も、ハンセン氏病に対する偏見は容易に解消されていない。本篇はいくつかの速記本を参照し、この作品の成立背景を鑑みあえてそのままの表記としたが、現在上演するならば、在原業平に拘《こだわ》らずに、山部赤人、衣通姫《そとおりひめ》に変更した形での再演が望ましい。

因に、和歌三神には諸説があって、住吉の祭神である表筒《うわつつの》男命《おのみこと》、中筒男命、底筒男命。他に衣通姫、柿本人麻呂、山部赤人。住吉明神、衣通姫、柿本人麻呂という組み合せもある。また住吉明神、天満天神、玉津島神を和歌三神とする説もある。衣通姫は允恭《いんぎょう》天皇の弟妃で、和歌に秀れ、和歌の浦の玉津島神社に祀られ、容姿秀絶、麗色が衣を通して照り輝いたという。和歌三聖という呼称もあり、衣通姫、人麻呂、赤人を歌聖としている。

鰍《かじか》沢《ざわ》

「弱ったなァ、こりゃ……南無妙法蓮華経、南無妙法蓮華経……ウヮン、はァ、困ったなァ、どうも。ひどい降りになってきたが……どっかでこりゃ道をまちがえたな……たしかにここだと思って来たが……こりゃ日は暮れかかるし、こんなことをしていると野宿をしなくちゃならないが……凍死《こごえじに》をしてしまう。弱ったなあァ……」

旅人は身延山へ参詣の途中、雪おろしの三度笠、引廻合羽《まわしがっぱ》に道中差、小さな振り分けの荷物とまことに旅馴れた身装《なり》で、江戸を出て甲州路を西へ、青柳の昌福寺へ寄り、次に小諸山《こもろさん》で毒消しの護符《ごふう》を受け、法輪石《ほうりんせき》へお詣りをして、それからいったん鰍沢《かじかざわ》へ出て、ご本山へ行く途中で……法輪石を出たのが八ツ半——いまの時間で午後三時過ぎ、なんども往来した道なので、雪路を踏みしめながらやって来たが、今日に限って行けども行けども人家のあるところへ出ずに、そのうちにだんだん道らしい道もなくなり、雪はますます風をまじえてひどくなるので、不安は募る一方、次第に日も暮れ、旅人、途方に暮れた……。

そこへ、遥か向うに、ぽォーと灯火《あかり》が見え……地獄で仏とはこのことと……まずありがたい、あすこまで行けばなんとかなるだろうと、灯火を頼りに来てみると、野中の一軒家、草葺き屋根で軒も傾き、壁も落ちたあばら家だが、中で焚火をしているらしく、壁の隙間から灯りがチラッと見えている。戸をトントンと叩き、

「ごめんください……ごめんください」

「はい、……どなた?」

「ええ、ちょっと伺いますが、あたくしは身延へ参詣の者でございまして、雪のために道に迷って、まことに難渋をいたしております。鰍沢へ出ますには、どちらへ参ったらよろしいのでございましょうか……もし」

「なんですか? 鰍沢へ……そうですねェ……どちらへ行っていいか、よくわかりませんがねえ」

「困ったなあ。土地の人の知らないところへ出ちまったのかしら……ェェ申し上げましたように、あたくしは江戸の者でございまして、こちらへ参詣に参りましたが、この雪のために、どうにも身動きできなくなりまして、どんなもう土間の隅でもよろしいのでございますが、一晩お泊めを願うわけには参りませんでございましょうか」

「お泊めするといったところで、こんな山ン中ですから、着て寝るものもなし、食べるものもないが、ただ雪をしのぐだけでよかったら……それでご承知なら、夜を明かすだけ明かしてお出なさい」

「へえっ? さようでございますか……ありがとう存じます。もう土間の隅でもよろしゅうございます」

「そこは締りがしてないから、こっちへお入ンなさい」

「あァ、どうも……おかげさまで助かりまして、ありがとう存じます」

上総戸《かずさど》を開けて中へ入る……土間は広く取ってあって、向うの壁に狸か狢《むじな》か……獣の皮が二枚ばかりぶらさげてあって、その上へ鉄砲が一挺かかっている。

「あァ合羽はね、座敷へかけておいたほうがいいでしょう。焚火をしているから湿《しと》りもいくらか取れましょうし、雪道で別に足は汚れちゃいないだろうから、草鞋《わらじ》を脱いだら、そのまんまこっちへ来て……なんのお構いも出来ませんが、ただ、焚火だけがご馳走で……この囲炉裏のそばで……粗朶《そだ》だけは積んでありますから、それで、どんどん焚いて、勝手にお暖《あた》ンなさいな」

「へえ、遠慮なく、ごめんこうむって……もうこちらさまで助けていただきましたので……いえ、久しい以前《あと》に親父と参詣に参りまして、道は確かに覚えていると思いましたのが、まあどこでまちがいましたのか、こんなに恐ろしい思いをしたことはありません……おかげで命拾いをいたしました」

燃え上がる粗朶の火先で、女を見ると、年頃二十六、七か……絹物《やわらかもの》の継《つ》ぎ接《は》ぎのどてらを引っかけて、長い羅宇《らお》の煙管《きせる》でぷかり、ぷかりと煙草を服《す》っている。頭髪《あたま》は櫛巻《くしまき》にして、色のぬけるように白い、鼻筋の通った、目元にちょっと険があるが、白粉《おしろい》っ気のない、生地《きじ》がきれいなのか、山家《やまが》にはめずらしい、絵から抜け出たようないい器量の女で……どうしたわけか、顎《あご》から喉《のど》へかけて、月の輪なりに引っ掻いたような傷がある。女がいいだけにこの傷がいっそう凄味がある……。

「あたくしは、芝の日陰町で絵草紙屋をしております村田屋幸吉と申します者でございまして、親父が大の法華信者でございまして、遺言に『白骨《ほね》を身延ィ納めてくれ』と言われましたんで、あたくしはまあ、親孝行のつもりで出て参りましたが、こんな大雪に遭いまして……ふだん、まあ、不信心だからで、おおかた、お祖師さまの罰《ばち》でもあたったんじゃァねえかと、思ったんでございますが……こちらさまのおかげで……やっと人心地が着きまして……」

「いいえ、だれでも困るときは、お互いさま……あなたのような親孝行なかたが罰だなんて……。そう窮屈にお坐りにならないで、胡座《あぐら》でもかいて……ゆっくり……なさいよ」

「へえ、へえ。ありがとうございます……お言葉の様子では……おかみさんは江戸の方でいらっしゃいますね」

「あ、あァ、これでも江戸ですよ」

「そうでございましょう。どうもこちらの方ではないと思っておりましたが……江戸は、どちらに、おいでに……なって？……なったんでございます？」

「あたしはね、観音さまの裏っ手のほうにいましたよ」

「観音さまの裏手？……もし間違っていたら、あたくしはお詫び申し上げますが……吉原のほうに……おいでになったことはございませんか？」

「ええ……あそこにも少《ち》っといたことはありますの」

「ではあの……あなたさまは熊蔵丸屋《くまぞうまるや》の月《つき》の兎花魁《とおいらん》じゃございませんか？」

「だれ？……おまはんだれなの？」

「花魁でしょ……そうでしょう、どうも確かに……あっあちちっ……いえ、囲炉裏へ、手を突っ込みまして、大丈夫、いいえ、火傷《やけど》もなんにもいたしませんが……そうでしたか……いいえ、あなたさまがあたくしをお忘れになっているのは無理はございませんが、あれは確か一昨年《おととし》の二の酉《とり》の晩に、あたくしは友だちに誘われまして、ェ丸屋さまィ、客というほどの者じゃございませんが、ご厄介になりまして……それから、まあ、裏を返さなきゃならないと思いながら、まだその時分には親父が達者でやかましいから、つい、不義理をしてしまいまして、ね……そのうちに、人の噂では、花魁は心中をなすったなんてことも聞きましたが、心中をなすった花魁がここに坐ってらっしゃるはずはございませんものね。はっははは……つまらねえ噂……」

「それがほんとなんですよ」

「えっ」

「心中《やっ》たんですよ。(咽喉を指して)……とうとう、やりそくなってね。これがそのときの傷なんですよ。相手の人と浅草溜《だめ》へ下げられて、女太夫かなんかに出されるところを、やっと二人で逃げ出して、こんな甲州の山ン中へいまだに隠れているんですよ。……あなた後生ですから、お帰りになってから、あたしに会ったなんてえことは口外なさらないように……」

「ええ、ええ。そんなこと言うもんですか、あなた。道に迷って助けていただいたお宅が花魁のお住いとは……じつにどうも、夢のようでございますね。助けていただいたあなたさまのことを、なんであたくしがしゃべるはずはございません。そうでしたか、そりゃあまァ、いろいろご苦労もあったことでしょう。で、いまは、その旦那さまとご一緒に……へえェ、なにをなすっていらっしゃる……」

「本町の生薬屋の解雇人《しくじり》ですから、なんにもすることもありませんしねえ。こんな山ン中ですから、半年は猟師をしましてね、あとの半年は熊の膏薬を拵えて、この近所の宿《しゅく》へ売り歩いて、今日も商いに行って留守なんですよ」

「おお、そうですか、それで、ここに鉄砲が掛ってあるんでございますね……うーん、そりゃ思いつきですなあ、どうも。いや…しかし、お羨しいな……え？　いいえ、なぜとおっしゃって、好いた同士で心中までなすって、その挙句に、こうした山の中で暮していらっしゃるなんてえなあ、狂言作者が見たら黙っちゃいない、ほんとうに芝居の二番目狂言と同じ……その傷を隠そうため、亭主は熊の膏薬売り……なんてえのァ、はァははは……いや、どうもお羨しいことで……」

旅人は、話をしながら、懐中《ふところ》から紺縮緬《こんちりめん》の胴巻を出して、しごいて中から〈切り餅〉という二十五両の小粒を二つ合せて、カチカチと打付合《ぶつけあい》して封を切ると、目分量《めぶんりょう》で三両ばかり、懐紙《ふところがみ》ィ包んで……、

「エエ、あの、花魁……じゃない、あの、おかみさん、こりゃね、まあ、ぶしつけでございますが、旅籠《はたご》賃といっちゃァ失礼でございますが、ほんの手土産がわり……旦那さまに、また、お口に合うものでも、ひとつ、これで、差し上げていただきたいものですが」

「およしなさいよ。そんなことをされたって、お構いも出来ないのに……旅先でそんなに……でも主《ぬし》が折角出したものを頂かないのも悪いから、じゃァ頂戴しておくけども……ほんとうにすまないわねえ」

「いいえ、ほんの心ばかりで……」

「こんな山ン中ですから、着被《きかぶり》の物も満足にありません。風邪でも引いちゃァいけませんから、どうです、お酒でも飲んで暖《あった》まったら……」

「ええ、あたくしは、ほんの一《ひと》っ猪口《ちょこ》……」

「あァあ、いいんですよ。いま、卵酒を拵えましょう……この辺は地酒ですからね、口元へ持ってくるとツーンと……なにか嫌な匂いがするんで、はじめはこうつッ返すようでしたが、卵酒にすると香りがいくらかとれますから……まあまあ、いいから、ちょいと待ちなまし」

おかみさんはまめまめしく立ち上がって、台所へ行くと、燗鍋《かんなべ》を持ち出して、これへ生卵をぽん、ぽんと二つ落として、酒を入れて自在鉤《じざい》へ掛けた。焚火の火ですぐ出来上がった。

「さあ、あの、これは熱いほうがいいんですから。さあ……ね？　おあがんなさい」

「こりゃ恐れ入ります。エエ、花魁……じゃない、おかみさんのお酌で、こんな卵酒なんぞ頂けようたァ思いませんでした……あたくしはね、この一《ひと》っ猪口《ちょこ》で……へえ……一合上戸と言いたいンですが、二っ猪口も飲もうもんならば、もう、まっ赤になりましてね、〝金時が火事見舞〟って、あれでございます……うゥん、これァおいしゅうございますなあ、あァ、焚火にあたって卵酒、こらァたまらない……エェ、二口か三口……頂戴しましたら、もう……ぽォッとしまして、こうやっているのが辛いくらいでございます」

「……横におなんなさい。あの、向うの奥の三畳へ床を敷いておきましたが……蒲団といったところでお煎餅《せんべ》のような薄いものでねえ……まァ洗濯をしたばかりで垢はついちゃいませんから、辛抱してくださいよ。おまえさんも話の種にお休みなさいよ」

「いえ、とんでもないことで……蒲団の中へ寝かしていただけるなどとは思いもよりませんことで、雪の中を歩いてきたものですから、ひどく疲れてしまいました」

「あ、あの、ちょっと……いまに亭主《やど》が帰って来るでしょうが、吉原でもって、お客になったなんてことは、おっしゃらないように、わちきはかまわないけども……おまはんが変に勘ぐられてもなんだから、そのことだけは極《ご》く内緒《ない》にね」

「いいえ、ご心配には及びません。旦那さまへのご挨拶は明日にさせていただきまして、お先にごめんくださいまし……」

旅人は、片手に振り分けの荷物、片手に道中差を引っ下げて、ふらふらしながら奥の三畳の部屋へ入ると、そのまま床の中へごろっと横になると、安心したのかトロトロッとする。

おかみさんは、亭主に飲ませる酒を旅人に出してしまったので、近所に売る家があるとみえて、番傘をさし、白鳥という徳利を提げ、樏《かんじき》を履いて出て行く……。入れかわりに帰って来たのが亭主の伝三郎、八千草で編んだ山岡頭巾《やまおかずきん》、松坂木綿のどんつく布子《ぬのこ》、盲縞《めくらじま》のかるさんを穿《は》いて、上から熊の皮の胴乱、山刀《やまがたな》ァ腰ィぶちこんで、膏薬箱を右の肩から斜っかけに、鉄樏《てつかんじき》で足ごしらえをして、降り積む雪の中をザクッザクッザクッ……。

「降りゃァがったなァ……こりゃ当分止《や》みゃァしねえやなァ……おゥーいっ、お熊っ、（戸を勢いよく開け、また閉めて）いま帰《けえ》った。おう寒い。……たまらねえやどうも、ひでえ降りだよ、お熊……いねえのか？　しょうがねえなどうも。どこィ行きゃァがった……いやンなっちゃうなあ。焚火もなにも消えかかってらあ（粗朶をくべて、手をかざしてあたる）この雪ン中……ああァ暖《あった》けえ暖《あった》けえ……ごほ、ごほ、ああ、こう寒くっちゃ骨まで凍りそうだ。たまらねえや、どうも。明日こりゃ商売《あきない》もなにも出来やしねえや……（卵酒の湯呑を見て）なんだこりゃ……ちえッ、いやだ、いやだ、亭主が雪の中をかけずり廻って稼いでりゃ、かかァ、家で卵酒喰《く》らってやがる……〝手に取るな、やはり野に置け蓮華草《れんげそう》〟たァうめえことを言う……（囲炉裏の脇に置いてある燗鍋に気づき）おや、なんだい、こりゃ……まだ随分残ってるじゃねえか。こんなに、こてこて拵えることァねえじゃねえかなァ。もってえねえことしゃァがって……（湯呑に注ぎ飲む）ぷっ、なんだ、卵酒の燗ざましときた日にゃあ、生臭《なまぐせ》えもんだな、こりゃ……ぷッ、ぷッ（滓《かす》を吐き出しながら飲んで）……文句は言うが、はは、飲まねえよりはいいが。……奥で鼾《いびき》がする……見慣れねえ廻合羽に三度笠？　だれか寝てるのか？……おう、だれだ、お熊か？」

「あ、お帰りかい？　すまないけどもね、ここへ来たら樏《かんじき》の紐が切れちまってね、雪の中へ踏ン込《ご》んじまったんだよ。すまないけどもちょっと開けて、この徳利を取っておくれよ。両手に提げ物をしているんで戸が開かないからさ」

「ちえッ、なにを言ってやがる。亭主を使わなきゃ損のようにしてやがる。おれだっていま帰って来たばかりだあな……いま時分、どこへ行ったんだな」

「なにね、お客があっておまえの飲む酒がなくなったから、代わりの寝酒を買いに行ったんだよ」

「そうか。なにもいまごろンなって慌てて買いに行くこたァねえや。やっとここへきて暖《あった》まったばかりだな。勝手に開けて入《へえ》れよ」

「邪慳《ざんき》なことを言わないでさ。樏の紐が切れちまって、裸足になるのが嫌だから頼んでいるんだよォ。ねえ、ちょいと、開けて取っとくれよ」

「ちぇッ、嫌ンなっちまうなァ。いいよ、いま取ってやるよ。ぎゃァぎゃァ言うなよ、少し待てよ。やっとこさとおれだって暖まったんじゃねえか。（少し胸先へ痛み）待ちな、待ちな、いま取……あ痛い……ア、ア（胸から腹へ激しい痛み）お熊……おうッ、苦しい、ちょっと……背中を押えてくれ……痛《いて》えよ、おい」

「なにしてるんだね……おまえさん。どうしたの？　お腹が痛いの？」

「うゥ……お、お、お腹じゃねえ……」

「おい、おまえさん、顔の色がまっ青だよ。なにか悪いものを食ったんじゃないのかい」

「な、なんにも食わねえ」

「なにも食わねえったって、ただごとじゃないよ。どうしたんだよ」

「なにも食やしねえ……（舌が縺《もつ》れはじめる）治右衛門のところへ行ったら、濁酒《もろみ》の口のあけたてがあるから、の、飲んで行けと言ったが、おれァ家に買ってあるからって、そ、そのまま帰《けえ》って来た。ここへ来たら、おめえの飲み余りの卵酒があったから、そいつをおれァ飲んだだけだ……」

「えッ！　卵酒！……おえねえことをしたじゃねえかおめえ。この卵酒ン中にゃア、毒が入《へえ》っているんだよォ」

「なんだ、こン畜生。てめえなにか？……亭主に毒を飲ま……」

「（頭髪をつかまれて引き倒される）いた、痛い……ちょ、ちょいと頭を……ちょいとお放しなんだよ、痛いから。おまえに飲ませるんで拵《こさ》えたんじゃないやな。お聞きてんだよ。奥に旅人が泊っているんだ。おれが吉原《なか》にいる時分にいっぺん出た客なんだが、胴巻を出して三両包んで出したときに、ちらっと見ると五十両ばかり持っているから、あの金をこっちィ巻き上げたらば、おまえさんが行きたがってる上方にも行かれるだろうと、おめえの拵えた痺《しび》れ薬を卵酒に入れて旅人に飲ましたんだよ、その余りをおめえが飲んだんだよ」

このやりとりが旅人の耳に入った。こりゃたいへんだ。早くここから逃げようとしたが、全身へ痺れ薬がまわっているから、立とうとしても立ち上がれない。

「……ああ、雪の難をのがれたと思えば、毒を飲まされて……ここでは死にたくない。江戸にいる女房子に会ってから死にたい、なんとか逃れるだけは逃れたい……」

と、旅人はまだ利《き》かない身体を無理にいざって……三畳の間の壁は雪崩《なだれ》で落ちて間に合せに蓆《むしろ》を吊り、それを竹を網代《あじろ》に組んで止めてあった……。これに身体ごとどォーんとぶつかると竹が折れて、戸外へころッと転がり出た。途端に懐《ふところ》中から紙入れが落ちたので……ふと気がついたのは、小諸山で戴いた毒消しの御符《ごふう》、紙を解く間もなく、そのまんま口へ押し込んで、そこらの雪を掴んでは頬ばり頬ばりしているうちに、御符がすうーっとおさまった。と気のせいか、いい塩梅《あんばい》に身体が効《き》いてきた。そのままもすぐ逃げてしまえばいいものを、あの振り分けの荷物と道中差だけはと、欲が出てまた座敷へ這い上がった……。

「風が来て変だと思ったら、野郎っ、感付きゃァがって、裏から逃げるようだ、逃がしゃァ大変だ……おまえの仇は、あの旅人なんだから……あたしゃ、おまえの鉄砲でぶち殺すから……」

鉄砲と聞いて、こりゃ大変と、旅人はもと来た道へ行けばよいのに、とっさに、逆へ行ったら村でもあるだろうと、もう魂は飛び上がって気は逸《はや》ればこそ、体は転《こけ》つまろびつ……無我夢中で駈け逃げる。

折から、雪はぴたりと止んで、上弦の月が青白く、雪景色を照らしている。

向うの道がずうーっと傾斜《なぞえ》に高くなっている。あの向うに村でもあるだろうかと一所懸命駆け上って、ひょいと前を見ると、切り立った断崖……。

下は東海道の岩淵へ流す鰍沢の急流、降り続いた雪で水勢が増して、ごォごー、ざァーと、名代の釜《かま》ヶ淵《ふち》。

「ああッ……これはえらいとこへ出てしまった」

旅人が振り返ると、お熊が鉄砲の火縄を風で消すまいと、袖でかばいながら、

「おーいっ、旅の人ォ――」

と追って来る、火縄がちらちらと見える。

後ろは鉄砲、前は崖……。

「……鉄砲で殺されるくらいなら、この川っ淵ィ……身を投げたほうがましだ……」

とっさの思案、身体をすくめる途端に、ダダダーッと雪崩。旅人はもろに崖下へ、ダァーッと落ちて行く……下には山筏《やまいかだ》というものが藤蔓《ふじつる》で繋いであって、その上へ雪と一緒にどォーんと落ちた。落ちる途端に差していた道中差が鞘走《さやばし》って、藤蔓にあたってぷつッと切れた。筏がガラガラ、下流へ流れ出した。

「……妙法蓮華経……南無妙法蓮華経……」

川の曲りの出っ張った岩へ筏がドーンとぶつかって、藤蔓がぷつりぷつりと切れて、筏がばらばらになった……。

「あァァいけねえ、丸太ァみんな流れて行く……一本になっちゃった。こりゃいけねえ、ぐるぐる回るよ、この丸太は……」

崖上の月の兎のお熊は、片膝ついて、鬢《びん》の後れ毛をかきあげ、流れてくる筏の旅人の胸元へ銃口の狙いをつけている。

「南無妙法蓮華経……南無妙法蓮華経……」

怖いもの見たさで、崖上を見上げると、お熊が火縄銃の狙いをつけ、かちりッと引金をひいた。弾丸はドーン、ピューッ。はっと伏せた髷っぷしを掠《かす》って、岩角ィカチーン……。

「あーっ……この大難を逃れたのもご利益《りやく》、一本のお材木（お題目）で助かった」


《**解説**》三遊亭円朝作の三題噺。円朝が幕末近く、二十代のはじめの頃、深川木場《きば》の材木問屋の近江屋喜左衛門宅で三題噺の会が催された折、主人から出題された「小諸山（小室山）の護符・卵酒・熊の膏薬」を纏《まと》めて創作した人情噺。さすが劇作術の天才、非の打ちどころのない完成度を示す名作である。

「**品川心中**」のお染と金蔵は品川の海が遠浅であったために事なきを得たが、江戸時代に心中を仕損うと、二人とも日本橋南詰の晒場へ三日間晒され、非人手下に落された。この噺のお熊と伝三郎は、吉原遊廓裏の浅草溜に病囚人として喉の傷治療のために下げられたときに脱獄して、甲州の山中に隠れている手配中の犯罪人である。

それにしても細部《ディテール》が巧妙に配慮されていて見事である。例えば〈卵酒〉は、痺《しび》れ薬（毒薬）の混入を紛《まぎ》らすのに都合よく、また旅人は下戸のため〈卵酒〉の上澄みを二、三口飲んだのに比べて、伝三郎のほうは残りの沈澱した濃厚なところを飲み干したために、毒薬の回りの度合いがちがう……など、生死に関わる分岐点《ポイント》となる。山中で入手の難しい痺れ薬があるのも伝三郎が元《もと》生薬屋の奉公人であったために自家製造可能であった。しかも鉄砲のあるのも熊を射ち、熊の膏薬を作り、売り歩く稼業であったためで、無理がない。

旅人が断崖に辿り着いたとき、吹雪が止《や》み、月が出、雪景色が冴えわたる演出を施したのは八代目林家正蔵（のちに彦六）である。これによってお熊の狙う鉄砲の標的《まと》がいっそう鮮明に見える修羅場《クライマックス》になる。

本来は人情噺でサゲはなかったが、「一本のお材目（お題目）で助かった」という、「おせつ徳三郎」からの転用のサゲが付いた。身延山信仰の道中噺だけに出来過ぎの感がある。伝三郎の生死については、謎《ミステリ》のままがよい。

桃太郎

「金坊、さァいつまでも起きていちゃァいけねえ。子供がいつまでも起きていると、恐いお化けが出てくる、さァ早く寝なくっちゃァいけねえ。寝間着を着かえて寝るんだ、おとっつあんが寝ながらおもしろい話をしてやるから黙って寝るんだ、いい子だな……さァ寝間着を着かえて寝たら、こっちを向いた向いた。さァいいか、黙って寝るんだよ、おもしろい話だからな、いいか、昔々、お爺さんとお婆さんがあったたんだ。……お爺さんが山へ柴刈《しばか》りに行って、お婆さんが川へ洗濯に行ったたんだ。川上から大きな桃が流れて来て、その桃を持ってきて、割ると中から赤ん坊が出た。桃ン中から生まれたから、桃太郎と名づけて、この子がだんだん大きくなって、鬼ヶ島へ鬼退治に行って、宝を持って帰って来た……どうしたんだ、おゥ金坊、どうした……あァもう寝ちまった。子供なんてえものは罪のねえもんだな」

昔の子供衆はこんなことで寝てしまったが、今日ただいまの子供はこんなことではなかなか寝ません。

「さァ金坊、子供がいつまでも起きてるんじゃァねえ、寝なくちゃァいけねえ。子供がいつまでも起きてるとな、恐いお化けが出てくる。さァ寝ろ寝ろ寝なくっちゃァいけねえ」

「おとっつァん伺いますが、恐いお化けが出て来るというけど、おとっつァん恐くないお化けてえのがありますか？」

「なに？　恐くねえお化け……黙ってろ。恐くなくってもいいや、お化けが出て来るから寝なくっちゃァいけねえ」

「おとっつァんに伺いますけども、おとっつァんは夜《よる》仕事をすることがありますね」

「それァ忙しいときには夜業《よなべ》ばかりじゃァない、夜明かしをするときもある」

「おとっつァんが夜明かしをするときにお化けが出てくるかい？」

「うむ、それァなんだ。おとっつァんは大人だから出て来やァしねえ」

「おかしいね。おとっつァんが夜明かしをしてもお化けが出て来なくって、子供が少し遅くまで起きているとお化けが出て来るなんて、そんな不都合なことはないだろうと思う」

「わからねえやつだ。たとえお化けが出たにしても、大人には見えねえもんなんだ。大人ってのは、世間の垢にまみれていらあ、そこいくと、おめえたち子供は、まだ汚《けが》れを知らねえ。だからお化けがよく見えるんだ。さあ、早く寝間着に着かえて黙って寝るんだ……紐《ひも》をしっかり締めて……なんだ、親のほうへ尻を向けて寝るやつがあるか。こっちを向いて、おもしろい話をしてやるから黙って寝るんだ、いいか？　おもしろい話だぞ、黙ってるんだよ」

「おとっつァんはずいぶん無理なことを言うね」

「なぜ」

「なぜったって、おとっつァんが寝ちまえ寝ちまえというから、しかたがない、親の言うことだから我慢をして寝てしまおうと思うと、そばから話を聞け話を聞け、聞いたり寝たり一つ身体《からだ》で両方できやァしない。寝るなら寝ろ、話を聞けなら聞けと、片っぽづけてもらいたいや」

「生意気なことを言うな、話を聞いてから寝るんだ。さァいいか、おもしろい話だぞ」

「どうせおとっつァんが話すんだ、ろくな話じゃァない」

「余計なことを言うな、……昔々、あるところに……」

「おとっつァん、ちょっと」

「なんだ、なんだって起きちまうんだよ、寝ていろよ」

「ちょっと伺いますが、『昔々』、これは枕言葉だからいいとして、『あるところ』てえのはないでしょう。日本国じゅう探したって『あるところ』なんてそんなところはありませんよ。漠《ばく》としていて、明解に言ってください何県の何町の何丁目何番地と」

「子供らにそんなことを言ったってわかるもんじゃァねえ。生意気なことを言わずに黙って聞け」

「おとっつァんはずるいや。わたしにかなわなくなると叱言を言ってごまかしてしまうんだもの。横暴非道だな」

「黙って聞け……昔々、あるところにお爺さんとお婆さんがあったんだ」

「おとっつァん、また伺いますが、ただ単にお爺さんお婆さんとばかりじゃァわからない。どこへ行ったって名のない人間はありゃァしない」

「名前か……名前はあったけど売っちゃったんだ、貧乏で」

「あれ、それじゃあ、おとっつァんはなぜ売らないの？」

「黙って聞いてろ。お爺さんとお婆さんがあったとよ、お爺さんは山へ柴刈りに行って……」

「また伺いますが」

「よく伺うな、子供なんぞそうちょくちょく伺うもんじゃァねえ。なにを伺うんだ」

「ただ山々《やまやま》と言いますけれども、山だって名前がありますよ。高い山なら富士山とか、エベレストとか、箱根山とか、たくさんあるでしょう。お爺さんが柴刈りに行った山はなんという山で」

「そうさ、なんだ、山だ、遥かかなたの、おっそろしく高い山なんだ」

「なんてえ山なんだえ、おとっつァん」

「双葉山……じゃあねえし、ああ、のどもとまで出かかってんだけど、おめえ、覗いて見てくれ……だめか、見えねえか。とにかく地面よりずっと高い山なんだ」

「おとっつァん、地面より低い山なんてえものがあるものかね、地面より高いからはじめて山という名称がついたんでしょう」

「そんなことは言わねえでもわかってるよ。なんだかおまえに叱言を喰ってるようだ、黙って聞いてろ……お婆さんが川へ洗濯に行った、おっと、川の名前はきくなよ……そこへ大きな桃が流れて来た、その桃を家《うち》へ持って来てふたつに割ると中から赤ん坊が生まれた、それで桃太郎とつけて、この子が大きくなると黍団子《きびだんご》を拵えて、犬と猿と雉《きじ》をお供に連れて、鬼ヶ島へ鬼退治に行き、宝を持って帰って来た……おもしろいだろう、金坊」

「なんだ、ちっともおもしろかありゃァしない、寝ようと思ったら目が冴《さ》えざえしちまった」

「さァ寝ろ寝ろ、深く考えずに寝ちまえ」

「おとっつァん」

「なんだ」

「わたしとおとっつァんとは親子の間柄でしょう？　おとっつァんがいくらくだらないことを言っても、わたしが聞いてる分には、家《うち》の親父は困ったやつだと思ってるだけで……」

「あんなことを言ってやがる」

「けれどもおとっつァんが世間で今みたいなくだらないことをパアパア言ったら、自分の無学をさらけ出すようなもんだよ。親の恥は子供の恥だよ。いいかい、この桃太郎という話はおとっつァんが言うような、そんな単純な話じゃァないんだよ。もっと意味深長な話なんだよ」

「なにを言ってやがるんだ、べらぼうめ、てめえは子供だから知らねえんだ。おれはむかしから聞いてるんだ。桃太郎が大きくなると鬼ヶ島へ鬼退治行くに決まってるじゃァねえか」

「それァそうさ。けれどもおとっつァんの言うのとは内容がちがうんだよ。じゃァあたしが話をするから、黙って聞きなよ」

「殴るよこの野郎、おれの話がちがってるわけはねえ」

「まァおとっつァん、穏やかに、お気をしずめて。お伽話《とぎばなし》というものはね、あれァ教訓のお話なんだよ。『昔々あるところに』と言うだろう？　『あるところ』というところはないけれどもね。ところをはっきり言うと、範囲が狭くなる。なぜかと言うと、東京なら東京の近所の田舎の村の名前に決めちまうと、東京の人は近所だから知ってるけれども、遠い大阪とか九州の人たちにはちっともわからない、そうだろう。九州のほうの田舎の村の名前に決めちまうと、九州の人だけにはわかるけど、東京や大阪の人にはわからない。だから日本国じゅうどこへ行っても融通《ゆうずう》のきくように、『あるところ』とこう言ったんだよ。おとっつァん、これァ作者のはたらきだよ」

「なんだかおれにはちっともわからねえ、おもしろくもねえ、それがどうしたんだ」

「それからお爺さんとお婆さんがあったと言うだろう、あれァね、お爺さんお婆さんじゃァない、ほんとうはおとっつァんおっかさんなんだよ。おとっつァんが年をとれば、なンになります。お爺さんになっちまうでしょう」

「あたりめえよ、男が年をとれば爺ィになるに決まってるじゃァねえか、よっぽどのことがないかぎり婆ァになるわけはねえや」

「だから、とりもなおさずお爺さんもお婆さんもおとっつァんもおっかさんも理屈はおんなじでしょう。ほんとうはお爺さんやお婆さんが山へ柴刈りに行ったり川へ洗濯に行ったりしたんじゃァない、あれはたとえ話だよ。よくむかしから言うでしょ、『父の恩は山よりも高く、母の恩は海よりも深し』と。それをたとえて作ったんで、おとっつァんは山へ柴刈りに行って、おっかさんは海へでは話が遠いし合わないから、川へ洗濯に行った、こうかたちを変えたんだよ。わかったかい、おとっつァん」

「うむ、なるほど、山よりも高し、海よりも深しか……なるほどこれァ、子供に聞かせてもためになるが、大人が聞いてもおもしろいや。……おっかあ、おめえ、そんなとこで針仕事なんぞしてねえで、こっちィきて聞いてみろ。……それから金坊どうした?」

「そうするとねえ、おとっつァん。川上から大きな桃が流れて来たって、あれは桃でなくっても李《すもも》でも梨でもなんでもいいんですよ、おとっつァん。それから家へ桃を持って来て、割ったら中から赤ん坊が出たでしょう。桃ン中から赤ん坊が出るなんて、そんなばかな理屈はありゃァしな

い。もし桃の中から赤ん坊が出てくるとしたら、果物屋《くだものや》は子供だらけになっちまう。そんな、桃の中から赤ん坊が出てくるなんて、おとっつァん、そんなことが現実にありますか？」

「いやァ、そりゃァおれもおかしいと思ったんだ、赤ん坊が生きてるはずはねえよな……だけどむかしからそういうからしかたがねえや。おれ一人に文句を言うなよ」

「ねえ、やっぱり子供は人間のお腹から出てくるんでしょう？　子供にそんなややっこしいことを説明しようとすると面倒なことになるから、桃の中から出て来たと言うんですよ。桃のような男の子だから、桃太郎と名付けた」

「女の子なら、桃子だなあ」

「まぜっ返しちゃいけないよ。それから黍団子を拵えたのも、やっぱり理屈があるんだよ。米の飯《めし》と黍《きび》の飯とどっちがおいしい？　おとっつァん」

「それァ決まってら、米の飯が旨えにちげえねえ。第一、米のほうが値が高えや」

「そうだろう？　黍団子をなぜ拵えたかというと、人間は奢《おご》ってはいけない。黍《きび》のようなまずいものを常食にしろという戒めなんだよ」

「うむ、そうだ人間、奢《おご》っちゃいけねえ。めいめい手銭《てせん》で飲まなくちゃあ」

「話がちがうよ。それから犬と雉と猿を供に連れてったたって言うが、おとっつァん、そんなものを連れてったたって役に立つ気遣いはないじゃァないか。あれはね、こういうわけなんだよ、犬は三日飼えば三年恩を忘れないという仁義の深いものでしょう。雉というものは、鳥のうちでいちばん勇気があるんですって、『蛇食うと聞けば恐ろし雉の声』なんて、たいへん勇気のある鳥だってね、おとっつァん。それから猿は、猿知恵なんて言うけれども、獣《けもの》のうちでいちばん知恵があるんだって。それだから世渡りをするには義と勇と知恵がなければいけないというんで、犬と雉と猿とを供に連れて行くんだという、こういうわけなんだよ。……それから鬼ヶ島へ鬼退治ってえが、あれは『可愛い子には旅をさせろ』って言うでしょう、それをもじったんですって。鬼ヶ島なんてえところはありゃァしないが、鬼はつまり人間なんだよ。よく『渡る世間は鬼ばかり』てえ言うでしょう。鬼ヶ島へ……奉公に行くんだよ。子供はいつまでも家に置いておいてはろくなことを覚えないから、他人さま、世間に旅をさせるんだ。そこで鬼を退治して、たくましくなって、出世をする。出世ができればお金が儲かるでしょう。それで鬼ヶ島から宝を持ち帰る、という話なんだよ。その宝を持ち帰って、おとっつァんとおっかさんを安楽にさせた……めでたい、めでたいという、結末なんだよ。おとっつァん、ねえ、おとっつァんてばさ……あれっ？おとっつァん、寝ちまったよ。ひとが話をしているのに……寝ちまっちゃしょうがないじゃァないか。大人というものは罪のないものだなあ」

《解説》　少くとも戦前まで、「桃太郎」は、お伽話として「浦島太郎」「一寸法師」「花咲爺」「舌切雀」「カチカチ山」「金太郎」「牛若丸」等々、子供たちの寝物語、絵本、童謡になったり、だれでも知っているものだった。ことに「桃太郎」は、男子は成長して鬼退治をする英雄譚として〝日本一〟などともてはやされた。これは、明治になって巖谷《いわや》小波《さざなみ》が童話の啓蒙運動として、口演し、教科書などをとおして普及したものである。それに対して落語は、当然のごとくそれを揶揄《やゆ》し、パロディにして、落語の面目を発揮し、反逆していた。落語の不屈の精神を垣間見る思いがする。

しかし、戦後、ことにテレビによる「鉄腕アトム」「ウルトラマン」「ドラえもん」等々、人気キャラクターの登場で、「桃太郎」等の昔話は雲散霧消した。落語の「桃太郎」は今わずかに前座噺として演じられている。

解説　私と落語

Gerald Groemer
ジェラルド・グローマー

もう二十年前に近い話しだが、初めて渡日が決まった頃、すでに長年日本に滞在していた友人のところに行った際、「日本は面白い国だよ。電車はちゃんとダイヤ通りで走るし、治安はいいし、大半の人はまじめに働いている。ただ、ユーモアを知らない人が多く、ジョークを楽しく語る人は本当に珍しい」と言われたことは、今でもはっきり覚えている。当時は別に気にもとめなかった一言だが、来日後、大学に通いはじめ、さらにいろいろなところで仕事をするようになると、たしかに、出会った人を笑わせるのが至難の業であった。なにか少し皮肉をまじえて発言してみたときなど、大抵の場合、相手は不愉快な顔をし、「へー？　なに？　よく分からない」などとつぶやきながら、困惑した様子を表すのであった。ましてや、どこか改まった場で、やや滑稽な言葉を発したり、風刺を含む発言を飛ばしたりした場合など、反応はさらに芳しくない。やがて私はそうした社会の中に生きていくのが少しずつ苦痛になりはじめた。その気持ちを一層助長したのは、新聞を読むと、政治家を茶化す漫画などはほとんど見あたらなく、皇族の行為をからかうことにいたっては完全にタブー視されているのに気がついたことであった。私には、日本文化はいかにも「笑いを忘れた」文化にみえるようになっていった。

今から振り返ってみると、こうした日本社会の一種のきまじめさに対する不満が日々募っていった背景には、それまで私が普遍的と思ってきたアメリカ人のユーモアに対する姿勢があったようである。欧米諸国では、「滑稽話」の一種ともいうべき、場合によってはかなり複雑で長い「ジョーク」を数多く覚え、上手に再現できる人は褒められ、学校や職場で人気者となる。こつこつ働いていても、新しい滑稽話を知らない者、あるいは話の「落ち」の理解出来ない者は出世しにくいといっても言い過ぎではないかもしれない。また最近では、電子メールを使ってジョークの交換が、社会習慣として根付きだしたようである。こうした新メディアを通しての小話と日常生活とは、多くの人にとって切っても切れない関係がある。商談や討論の場はもちろん、学術書や社説の中でも、ひいてはお葬式における弔辞でさえ、相手を笑わすことは無礼な行動ではなく、人間が生きている証拠として解釈されている。

　それにくらべてユーモアが生活に根付いていない日本の事情を情けなく思っていた頃、ある日某大学の文化祭で催された学生の古典落語の上演と行き会わせたことがあった。その時の話し手は、落語の芸としてはおそらくあまり上手とはいえなかったものの、そこで出会ったいくつかの短い笑いばなしは、なるほど日本にも独特のユーモアの世界があることを教えてくれ、随分ほっとしたことを覚えている。日常生活では、ジョークや皮肉めいた発言は非常に制約されているのだが、より洗練された、ある程度専門職化されたジョークの文化は、ここにも生きていることが分かった。これを境目に、私は東京の寄席の常連となり、テレビの落語番組に毎週のように釘付けになったり、様々な文庫本の落語集を購入して読むようになった。また江戸時代の滑稽な「小咄」の英訳をも試み、四苦八苦しながらその醍醐味を味わうという経験もした。

　やがて色々な古典落語を聴いたり読んだりするうちに、新しい関心事が芽生えてきた。それは、どのような社会的背景から落語が産み出されてきたのかという問題だった。それに対し、答えは単純であり、「熊さん八っつぁんの社会」あるいは「下町の長屋の社会」であるといいきって、片づけてしまうこともできるかもしれない。しかし、それではなぜ江戸後期の町人社会こそがもっとも代表的で人気の高い落語を産みだし、なぜ落語の「場」が「OLとサラリーマンの世界」ではなく、「熊さん八っつぁんの世界」となっているのかという問題は依然として残る。

鎌倉時代の『沙石集』をはじめ、多くの仏教説話集には滑稽な話が含まれていることは知られている。また江戸前期の上方で流行っていた「軽口ばなし」や江戸中期からの「小咄」と「落しばなし」なども記録・出版されている。とはいっても、やはり落語発祥の歴史の中心は江戸後期に求めるべきであろう。明治の著名な落語家や落語作者も幕末生まれだったことを考えると、彼らもその延長線に生まれてきたといえよう。

江戸時代の初期にあっては、すでに武士階級の経済力と政治力がピークに達し、庶民は自らの創造する文化に自信をもつよりは、武士の文化に憧れをもつのが普通であった。江戸の都は、武士の都市として発展し、「旗本奴」や「町奴」などが跋扈し、喧嘩と口論の絶えなかった軍事的大都会であった。御用達の大商家をはじめ、商人の大半も武士の消費欲に頼り、吉原にも能舞台が設置されていたほど武士客が大事にされていた。そこでは、人間の上下関係こそが重要視され、したがってこの殺風景な環境からは、ユーモアや風刺は成立しにくかったといってよいであろう。

ところが、江戸時代も後期になると、武士の経済力は衰え、町人人口が一段と増え、町人の生活水準も向上をみた。そこでは今までとは逆に武士が町人の文化に憧れるようになった。町人も自らが世に出した文化に強い自信を持つようになる。特に江戸の下町や、また大阪、名古屋、京都などの有力な町人層の住んでいた町もそうだが、ぐうたら武士の腐った儒教精神に基礎をおく上下関係が揺らぎ、支配力を失いはじめ、実力の伴わないヒエラルヒーの正当性が疑問視されるにいたった。

このような条件が揃ったとき、江戸時代独特のユーモアの文化が生まれたのである。考えてみると、落語（この用語は天明頃から現れ、「おとしばなし」と読まれたが）の台頭は一つの孤立した現象ではなく、次第に意気盛んになりつつあった町人の抵抗精神の一端だったといえる。すでに江戸中期から、川柳や狂歌が一世を風靡し、その後、風刺画、滑稽本など、社会のあらゆる身分の人間を容赦なく馬鹿にするジャンルが次々と生みだされてくる。現代であれば放送禁止になるような流行唄《はやりうた》をみても、驚くほど具体的に社会を非難する「あほだら経」「ちょぼくれ」「厄払い」などの長い台詞をみても、その背後には日々いや増す江戸町人の自信のほどが窺い知れる。落書《らくしょ》と小咄では、大名の貪りや為政者の失政はもちろん、下級武士の我田引水が糾弾され、僧侶の偽善的な態度も嘲られ、皇族たちすらも「裸の王様」としてその正体を暴かれ、大金を得るために明け暮れている大商人も泥棒と同然と見なされ、それらがすべて笑いの種となる。しかも、注目すべきことは、このようなユーモアを生みだした町人階級が自分の行いと発想をも例外とせず、自分たちの親の頭の堅さや、自分の子供の罪のない発言や、友人の無責任な行動などをも鋭く観察し、からかっている点である。このようなユーモアの世界が花開くとともに、それを娯楽として提供する寄席の軒数も急増し、十九世紀半ばになると、江戸だけでもその数六百軒にのぼる。落語以外にも、現在ではおおかたのところ廃れてしまった「謎掛け」「物真似」「声色」「音曲噺」「八人芸」なども、笑いの文化の拡大を手伝い、市民の強い支持をうける。また安価な一枚刷りの「瓦版」も大量に刷られ、そこに載る辛辣な風刺と批判精神に富んだ文句が大きな共感を呼び、庶民の日常生活に深く結びついてゆく。「読む」ことが「朗読」することを意味したこの時代にあっては、専門的な寄席芸人と大道芸人だけではなく、「熊さん八っつぁん」たちも滑稽な話を互いに聞かせあったに違いない。

しかしながら、その直後、こうしてようやく崩れはじめた江戸期の身分関係は、「富国強兵」「忠君愛国」などの政治的イデオロギーに道を譲り、別の種類の上下思想が強化されてくる。そのことが、生まれかけたユーモアの文化にかなりの打撃を与えることとなった。身分的上下関係の理念を批判と笑いの対象としてではなく、半ば自然現象のように、抵抗しがたい枠組みとして重視する社会になると、上を揶揄することは、ただの生意気と解釈され、下を冷やかすことも、単なる虐めと見なされてしまう。明治維新を経て、大半の人が「平民」となり、上を馬鹿にするよりは、上を静かに利用し、自らの立身出世を図ることが通常の理想となり、公の笑いが「不真面目」な態度の象徴としかみられなくなってしまう。軍人をはじめ、皇族、金持ち、先生など、社会が「上」にあると決めた人々を批判する者には「不遜」のレッテルが貼られ、社会の危険分子という非難が待ち受けるようになった。その反面、現状維持を下支えする行いや概念に絶対的な価値がおかれ、それを疑う「剽軽者《ひょうきんもの》」あるいは「不平家」は社会的にあまり信頼されなくなる。ユーモアの大部分が専門家の領域に閉じこめられ、日常生活から離れてしまう。

このようにその歴史をたどってくるならば、古典落語の存在は、いまも現代社会のあり方に大きな疑問を投げかけてくれているといえよう。古典落語の立場から現代を観察するならば、やはり現在の日本社会に最も欠けているのが、目上の者に対した場合はいうにおよばず、目下の者に対しても、あるいは自分自身に対しても必要な、いわば「健全な不遜」という精神であろう。かりに昔の音曲噺師が、現代の演歌やポップスの歌詞を聴いたとするならば、なんと味気なく陳腐なものだと思うに違いない。またかりに瓦版の絵師が、今の新聞の「四コマ漫画」などを見たならば、それがどれほど社会批判の鋭さを欠いているかに一驚を喫するに違いない。さらに、江戸時代の落書作者が、現代の新聞社説を読んだならば、その大半には批判の勇気の一かけらも見当たらないと思うことだろう。落語の根底にある、自分に対する、家族に対する、社会と国に対する「健全な不遜」の再発見と建設的な利用は、未だ日本社会にとっての大きな課題として残っているといえよう。

とりわけ国際交流の場において、批判精神に溢れるユーモアの文化を駆使することは、なによりも大切である。国境を越えて人間的な信頼関係を築く場合、一つの笑いによって多くの不審を払拭することができる。自国の文化の素晴らしさや崇高さを強調するよりは、自分の欠点や短所を指摘しながら、そこにユーモアの要素を掘り出し、笑いを込めて相手に接することにより、相手と対話しようとする迫力が生まれ、虚飾のない自信が生まれるのである。古典落語は、いまもなおそれを我々に伝えようとしている。

（原文日本語）

あとがき

巻末に解説を寄稿してくれたジェラルド・グローマーさんは一九五七年、アメリカのオレゴン州に生まれ、ピーボディ音楽院のピアノ科修士、博士号を持つ。日本の古典芸能に憧れ、一九八五年に来日し、東京芸術大学大学院楽理科に留学。民族音楽学で博士号を取得した後、江戸史研究に喧噪な現代の東京を通り抜けて、江戸東京博物館の専門研究員となり、都々逸、口説節を蒐集、調査して「幕末のはやり唄」（名著出版）という著書も刊行した。その他津軽三味線、瞽女《ごぜ》唄、門付芸などの研究も本格的で小生の関心、興味と連携《リンク》するところがある。履歴だけみると、生真面目なエリートのようだが、ご本人に会ってみると、お人好しで、気のおけない愉快な青年で、日本から消滅した品格のある言葉遣いをする、江戸人の生き残りを想わせる。「今度、生まれ変わったら、八丁堀の同心になりたい」と思っている小生と血を分けたような親近感がある。現在、山梨大学教育人間科学部助教授。今後、江戸研究者はますます貴重な存在になるが、彼はその要請に応える一人として期待している。
また、さし絵の渡部《わたなべ》みゆきさんは、少女のころから落語好きで、絵を遊びで描いたが、偶々、落語会のチラシになったものが小生の目にとまり、今回がデビューとなった。今後の活躍がたのしみな絵の筆致《タッチ》と同じくチャーミングな女性である。

麻生芳伸

編集付記

本文中にある今日の人権意識に照らして不当・不適切と思われる語句や表現については、古典落語の成立した時代的背景と作品としての価値とにかんがみ、あえてそのままとしました。

本書は文庫オリジナルです。

わが落語鑑賞　安藤鶴夫

名人たちの話芸を、浅草生まれの東京人安鶴が洒脱な筆に置きかえて、落語の真随を描き出す。「富久」「つるつる」「酢豆腐」など16話。（澤登翠）

らくごDE枝雀　桂枝雀

桂枝雀が落語の魅力と笑いのヒミツをおもしろおかしく解きあかす本。持ちネタ五選と対談で、「笑いの正体」が見えてくる。（上岡龍太郎）

桂枝雀のらくご案内　桂枝雀

上方落語の人気者が愛する持ちネタ厳選60を紹介。噺の聞かせどころや想い出話をまじえて楽しく落語の世界を案内する。（イーデス・ハンソン）

上方落語　桂枝雀爆笑コレクション1　――スビバセンね　桂枝雀

上方落語の爆笑王の魅力を速記と写真で再現。第一巻は「スビバセンね」。意識・認識のすれ違いが生む面白さあふれる作品集。（澤田隆治）

上方落語　桂枝雀爆笑コレクション2　――ふしぎななあ　桂枝雀

桂枝雀の落語速記、第二巻は、枝雀落語の真骨頂ともいうべき、シュールな魅力にあふれた作品群。まさに落語はSFです。（島崎今日子）

上方落語　桂枝雀爆笑コレクション3　――けったいなやっちゃ　桂枝雀

第三巻は「けったいなやっちゃ」。現実にはありえないような人物も、枝雀口演にかかればアナタの隣にいそうな人物に…！（柳家小三治）

上方落語　桂枝雀爆笑コレクション4　――萬事気嫌よく　桂枝雀

第四巻は、枝雀師が好んで色紙に書いた言葉、「萬事気嫌よく」。枝雀落語に出てくる「気嫌のいい人」の代表格たちをご紹介。（上田文世）

上方落語　桂米朝コレクション1　――四季折々　桂米朝

人間国宝・桂米朝の上方落語を、テーマ別編集する。第一巻は季節感あふれるものを集めた「四季折々」。本人による作品解説付。（小松左京）

上方落語　桂米朝コレクション2　――奇想天外　桂米朝

落語の原型は上方にあり。第二巻「奇想天外」はシュールな落語大集合。突拍子もない発想、話芸ならではの世界。本人による解説付。（堀晃）

上方落語　桂米朝コレクション3　――愛憎模様　桂米朝

渦巻く愛憎、とまらぬ色気。人間の濃さ、面白さが炸裂する「愛憎模様」。「たちぎれ線香」「崇徳院」「三枚起請」「持参金」他。（わかぎゑふ）

上方落語
桂米朝コレクション4 ——商売繁盛
桂米朝
第四巻「商売繁盛」は商売の都にふさわしい商人の心意気や、珍商売の数々にちなんだ落語を。「帯久」「つぼ算」「道具屋」他。（かんべむさし）

上方落語
桂米朝コレクション5 ——怪異霊験
桂米朝
第五巻はこわいこわい、そして不思議な落語集。「猫の忠信」「仔猫」「狸の化寺」「狸の賽」「怪談市川堤」「五光」「紀州飛脚」他。（橋爪紳也）

上方落語
桂米朝コレクション6 ——事件発生
桂米朝
第六巻は些細なことから騒動が勃発する「事件発生」。「らくだ」「宿屋仇」「どうらんの幸助」「次の御用日」「算段の平兵衛」他収録。（芦辺拓）

上方落語
桂米朝コレクション7 ——芸道百般
桂米朝
第七巻は「芸道百般」。様々な芸能、芸事に関わる落語集。「軒づけ」「花筏」「蔵丁稚」「七段目」「蛸芝居」「くしゃみ講釈」他。（田辺聖子）

上方落語
桂米朝コレクション8 ——美味礼賛
桂米朝
最終巻は「美味礼賛」。思わず唾があふれる落語集。「饅頭こわい」「鹿政談」「田楽喰い」「鴻池の犬」「京の茶漬」他。著者御挨拶付。（中野晴行）

古典落語　志ん生集
古今亭志ん生
飯島友治編
八方破れの生きざまを芸の肥やしとした五代目志ん生の、「お直し」「品川心中」など今も色褪せることのない演目を再現する。

古典落語　文楽集
桂文楽
飯島友治編
八代目桂文楽は「明烏」など演題のすべてが「十八番」だった。言葉のはしばしまで磨きぬかれ、完成された芸を再現。

古典落語　圓生集（上）
三遊亭圓生
飯島友治編
寄席育ちの六代目三遊亭圓生は、洒脱な滑稽味で聞かせる落とし噺、しっとりと語り込む人情噺を得意とした。この巻には「らくだ」ほか11篇。

古典落語　圓生集（下）
三遊亭圓生
飯島友治編
圓生は、その芸域の広さ、演題の豊富さは噺界随一といわれた。この巻には、「文違い」「佐々木政談」「浮世床」「子別れ」ほか8篇を収める。

古典落語　金馬・小圓朝集
三遊亭金馬／三遊亭小圓朝
飯島友治編
豪放な芸風、明快な語り口でファンを魅了した三代目金馬。淡々とした語り口の中に、江戸前の滑稽味あふれる三代目小圓朝。味わいある二人集。

ちくま文庫

落語《らくご》特選《とくせん》 上

二〇〇〇年一月六日 第一刷発行
二〇〇七年十二月二十五日 第九刷発行

編者 麻生芳伸（あそう・よしのぶ）
発行者 菊池明郎
発行所 株式会社 筑摩書房
東京都台東区蔵前二―五―三 〒一一一―八七五五
振替〇〇一六〇―八―四一二三
装幀者 安野光雅
印刷所 三松堂印刷株式会社
製本所 株式会社鈴木製本所

乱丁・落丁本の場合は、左記宛に御送付下さい。
送料小社負担でお取り替えいたします。
ご注文・お問い合わせも左記へお願いします。
筑摩書房サービスセンター
埼玉県さいたま市北区櫛引町二―六〇四 〒三三一―八五〇七
電話番号 〇四八―六五一―〇〇五三

ISBN4-480-03535-4 C0176